U0465615

中国书籍文学馆 大师经典

缪崇群
精品选

缪崇群 ◎ 著

中国书籍出版社
China Book Press

图书在版编目（CIP）数据

缪崇群精品选 / 缪崇群著. —北京：中国书籍出版社，2015.12
ISBN 978-7-5068-5265-4

Ⅰ.①缪… Ⅱ.①缪… Ⅲ.①中国文学—现代文学—作品综合集 Ⅳ.①I216.2

中国版本图书馆CIP数据核字（2015）第265304号

缪崇群精品选

缪崇群　著

图书策划	武　斌　崔付建
责任编辑	王　淼
责任印制	孙马飞　马　芝
出版发行	中国书籍出版社
地　　址	北京市丰台区三路居路97号（邮编：100073）
电　　话	（010）52257143（总编室）　（010）52257140（发行部）
电子邮箱	chinabp@vip.sina.com
经　　销	全国新华书店
印　　刷	北京富达印务有限公司
开　　本	710毫米×960毫米　1/16
字　　数	300千字
印　　张	23
版　　次	2016年3月第1版　2016年3月第1次印刷
书　　号	ISBN 978-7-5068-5265-4
定　　价	39.80元

版权所有　翻印必究

出版前言

我国现代文学是指用现代文学语言与文学形式，表达现代中国人思想、情感、心理的文学，是在20世纪初"五四"新文化运动的影响下，广泛接受外国文学影响而形成的新兴文学。其不仅用现代语言表现现代科学民主思想，而且在艺术形式和表现手法上都对传统文学进行了革新，建立了新的文学体裁，在叙述角度、抒情方式、描写手段以及结构组成等方面，都有新的创造。

我国现代文学的主流是人民的文学，集中表现为大大加强了文学与人民群众的结合，文学与进步社会思潮及民族解放、革命运动的自觉联系，构成了我国现代文学的基本历史特点与传统。此时的文学，以表现普通人民生活、改造民族性格和社会人生为根本任务。

在创作实践上，我国现代文学中出现了从未有过的彻底反封建的新主题和新人物，普通农民与下层人民，以及具有民主倾向的新式知识分子，成为了文学主人公，充分展示了批判封建旧道德、旧传统、旧制度以及表现下层人民不幸、改造国民性与争取个性解放等全新主题。也是通过这些内涵和元素，现代文学对推动历史进步起到了独特作用。

我们已经跨入21世纪，今天的历史状况和时代主题与现代文学的成长背景存在巨大差异，但文学表现人物、反映社会、推动进步的主旨并没有改变，在此背景下，我们非常有必要重温现代文学的经验，吸取其有益的因素，开创我们新世纪的文学春天。我们编选《中国书籍文学馆·大师经典》丛书，精选柔石、胡适、叶紫、穆时英、王统照、缪崇群、陆蠡、靳以、李劼人、张资平等我国现代著名作家的文学作品，正是为了向今天的读者展示现代文学的成就，让当代文学在与现代文学的对话中开拓创新，生机盎然。因为这些著名作家都是我国现代文学的开拓者和各种文学形式的集大成者，他们的作品来源于他们生活的时代，包含了作家本人对社会、生活的体验与思考，影响着社会的发展进程，具有永恒的魅力。

中国书籍出版社

2015年10月

缪崇群简介

缪崇群（1907～1945），笔名终一，泰州人，现代著名散文作家。他先后出版散文集《晞露集》、《寄健康人》、《废墟集》、《夏虫集》、《石屏随笔》、《眷眷草》以及小说集《归客与鸟》和译文集《日本小品文》等，在我国现代散文创作方面很有影响。

缪崇群曾出生于泰州一个知识分子家庭，后随父母举家生活于北京，在北京读完小学和初中。1923年，他转入天津南开中学读高中，从此开始了他的文学爱好和创作。1925年，他旅居日本，并在日本就读文学课程。1928年，他学成归国，便开始了勤奋的散文创作，并发表了许多作品。

1930年，缪崇群在南京加入了中国文艺社，是其中最活跃的成员。1932年，他担任《文艺月刊》代理编辑，与从上海来南京的著名作家巴金相识，从此和巴金成为了挚友。1933年，汇辑了缪崇群前期代表作的散文集《晞露集》、《寄健康人》先后出版。

在20世纪30年代初，缪崇群已经成为引人注目的青年散文作家了，他与作家丽尼一起，被称为"悲哀与忧伤的歌手"，他的散文在平实和精细的文字中，蕴藏着一种令人回味的情致，显示出他沉郁厚实的艺术风格。

抗日战争爆发后，缪崇群流亡至湖北、广西，他在桂林从事编译工作，并担任《宇宙风》编辑。1939年9月，他从越南海防登陆，乘法国人修建的窄轨"滇越路"进入滇南石屏小城，开始任小学教员，后以此间经历写成了《石屏随笔》。1940年，缪崇群流徙到大后方重庆的远郊北碚。后来,他到正中书局担任了编辑兼校对工作。

缪崇群的散文创作历程,大致以1939年出版的《废墟集》为分界线,前后分为两期。20世纪30年代是他散文创作的前期,也是他散文创作的黄金时期。以《晞露集》、《寄健康人》和《废墟集》为代表。他前一时期的散文,侧重在个人诉怨写愁上,笔调缠绵悱恻、细婉真致,充分显示出他生活的孤独与心情的寂寞。

在20世纪40年代前后,处在抗战大环境下的缪崇群,拖着病躯过着颠沛流离的生活,他的散文创作由此开始转向,视野由内趋变为外射,他对光明的呼唤代替了凄苦的呻吟,对生命的赞美代替了颓废的闷郁。他在抗战期间出版了《夏虫集》等,显示出他在那废墟中多少含泪的呼喊和带血的控诉,特别是他饱满的倾诉热情和成熟的思想脉络更是展露无遗。

1942年初,缪崇群想开拓一条描写人生的新路,于是创作了系列散文《人间百相》。他试图探索人生,把视线移向社会上的芸芸众生,给世间的魑魅魍魉描下丑恶的脸谱,作为反映社会和认识社会的一面镜子。可惜他刚写完7篇,病魔就进一步吞噬了他的身体。他贫病交加,困居金刚碑,无钱医治。直到1945年初,他病情恶化,眼皮浮肿,连续呕血,卧床不起,在1月15日凌晨竟悄然含恨长逝,时年仅38岁!当时报上刊载噩耗是:一代散文成绝响!

寓居重庆市区的巴金得到缪崇群去世的消息,便与许多作家一起赶到北碚祭奠亡友。4月,巴金在《纪念一个善良的友人》中写道:"你那温和善良而带苍白的面颜出现了,还是你那包着水的眼睛,微笑的嘴唇,带痰的咳声,关切的问询……你给我们,你给这个世界,留下了九本小书。那些洋溢着生命的呼声,充满着求生的意志、直接诉于人类善良的心灵的文字,那些有血有泪、有骨有肉、亲切而朴实的文章,都是你心血的结晶,它们会随着明星长存,会伴着人类永生。"

1944年至1946年,巴金以他的朋友缪崇群作为原型之一,创作了长篇小说《寒夜》,以此作为对好友的纪念。

目录

散文

红菊	2
守岁烛	7
野村君	11
楸之寮	18
曼青姑娘	23
随笔（四则）	28
家	46
夜	48
春雨	51
哀乐	52
一对石球	54
南行杂记	56
自然的节律	71
秋夕	72
凤子进城	73
梦海	76
婴	78
从旅到旅	80
茶馆	82
谈鼠	87

废墟上	90
春天的消逝	92
北南西东	95
夏虫之什	101
缀	111
苦　行	113
夜　行	116
轰炸下	118
火	120
血　印	122
天样的仇恨	125
默　念	127
归　牧	129
雨　日	131
花　轿	133
珠　泉	135
牛　场	137
街　子	140
小　花	142
鹦　鹉	145
做　客	149

目录

畸　人	153
出　世	156
风　物	160
路	164
杖	166
灯	168
播种者	170
眷眷草	172
兄　弟	175
歌　女	177
春　晖	178
洞里景光	180
蛙	183
江户帖	185
叶　笛	206
过　客	208
车　站	210
国　旗	213
一　觉	216
黄沙河	220
江湖人	223

花　床	225
希望者	227
流　民	234
小夜曲	238
紫　薇	240
人间百相	244
将军及其他	246
闪击者及其他	255

― 小说 ―

酒	264
归客与鸟	280
没有雪	289
桥畔之家	300
静　物	312
春夜的梦	324

大师经典

散文
缪崇群精品选

红　菊

　　红菊是我们早年的一个使女，母亲把她从家乡的清节堂里接出来的时候，她大约才十五岁。她没有父母和亲故，虽然还有一个哥哥，可是终日在城门洞里走来踱去的，差不多和乞丐一样了。有时他们兄妹遇着，他也仅只用一种奇异而嫉恨的眼光瞟一眼自己的弱妹罢了。这都是红菊后来告诉我的。

　　她在故乡不到半年，便随着我们同到北方来，我们家里除了我哥哥嫌厌她以外，没有一个不喜欢她的。弟弟是她从幼看护大了的；直到我们一同进了初小，还要靠她早晚地接送，她真是不怕唠叨，在学校和家里相隔的这一段路上，总是把她不知讲了多少次的故事，翻来覆去地说给我们。有时，领我们跑一阵，跳一阵，她说那是她从学校里看来的体操。

　　每个星期里，逢到我们有唱歌班的时候，她总是趁着未散班之先，悄悄坐在学校的门道里静听去。

　　有一次，我还清清楚楚地记得，她接我回家走到中途的时候："再走几步就到了，你不是认识么？这一带没有狗，你先回去好了。"她携着我的手说。

"你呢？是买菜去么？"

"不，你先回去好了，我到紧北紧北头去。"她已经红了眼圈。

"还是一阵回去罢，那里你又没有去过。"

"不管去过没去过，我从此不回家了。你哥哥今天打了我，气还没出够哩。"

我没有话说，我已经随她走出离家很远的地方了。这条路上，有一条很长的沟渠，沿沟都是种的洋槐与荆棘，那是大约已经是初夏了，蝉的嘶声恹恹地。我越走越惶惧起来；童年时代，除了自己的家以外的地方，恐怕都是兽林与危谷那般可怕。

"红姐姐，我们一同回去罢。"我总是牵着她的衣襟央求着。

她终于把我引回我们家的路口。涨着眼泪分别了。

在童年史上，那是我最初感到离别痛苦的一次，后来我每逢走到那条路上，看见那里的沟渠，槐树与荆棘，我便禁不住地要向往到那日的哀戚了——直到如今，还没有变更的。

当晚父亲打电话询问警署里，知道那里截留着一个衣服褴褛的女子。

第二天早晨，红菊便又被送回来了。她尽自坐在厨房里啜泣，很久很久也没有一个人去过问她。

虽然过了多日，我们差不多把这件事忘记了，但她没有褪去那一种不自然而且羞涩的表情，直等她又和我唱歌或欢舞起来，我才揣想她或者已经恢复了从前的心情了。

"红姐姐，那次你尽往北走，你不害怕么？"

"你问他作什么呢？"

"我要问哩，我想知道你怎么那样大胆子。"

"要是我胆子果真大,也就不会被人拦住了。那一天我一壁走一壁哭,我想只有走出城去这一条路。但明明知道城外尽是荒地和坟圈子,并没有一个投奔的所在。自己的足步走得非常慢,薄暮时走到城门,便被一个生人拦住了,他盘问我到什么地方去,我回答不出来⋯⋯假如我胆子再大一点呢?⋯⋯"

隔了一个暑假,哥哥进中学了,他从此寄宿在学校里,没有再和红菊作对的人了。

红菊过了不久,便嫁给了一个印刷公司里的技师。

她从此衣服整齐了,面庞也红润了,她顿时就成了一个美丽娟秀的少妇了。

那时我不过十一二岁的光景,我已经知道和美丽的女性走在一起是光荣而且可以自傲的了。每次出去,我总是喜欢和红菊坐一个车子,我坐在她的身上。

逢到假期,我一定要约着弟弟一同到红菊家里去的——其实弟弟更愿意去。她们住在南城外边很远很远的地方,那里差不多和村庄一样:有蜿蜒的土路,一丛丛的坟墓;还有响得怕人的杨树。

她们家里一切都有的,还有一只并不抓人的小猫。那时我和弟弟都有"洋画"癖。红菊的丈夫吃烟最多,于是他能尽量地供给我们,我们自然更加喜欢满足了。

在家吃到瓜果便吵架的我们,一到红菊那里便吃不下去了。譬如罢,一个比我们肚子大几倍的西瓜,只让我和弟弟两个人吃,那时,除了抱怨自己肚子小以外,实在没办法将那一个大瓜吞并下去。

夏天的晚间,月亮已经升到了杨树的梢头,红菊常常携着我们的手儿在她们住所的附近散步。有时她还跑到人家田地里为我们摘那玉蜀黍上的胡穗子?或是卷起一个草叶子当口哨吹它——吹响了之后便给我们。她还能把她在我们小学门道里学来的歌儿，唱给我们听。

静静的郊野，树叶有时被风吹得刷刷地怕人，虽然能够鼓着勇气忍耐下去，不过如果听见无论多远的地方一声犬吠，那么立刻就要把她的衣襟抓得紧紧的了。

郊野虽不幽暗，有着清淡的月光照着，我们那一种恐怖心理的发生，恐怕正是因为有月光罢。有了月光，才衬托出深林里黑黝黝的阴处可怕；有了月光，才看出来路旁有大的小的墓冢和石碣。

"有鬼罢……?"我想问又不敢问出来，只是把身子靠得红菊更紧些了。

"不怕的，有我呢。"她好像测透了我的心意，随着便用一只胳膊搭在我的肩上，我真地不怕了，仿佛还更安恬。

红菊嫁了多时，温淑的性情没有改，容貌是一天比一天地光泽美丽了。胆量，也许比从前增加了不少吧？这是我阴自的亲察。

两年过后了，我已经升到高二，暑假里便听见红菊因为生产而害病了。母亲特意腾出一间房子来，把她接到我们家里来住。

她的孩儿也是一个病质的，镇日地没有什么声息。我每次走到她的房里，都是觉得阴森森的。除了母亲还常坐在她的床头之外，只有小窗格里透进的一块阳光或月光伴着她罢。母亲确是越来越和她亲昵了。

红菊后来和我谈起话来时候，开首总是这么一句引子："你已经渐渐大了，你慢慢地就会懂得人事了……"

有一次，她也是先说完了那句引子，接着气喘喘地说："娘恩真是不易报的；我产了一生，便病得起不来身了……"

又有过一次："你是渐渐懂得人事的了；一个男子到了岁数，大概都是喜欢沾花惹草的。你将来长成了，千万地不要学你父亲哩。你母亲常常对我说，可惜她没有一个女儿，就是怎样地含酸茹苦也没有一个可以向他吐诉的人。我真悔我早嫁了，不然我永远伴着她，也不致有了今日的痛苦……"

深秋的时候，她终于死了，爱我们的红菊姐，便不能在世界的任何一处寻到了！

听说当她临终的时候，她的丈夫曾握着他的手说："你去么？你去么？我终生不会再娶了！"

红菊姐只是露着齿，微微地笑了一笑。

她的孩儿，也早在她的死前死去了。

她的短短的生命终止了。在她过去的短短生命中；做了我们的奴隶；又做了她丈夫的奴隶。

是红菊死后的十年了——去年的冬天。窗外落着掌大的白雪，盖满了院里的一切。房里虽没有灯火，雪光却已惨白的映着四壁了。

父亲很晚地才回来，他说他是吊唁去的。

死者不是一个生人，那正是红菊的原初的丈夫——印刷公司里的那个技师。

父亲说，未亡人哭得很惨地，穿着满身的丧服，还有一个三四岁的孩子绕着膝边。

唉，我不知道在红菊姐的墓畔，是不是要添上一堆新土？

窗外的雪，还是纷飞着，我不知道在这已经被雪盖白的凄凉的故都里，何处去寻到红菊姐的坟墓，让我放声地哭她一回。

一九二九，夏日

（选自《晞露集》）

守岁烛

蔚蓝静穆的空中，高高地飘着一两个稳定不动的风筝，从不知道远近的地方，时时传过几声响亮的爆竹，——在夜晚，它的回音是越发地撩人了。

岁是暮了。

今年侥幸没有他乡做客，也不曾颠沛在那迢遥的异邦，身子就在自己的家里；但这个陋小低晦的四围，没有一点生气，也没有一点温情，只有像垂死般地宁静，冰雪般地寒冷。一种寥寂与没落的悲哀，于是更深地把我笼罩了，我永日沉默在冥想的世界里。

因为想着逃脱这种氛围，有时我便独自到街头徜徉去，可是那些如梭的车马，鱼贯的人群，也同样不能给我一点兴奋或慰藉，他们映在我眼睑的不过是一幅熙熙攘攘的世相，活动的，滑稽的，杂乱的写真，看罢了所谓年景归来心中越是惆怅地没有一点皈依了。

啊！What is a home without a mother?

我又陡然地记忆起这句话了——它是一个歌谱的名字，可惜我不能唱它。

在那五年前的除夕的晚上，母亲还能斗胜了她的疾病，精神很焕发地和我们在一起聚餐，然而我不知怎么那样地不会凑趣，我反郁郁地沉着脸，仿佛感到一种不幸的预兆似的。

"你怎么了？"母亲很耽心地问。

"没有怎么，我是好好的。"

我虽然这样回答着，可是那两股辛酸的眼泪早禁不住就要流出来了。我急忙转过脸，或低下头，为避免母亲的视线。

"少年人总要放快活些，我像你这般大的年纪，还一天玩到晚，什么心思都没有呢。"

母亲已经把我看破了。

我没有言语。父亲默默地呷着酒；弟弟尽独自挟他所喜欢吃的东西。

自己因为早熟一点的原故，不经意地便养成了一种易感的性格。每当人家欢喜的时刻，自己偏偏感到哀愁；每当人家热闹的时刻，自己却又感到一种莫名的孤独。究竟为什么呢？我是回答不出来的……

——没有不散的筵席，这句话的黑影，好像整整投满了我的窄隘的心胸。

饭后过了不久，母亲便拿出两个红纸包儿出来，一个给弟弟，一个给我，给弟弟的一个，立刻便被他拿走了，给我的一个，却还在母亲的手里握着。

红纸包里裹着压岁钱，这是我们每年所最盼切而且数目最多的一笔收入，但这次我是没有一点兴致接受它的。

"妈，我不要罢，平时不是一样地有么？再说我已经渐渐长大了。"

"唉，孩子，在父母面前，八十岁也算不上大的。"

"妈妈自己尽辛苦节俭，那里有什么富余的呢。"我知道母亲每次都暗暗添些钱给我,所以我更不愿意接受了。

"这是我心愿给你们用的……"母亲还没说完,这时父亲忽然在隔壁带着笑声地嚷了:

"不要给大的了,他又不是小孩子。"

"别睬他,快拿起来吧。"母亲也抢着说,好像哄着一个婴孩,惟恐他受了惊吓似的……

佛前的香气,蕴满了全室,烛光是煌煌的。那慈祥、和平、闲静的烟纹,在黄金色的光幅中缭绕着,起伏着,仿佛要把人催得微醉了,定一下神,又似乎自己乍从梦里醒觉过来一样。

母亲回到房里的时候,父亲已经睡了;但她并不立时卧下休息,她尽沉思般地坐在床头,这时我心里真凄凉起来了,于是我也走进了房里。

房里没有灯,靠着南窗底下,烧着一对明晃晃的蜡烛。

"妈今天累了罢?"我想赶去这种沉寂的空气,并且打算伴着母亲谈些家常。我是深深知道我刚才那种态度太不对了。

"不——"她望了我一会又问,"你怎么今天这样不喜欢呢?"

我完全追悔了,所以我也很坦白地回答母亲:

"我也说不出为什么,逢到年节,心里总感觉着难受似的。"

"年轻的人,不该这样的,又不像我们老了,越过越淡。"

——是的,越过越淡,在我心里,也这样重复地念了一遍。

"房里也点蜡烛作什么?"我走到烛前,剪着烛花问。

"你忘记了么?这是守岁烛,每年除夕都要点的。"

那一对美丽的蜡烛,它们真好像穿着红袍的新人。上面还题着金字:寿比南山……

"太高了一点吧?"

"你知道守岁守岁，要从今晚一直点到天明呢。最好是一同熄——所谓同始同终——如果有剩下的便留到清明晚间照百虫，这烛光一照，无影无踪的……"

…………

在烛光底下我们不知坐了多久；我们究竟把我们的残余的，惟有的一岁守住了没有呢，那怕是蜡烛再高一点，除夕更长一些？

外面的爆竹，还是密一阵疏一阵地响着，只有这一对守岁烛是默默无语，它的火焰在不定的摇曳，泪是不止的垂滴，自始至终，自己燃烧着自己。

明年，母亲便去世了，过了一个阴森森的除夕。

第二年，第三年，我都不在家里……是去年的除夕罢，在父亲的房里，又燃起了"一对"明晃晃的守岁烛了。

——母骨寒了没有呢？我只有自己问着自己。

又届除夕了，环顾这陋小，低晦，没有一点生气与温情的四围——比去年更破落了的家庭，唉，我除了凭吊那些黄金的过往以外，那里还有一点希望与期待呢？

岁虽暮，阳春不久就会到来……

心暮了，生命的火焰，将在长夜里永久逝去了！

一九三〇，六月改作

（选自《晞露集》）

野村君

  那山手线的高架电车，我知道她还是围绕着东京市在不息地驶转；她的速率还是那般风掣电闪，乘客还是那般拥挤在一起——有态度安闲的会社员，有美丽怀春的女郎，有年轻佻佚的学生。

  早晨，晚间，她来回地渡着我，两年的光阴，并没有一点残留的痕迹了。现在印在脑中的只有几个驿站的名字：目黑，五反田，大崎，品川……

  我初到东京的时候，正是地震后从事复兴的时代，一切虽然都很零乱，但从那些断壁残垣，劫后的余灰中看去，知道从前的事业就是非常可观的，现在又去努力草创，复兴，则将来更伟大的成就，已经使人预感到了。

  夏天秋天冬天都过去了，在第二年的深春——樱花已经片片离枝了的时节，我在K大学开始入学了。

  东京的地方，对我是极生疏的，所以每次出来，都要牢牢记住驿站的名字，次数……等等。从我的住所去学校的一段路上，换一次车我是知道的，至于上了高架电车以后的站数，站名，我不得不用心记它了：目黑过去是五反田；五反田过去是大崎……学校是在品川其次的一站，叫田町。

　　K大学耸建在一座小山上面，无论从前面或后面，都要拾阶而上。迎大门的是一所庞大的图书馆，虽然在地震的时候被震掉一个角楼，但仍不能失去她那种庄严的气象……

　　自然，我入学的第一天，什么对于我都是新奇的。因为种种的刺戟与内心的空漠，我差不多像一个神经完全迟钝了的人了。

　　我初进课堂的时刻，这在我脑中是一个永远不能泯灭的印象，无数的视线，都集在我一个人身上，自然，他们对于我也是同样感觉着新奇的罢？

　　教室里的座位，后边都满了，恰好，在前边第二排，空着两个位子，我于是便把我的书籍放在那里了，除了后边，周围是没有人的，我的心里才渐渐安定了下去。

　　上课铃响了，一个来得最迟的，面色黝黑，目光很忠厚的学生，便坐在我旁边那个空的位子上了。

　　下了第一班，我们开始谈话了，我把我的名字告诉他怎么念法，他也给了我一张小小的名刺——

　　野村兼市

　　从那天以后，我们便相识了，在班上他和我一样，除了对方以外，没有另外的朋友。我曾听说东京人是傲慢的，狡猾的，欺生的……野村君是广岛人，他大约也同样厌避那些东京人罢？我时常觉得他受旁的同学白眼和冷淡——不知是否因为他是外县人，抑或因为他同"支那人"——我的关系而被他们摒出范围以外了。然而我们的友谊，一天比一天地深固——今天问早安的时候，就比昨天问早安的时候态度亲昵；

心房更加跳动了。

因为我的日语程度很浅，又加彼此的性格都好沉默，所以我们每天畅谈阔论自不可能，就是在极度要表示自己情感的时候，也很少吐露出几句完整的语句来。

是的，我们是一对无言的朋友，我们脸上的表情，或者已经超过了需要以外也未可知罢？

在严厉装腔作态的石井英文先生班上，他是低着头静静地听讲，在松懈，像小孩子似的六笠德文先生班上，他是低着头静静地听讲……他永没有像过那一些淘气玩皮的同学，在英文班上可怜得如同淋过水的小鸡；在德文班上就仿佛充分自信着造反也无人过问似的。

有一次，六笠先生尽讲他的书，而后边却开起雪战了，有的淘气胆大的学生，故意把雪球向先生眼镜上掷，而先生却转过头去笑笑。在他们雪战正酣的时候，野村君把头低得更低一些了；这恐怕是防备"流弹"中伤罢？……

还有一次，上课铃都打过很久了，而全班的学生都拥在楼窗处向下看，谁也不回他的座位。六笠先生上了讲坛，他们依然装作不知道的样子，那时野村君正在我的旁边，我问他，

"怎么了？"

"他们真是无聊。"他微笑着回答。

"先生来看，先生来看。"有人叫着。

那些围着楼窗不归座位的学生，也无非是要先生来看，并且想耽阁一些讲书的时间罢了。

六笠先生果然是个孩子，他也伸头向楼下看了。

——哈……

全班哄堂了，六笠先生不好意思地正一正眼镜，从耳根处已经涌出

一股害羞的红潮了。

在楼下，大约有两条狗交着尾。

全班继续沸腾着，好像要问出先生德文里这是什么字才甘心似的。

…………

上石井先生的英文，大家都是受着拘束而感到头痛，所以每当他迟到十分钟以后，有人振臂一呼：

"溜呀！"

全体便一齐跑了。最初的几回，我和野村君都有些不好意思，但这是最干犯众怒的，所以结果我们也不敢作"害"群之马了。

有几回教室里还有不曾溜尽或溜得稍晚的学生，正好遇见石井先生挟着点名册子来了，他一声不作，也不问尽有一个或两个的学生，揭开点名册子便点起名来，这时，那些已经溜到别处，还在看风头的学生，却很可怜，不得已地又要一个一个垂着头向回走了，而结果，反要到石井先生的面前要求把缺席的记号改成迟到的记号了。

究竟谁是迟到的呢？反弄巧成拙了……

天天上课，天天总有戏看的，不过他们花样再翻奇些，对我也总是无聊而生厌的；只有那一个无言的朋友野村君，他好像是我慰藉的泉源，精神上无比的食粮。所以我每天到K大学去上课，听讲和野村君会面，似乎是两件并重的目的了。有时在合班教授的大讲堂里，如果逢到不能坐在一起的时候，那真是一件最大最不高兴的事情了；有时他上班较迟，在那好几百人的大讲堂里来回巡逻着，我知道他是在要寻着我。

确实地，野村君对我是非常地忠诚，恳挚……我得之于他的扶助与恩惠，真是一个不能计量的深与阔。但谁会相信呢？一对国籍不同，语言少接的人，也能在他们中间连上一条牢固难断的链索？

有一次，一件不幸的事降给野村君了，但那件不幸的事，仿佛同时含着一种不可言喻的魔力,它能给野村君以较深的刺戟,给我一些迷信的启示。

我清清楚楚记得的,有一天我到学校特别早,而那一天却是野村君缺席的头一遭,我揣测,我不安,我几乎感到我今天来上课是没有意义的了!

上午散学的时候,听人说今天早晨学校附近芝町的地方,遭了一次大火,三四十家住户和商店,完全变成灰烬了。

这立刻使我联想到野村君的身上了,然而我立刻就否定了它,理由是没有的,假定我也不愿意去预设,我心里惟一的呆想是:这种不幸的事故,决不会临到一个良善人的身上去。

第二天,野村君仍然没有到学校去,第三天的早晨,事实才完全证明了。当我第一瞥见到野村君的时候,我的周身几乎都要摇撼起来了!因为脑中深深地存着火的印象,所以我看野村君的面庞,好像比寻常更显得焦黑了似的;甚至于他的头发,眉毛,睫毛……在我眼里都仿佛是烧秃过后,只剩着短黄的根梃一般了。

全班的同学,没有一个来慰问他的,他们都共同表示着一种讽人的微笑罢了。

他依旧地一直找到在我旁边的座位。

"啊!你……"

"烧了!什么都烧完了!"

…………

他身上穿着一件新从估衣店里买来的制服;皮鞋没有了,只拖着一双草履;书,笔,就连一张纸片,也都完全没有了。

我记得他有一次曾在黑板上有意无意地写过——

"生下来便是什么都没有的。"

这并不是什么意味深长的话,也不能说它是今日的谶语。那些生下来便富有的人们，天地不知道被他们怎样解释呢。

就是在学校最简易的食堂里一次也没有碰到过的野村君，对于这次遭难，是怎样地给他一个重大的打击啊！

我所能够帮助于他的，都尽量地帮助他了。那最有趣而又使我想到所谓"现世现报"的俗语，仿佛在我们之间，"灵验"了。

他每星期都借给我抄录的历史笔记，谁也料想不到他又会借了我的去转抄一次的；这是最适宜不过了：因为没有另外一个朋友可以借给他笔记，并且，这笔记又是他亲自抄下来的。

过了不到十天，我的历史笔记又还给我了；可是那上边已经经过他一次细详地修改——字写错了的更正过来，中间丢落的填补进去……

以后，这册笔记，便成了我最宝贵最心爱的东西……

第二年的初夏，我便因为种种原故不能升学了，在我还是犹豫难决的当儿，野村君的问候书翰早已到了。那信是用英文写的——大约他知道我所能够了解的英文总要比日文多些似的。

信里大意说K大学确是一个贵族学校，于我们总是格格不入的，他已经预备另转其他官立的大学了，最后问我因病是不是就要回国去……

我写了一封回信去，可是永也没有再得这位无言的朋友的音息了！

他是转学了么？他要到什么地方去呢？……

不久，我便匆匆地回国了，野村君的消息，更没有方法探询了。最可追悔的是我再度去东京的时候，竟没有亲自到K大学去寻个水落石出。

除了记住几个耳熟的驿站名字，一切对我都生疏了，每当高架电车在田町驿内停留的时刻，我便禁不住地探首翘望那耸立山头的K大学的楼顶……我是在关心那图书馆的角楼已经修缮好了么？我是在关心那装腔作态的英文先生，抑或是那松懈的六笠先生呢？不，不，都不是的，我所怀想的那个无言之友，我今生还能不能再默默地和他坐在一起了？……

第二次从东京回来，又已经一年多，我知道现在山手线的高架电车，已经是围着新的，复兴后的大都市驶转了，但这是不会变的，它依旧很匆忙地从这一站到那一站；车里拥挤着男和女，饱藏着美与丑，香和臭……

即或有可能的时候，随着车子转罢，你可以看见皇城，可以看见海浜，可以看见无数无数的烟突和旗亭……但野村君的黝黑的面影，真不知到那里才能寻得着呢。

一九三〇，六月作

（选自《晞露集》）

楸之寮

在东京的近郊，屑武藏野的境地，有一个电车站驿叫大冈山，恰恰在山坡处建着一所玲珑的小楼，那便是我住了五个多月的楸之寮。楼的东边，尽是一片参天的楸树，推开南窗，便可以看见那些长绿的枝叶，密密遮着半个青天；树干都直立着没有一点倦意。小楼好像完全要依赖他们的屏护，楸之寮的名字，大约就是这样得来的吧？

但，我爱这里并不是因为这些楸树，我所爱的是西窗外的一片景色；那峰影，那对面山冈上的疏松，那稀稀透出树隙处的几片红色炼瓦；还有，那高渺渺的碧空，那轻飘飘的游云，那悠闲的飞鸟，那荷锄的农人……没有一样不是画材，也没有一样是可以缺少的！假如你已经把窗外当作了一幅整个的图画的时候。

尤其是，清晨，落日，或逢到阴天的时候，窗外的景色越发新异得好看了。能使人陶醉，使人自己忘却了他自己，并且疑惑他怎么会和自然融在一起。那时感到生命好像有了它的意义与价值；并且，蓦地会给人一种幸福美满与愉快的情味，就连你做梦，也恐怕难于梦到的。

这里，楼上住着两个将要卒业的学生，楼下连我总共是四个人。他们都是高呼成性了，楼上才唱了一句高工的校歌，楼下便紧接着唱他们的"明治！明治！"或"庆应！庆应！"了。我实在听不惯那些不谐和的调子，我觉得这所楼有了他们是不幸的，因为他们都是这里煞风景的人们。

将近圣诞，大约因为考试的原故，都变得鸦雀无声，圣诞以后，他们又都束装回里去了，占领这整个楼的是我一个人，我心里有一种得胜似的喜悦。

良子——这里的侍女，她每天除了给我送火扫席之外，旁的房里没有她的声音了，她的笑脸，似乎渐渐专赠了给我。不过，当她走了之后。我自己会想到这种突来的赐与，竟平地使我不安起来，探一探自己这颗饱经世故的心，它依稀是冰凉的；追溯那些曾经结在过往绳索上的不解的结扣，我真茫然了……

——一个劳苦的女子，一个还似乎在追寻着什么的女子么？每当她跪在我旁边拨炭，拨来拨去总不肯走的时候，我便禁不住这样想了。同时，我又想起了我们这里的那个年轻主妇。她时常在楼上和他们谈到深更，而良子如果在无论谁的房里稍停了一会，主妇立刻便会把她喊走。

这年轻的主妇，她有"梅林丝"的衣，雪白的袜，闪光的发钗；还有媚人的眼，声音与风姿，她想得到青年的欢心，恐怕就如同猎犬专会捕野兔一般的。

——劳苦的女子，你不要追想什么好了；你像一只被人缚着的绵羊，你不会吃着隔海的青草了。你的爱，也不过是黑夜里的一个萤火虫儿，世人都睡了，只有那高在天上的繁星，微微向你闪一闪同情的泪光罢了。止住你的追寻吧，留它培护你的不老的青春……

夜深失眠，郊外电车已经渐渐死寂了下去的时候，我一个人躺在席上这样暗想着。我有时焦灼得几乎要跳了起来，我决心明天早晨把我所想的话都告诉她。

但，明朝，后朝……我还是如旧地缄默着不曾开过口。

元旦的那日，天气是异常地阴霾，午后，打在铅板上浙浙的雨声，已经传进耳鼓来了。这时，细细的雨丝，好像把郊外织成一层薄灰的，浅碧的轻纱，轻纱里还像混着缕缕的烟纹。

那一晚，大约是新年的缘故，良子被赦般的在我房里坐了很久。我们是对面坐着，中间放着一个火钵，四只手交错在炭光上。

"你猜，我像多大岁数的人了？"是她先问我的，我真料不到她会拿这个女人不喜欢问的问题问我。

"你么？也就是十八九岁的光景。"我诚实地回答她。

她听了这回答，立刻把按在火钵上的两只手，迅速地掩在面上了。

我正惶恐着我回答的失检，那知她却这样说了：

"还十八呢，都快成老婆子了。"她那种害羞的样子，就从她低倾的头，耸着的肩，也可以清楚地看出来。

她告诉我她的年龄和我相仿——二十二岁了。

后来，我们又谈很久的话，但我的心情总是沉郁的。

最后她道了"请安息"，离开我的房子——没有一点声音，我知道她扭息了楼道的灯，厨房的灯，推开门正要回主人那边去的时刻，一种清脆的声音传到我耳里来了——

"外边敢则是下雪呢。"

——一股寒气，不会猛地侵袭了她么？

我随着便推开我的窗户，宇宙已经是清凉皓白的了，远处，靠近轨道旁边的灯光，模模糊糊地在苍苍茫茫雪的世界里照耀，天盖是一片乌黑的。

我就寝的时候，我还没有忘却刚才谈话时的情景。

——啊，年华，竟这般地能够敲动人们的心扉！它恐怕才是宰杀壮志的惟一利刃！

年假过后，良子忽然不见了：我以为她或者被主人辞退了。

——人生无缘无故地相逢，又常常是静悄悄地便永别了，我这样想，我心里是怏怏的。

过了几天，我正在房里读书，她——良子，忽然又在门处发现了。我真忍不住地狂喜起来。

"使你惊讶了吧？你以为我是不再回来的？"

她带来了许多像片给我看，她还说再回去的时候，拿一张她所最喜欢的赠给我。

春天并不是东风带来的，她好像被阵阵的微雨侵洗了出来。树木，野草，一天比一天地茵绿了，当初像鹿皮似的山坡，现在已经添了一番葱茏的气象了。

梅，桃，都随着花信风吹得先后的开放，我要回国的时候，正传说上野的樱花，已有三分开意的消息。

唉，我真是舍不得这里，舍不得这里的一切！

临行的前夕，我依旧沿着坡路归向我的住所，那落日时分的天上的彩霞，由橙黄而桃红而深红，而绛紫而茄紫……

回到房里，自然要倚着西窗，让我的眼睛作一度最后的收获。

落日已经沉在地平线下了，还有辐形的余晖，在富士峰后映射。夕霭已经浓厚了。不久就蕴满了冈下那一片低田，望过去真仿佛是一片茫茫的烟海，那几点藏在松林背后的灯光，陪衬得如同几个扁叶渔舟，送过荧荧的灯火一般。

那个劳苦的女子——良子，又有几天不见了。是被那个年轻多嫉的主妇辞退了呢？还是为回去取像片呢？明天此时，虽然窗外景色如旧，可是这房里已经变成空空的了。

果然是，人生无缘无故地相逢，又静悄悄地永别了！我离楸之寮最后的一刻，也没有看见良子的倩影……

一九三〇年六月改作

（选自《晞露集》）

曼青姑娘

曼青姑娘,现在大约已经作了人家的贤妻良母;不然,也许还在那烟花般的世界里度着她的生涯。

在亲爱的丈夫的怀抱里,娇儿女的面前,她不会想到那云烟般的往事了,在迎欢,卖笑,妩媚人的当儿,一定的,她更不会想到这芸芸的众生里,还有我这么一个人存在着,并且,有时还忆起她所不能回忆得到的——那些消灭了的幻景。

现在想起来,在灯下坐着高板凳,一句一句热心地教她读书的是我;在白墙上写黑字,黑墙上写白字骂她的也是我;一度一度地,在激情下切恨她的是我;一度一度地,当着冷静,理智罩在心底的时刻,怜悯她、同情她的又是我……

她是我们早年的一个邻居,她们的家,简单极了,两间屋子,便装满了她们所有的一切。同她住在一起的是她的母亲;听说丈夫是有的,他在很远很远的地方做着官吏。

每天,她不做衣,她也不缝衣。她的眉毛好像生着为发愁来的,终日地总是蹩在一起。旁人看见她这种样子，都暗暗的说曼青姑娘太寂寥了。

作邻居不久，我们便很熟悉了。不知是怎么一种念头，她想认字读书了，于是就请我当作她的先生。我那时一点也没有推辞，而且很勇敢地应允了；虽然那时我还是一个高小没有毕业的学生。

"人，手，足，刀，尺。"我用食指一个一个地指。

"人，手，足，刀，尺。"她小心翼翼地点着头儿读。

…………

我们没有假期，每天我这位热心的先生，总是高高地坐在凳上，舌敝唇焦地教她。不到一个月的功夫，差不多就教完"初等国文教科书"第一册了。

换到第二册，我又给她添了讲解，她似乎听得更津津有味地起来。

"园中花，

朵朵红。

我呼姊姊，

快来看花。"

…………

"懂了么？"

"嗯——"

"真懂了么？不懂的要问，我还可以替你再讲的。"

"那——"

"那么明天我问！"我说的时候很郑重，心里却很高兴。我好像真个是一个先生了；而且能够摆出了一点先生的架子似的。

然而，这位先生终于是一个孩子，有时因为一点小事便恼怒了。在白墙上用炭写了许多"郭曼青，郭曼青……"；在黑墙上又用粉笔写了许多"郭曼青，郭曼青……"。罢教三日，这是常有的事。到了恢复的时候，她每每不高兴地咕噜着！

"你尽写我的名字。"

现在想起来也真好笑，要不是我教会了她的名字，她怎么会知道我写的是她的名字呢？

几个月的成绩如何，我并没有实际考察过，但最低的限度，她已经是一个能够认识她自己名字的人。

哥哥病的时候，她们早已迁到旁的地方去了，哥哥死后，母亲倒有一次提过曼青姑娘的事，那时我还不很懂呢。母亲说：

"郭家的姑娘不是一个好人。有一次你哥哥从学校回来，已经夜了，是她出去开的门，她捏你哥哥的手……"

"哥哥呢？"

"没有睬她。"

我想起哥哥在的时候，他每逢遇着曼青姑娘，总是和蔼地笑，也不为礼。曼青姑娘呢，报之以笑，但笑过后便把头低下去了。

曼青姑娘的模样，我到现在还是记得清清楚楚的，她的眼睛并不很大，可是眯眯地最媚人；她的身材不很高，可是确有袅娜的风姿。在我记忆中的女人，大约曼青姑娘是最美丽的了。同时，她母亲的模样，在我脑中也铭刻着最深的印象；我从来没有见过那样神秘，鬼蜮难看的女人。的确地，她真仿佛我从故事里听来的巫婆一样；她或者真是一个人间的典型的巫婆也未可知。

她们虽然离开我们了，而曼青姑娘的母亲，还是不断地来找我们。逢到母亲忧郁的时候，她也装成一副带愁的面孔陪着，母亲提起了我的哥哥，她也便说起我的哥哥。

"真是怪可惜的，那么一个聪明秀气，那么一个温和谦雅的人……我和姑娘；谁不夸他好呢？偏偏不长寿……"

母亲如果提到曼青姑娘，她于是又说起了她。

"姑娘也是一个命苦的人，这些日子尽阴自哭了，问她为什么，她也不肯说。汤先生——那个在这地作官的——还是春天来过一封信，寄了几十块钱，说夏天要把姑娘接回南……可是直到现在，也没有见他的影子。"

说完了是长吁短叹，好像人世难过似的。

她每次来，都要带着一两个大小的包袱，当她临走的时候，才从容，似乎顺便地说：

"这是半匹最好的华丝葛，只卖十块钱；这是半打丝袜子，只卖五块……这些东西要在店里买去，双倍的价钱恐怕也买不来的。留下一点罢，我是替旁人弄钱，如果要，还可以再少一点的，因为都不是外人……"

母亲被她这种花言巧语蛊惑着，上当恐怕不只一次了。后来渐渐窥破了她的伎俩，便不再买她的东西了。母亲也发现了她同时是一个可怕的巫婆么？我不知道。

我到了哥哥那样年龄，我也住到学校的宿舍里去。每逢回家听见母亲提到曼青姑娘的事，已不似以前那样的茫然。后来我又曾听说过，我们的米，我们的煤，我们的钱，都时常被父亲遣人送到曼青姑娘家里去，也许罢，人家要说这是济人之急的，但我对于这种博大的同情，分外的施与，总是禁不住地怀疑。

啊，我想起来了，那丝袜的来源，那绸缎的赠送者了……那是不是一群愚笨可笑的呆子呢？

美女的笑，给你，也会给他，给了一切的人。巫婆的计，售你，也会售他；售了一切的人。

曼青姑娘是一个桃花般的女子，她的颜色，恐怕都是吸来了无数人们的血液化成的。

在激情下我切齿恨她了；同时我也切齿恨了所有人类的那种丑恶的

根性！

曼青姑娘，听说后来又几度地嫁过男人，最后，终于被她母亲卖到娼家去了。

究竟摆脱不过的是人类的丑恶的根性，还是敌不过那巫婆的诡计呢？我有时一想到郭家的事，便这样被没有答案地忿恨而哽怅着。

然而，很凑巧地，后来我又听人说到曼青姑娘了；说她是从幼抱来的，她所唤的母亲，并不是生她的母亲，而是一个世间的巫婆。

在冷静独思的当儿，理智罩在我心底的时刻，我又不得不替曼青姑娘这样想了：她的言笑，她的举止，她的一切，恐怕那都是鞭笞下的产物；她的肉体和灵魂，长期被人蹂躏而玩弄着；她的青春没有一朵花，只换来了几个金钱，装在那个巫婆的口袋里罢了……

在这广大而扰攘的世间，她才是一个最可怜而且孤独的人。怜悯她的，同情她的固然没有，就是知道她的人，恐怕也没有几个罢。

一九三〇，七月改作

（原载《北新》第4卷第21~22号合刊）

随笔（四则）

一　韩学监

七八年以前，我正在城北的F中学里读书。那时我不知怎样会成了全校的一朵异花，不，也可以说是三百多同学的矢的。到现在回想起来，我也不能明白那些似乎疯狂了的同学们，他们对于一个天真烂漫的孩子，是抱了爱意的相亲，还是存着恶意的缠闹。

再也没有比那时更苦恼的了，我进F中学的那年，便是我初次离开家的一年。看见那整齐而庄严的校舍，虽然从心里暗喜，暗喜我已经是一个中学生，但是身子一走进学生宿舍，便不觉感到寂寞与孤独的酸味了：那薄薄的两块板，那漆黑而古旧的书桌，那晦暗透不过光明来的玻璃窗……在在都使我抑郁。想到自己在家里的小屋，有自己睡惯了的小床，用惯了的小桌和小凳，它们永远是亲切地迎待我，决不像这宿舍里的一切东西，冷冰冰的，要我低声下气地去俯就它们。

所谓我的一切同学们，一个个都老得像我在小学里的先生们了。结婚，不要说；孩子大概都已经有了。我暗察他们的面庞与眼色，除了使我厌恶嫌避之外，实在没有一个可亲的。

最不幸而苦恼的事，恐怕我遭遇得也最多了。和我一个寝室住的几个同学，偏偏还是几个不但使我嫌厌，而且使我恐怖的人。他们之中，有两个是带着丘八气的兄弟，另外还有一对是富于参谋性的策士，也是兄弟，其余还有一个禀赋着牛力的大汉——听说他的家乡是以眼药出名的定县，然而他的眼色，似乎并不高明，而且极度地狞恶。此外还有一个表面很和蔼的李君，他是当时学监兼舍监陆先生的外甥。讲起他的身分，在我们寝室里恐怕最显贵了。高昂地，他那种傲然的气概，时时会从他冷笑的牙缝里透出来。

在这样人才济济的同寝室之中，可惜我只是一只孤独被压迫的羔羊。他们谈笑自若，他们联成了一条强悍的战线。

存了挑战态度的他们，自然时时想着和我寻衅，他们会放步哨，派侦探，下动员令……而我呢，只有让防或逃阵的方法避免和他们接触。不过每次的结果，败绩的我，蒙头在被里哭泣一阵，凯旋了的他们，聚集着放几声洪亮的欢笑。那时掌着最高裁判权柄的陆先生——学监兼舍监，公理或者尽在他的怀里，但一想到他是李君的舅父，我再也没有一点勇气去诉冤了。

差不多每天打过熄灯铃后，我总要等很久很久才能入睡的。有时候悄悄地又起来，悄悄地在宿舍的小院里踱来踱去的。看看满天的星辰在闪烁，晚归的流萤，在檐头或墙角处一明一灭地逗着我凄楚。唉，那些在小学里的爱我的先生，那些常常和我一起游戏的小朋友们，现在已经都不在我的眼前与身边了。还有，那最会疼爱我的母亲，她一天一天地盼望着星期六的下午，盼着我回去，给我预备了我所爱吃的东西，问长问短的……我想起家里那边的温柔和爱，我又想起了这里的冷酷凄凉了。在两相比较之下，真是禁不住地把我那可爱的童年的心地上，刻划了许多深浅凹凸的痕迹！

真无怪那时每逢写到信，总离不了"人地生疏，寂寞万状……"等滥调。记得那时还订过一本小册子，题名"无聊寄恨"，那上面也无非写满了"呜呼！……嗟呼！……人生！……"等等感伤的牢骚罢了。

第一个学期终于挨度过去了，我离开宿舍的那一天，真好像笼鸟得着施放；由监狱泳到彼岸了！

家里的人都说我沉默多了，好像大人；是的，一个满身疮痍的人，他没有余力欢跳了，至多，他能笑一笑，那是为的止住了哭。

第二个学期开始了，同寝室的几个都已掉换。学校里倒依旧没有什么更动。那位学监兼舍监陆先生——我这里这样称他先生，其实当时的同学们都喊他的绰号，陆孃孃，还依旧高在其位。不知什么原故，全校都渐渐对他厌恶了。讨厌他的言语和腔调，讨厌他的举止，动作，容貌……总之是讨厌他的一切，因为他整个儿像一个妈妈。

在无言的时间的进程中，我在校里却渐渐得着人缘了——但，天！我是不稀罕这种"缘"的！它真如同春风般地吹遍了全校；洪水般地泛滥到每个人的耳里了。那时，我好像立在F中学校的旗杆上了，没有一个人不知道的，就连校长，或者是夫役。

越是高年级的同学，好像越是癫狂，他们整天地成群结队地呼嚣，狂笑，咳嗽，或鼓掌。他们有时候牺牲了他们的上课时间，就为立在院里和我一见。我理一次发，他们奇怪；我换一件衣服，他们也奇怪。我每次都被他们品评得把脸涨红了，他们仿佛才得胜一般地散去了。

那时候食堂，盥漱室，贩卖部，操场……都是我的畏途。一天之内，除了上课的时间好像受了相当的保险以外，其余每时都有被拖被绑的恐怖。有时候被拖到他们的寝室里去，他们铁桶似的围着我，有的摇头摆尾，作出许多滑稽古怪的样子逗我笑，我真是莫明其妙，我笑了又有什么值得可看的呢？

委实地，我当时是全校里一个最得不到安宁与自在的小学生了。

就在这哭笑不得的氛围中，我又度过去一个学期。暑假后我便是二年生了。校中虽则走了两班会闹的老学生，添了两班还寻不清门路的新生，但这些好像于我没有什么关系，我是依然感着不安宁与不自在的。

大约是初冬罢，陆妈妈终于辞职了，全校人心一快。这时最紧要的消息，就是关于候补人选究竟是谁的问题了；可是传言不定，众说纷纭，大家都是翘首盼望着新学监的出现。

后来，布告出来了，新聘的学监姓韩，听说他是新才从美国回来的。

韩学监莅校的那天，全体的学生都集在大礼堂里预备欢迎他，把偌大的礼堂，挤得水泄不通了，这是我到中学后历来未曾见过的一种盛况。

校长作过简单的介绍后，于是大家都聚精会神地把目光移到韩学监的一个人身上了。他从容地走到坛前，笑容可掬地向大家鞠了一躬，停了一会，他便开始了他的演辞。

大意是说：我也是新从学校里出来，我实在不敢当称这个学监的职分……我并不懂怎样管学生的……只要不出乎学校里的规矩，大家尽可以活泼地玩，我从来不喜欢那些年轻的人，一个一个都像书呆子……

自然地，比起陆妈妈那以严格，专制政策自命的，真是不可以道里计了！那时立在台旁的校长，好像意想不到他会请来了这么一个会尽教学生玩的学监，他不是摸一摸胡子，就是望一望台上的韩学监，他的墨色眼睛放射出来的光线，在大礼堂里幌来幌去。

韩学监演说了一点多钟，无论从言语方面，学问方面，态度方面……都是令人景仰的。他的演说乍一止，热烈的，如雷般的掌声便在大礼堂里震动了。那时，我欢迎韩学监，也正如同大家欢迎韩学监的心理一样。

一星期过后，我们第一次上韩学监的集会班，礼堂上的人，差不多还和他初到校的那天一般多。我们猜想他即或不讲"四维"，"敬师长说"也要讲一点美国教育概况的，但，全不是的，他的题材，完全是出乎我们意料之外。

"今天我要对大家说的，就是关于这一周来我在学校里发现的一点东西……"韩学监时时用手摸着他背心上挂的一条表钟，和蔼地继续说。

"这种习气，或者不专专在我们学校里，然而我总希望我们学校里不要有它……"

"都是一样的同学，为什么要把人家当作女性呢？我不知道××是谁，但我想他一定被你们包围的，一定时时都受你们的欺负……"

"我在学校的墙壁上，看见了许多粉笔字，写来写去地无非是写的人想占些便宜。这礼堂背后的一条过路墙上，就是写了很多很多的……"

这时，礼堂里的人头，都在攒动了，还有许多人回头，仿佛寻找谁似的。幸亏我身材低，又坐在后面。所以没有被许多人发见。韩学监的话，仍然继续着。

"什么'某某是某某的妻'，'我爱某某'……这些话，写来有什么用处呢？果真写了这些便是真的了么？这正是代表那人是无聊的。我希望这些粉笔字，在我没有发现的地方，谁写的谁还擦去，我所看见的大约都叫堂役刷净了。"

我当时在礼堂里真是惶羞得什么似的，因为那些粉笔字，连我自己也没有怎么看见过。韩学监在这第一次集会班里便提出了这一桩事，这一点钟的演说，似乎完全为了我一个人，真是给我出了一口大气，我想。

不久，韩学监便认识我了，我也不时地便到他房里去。

从此，韩学监就好像成了我的一个保护者；因为同学们都对他敬爱，所以我并没有受什么外来的反感。

我好像渐渐从旗杆上落到平地了，F中学的重心，也就渐渐移到韩学监一个人的足下。

然而，在校长的心里，已经收藏了许多从他墨色眼镜里的见到的东西了。终于因为重心转移的问题，校长把韩学监又辞换了。韩学监走了之后，学校里曾起过多次的风潮，多次危险的斗争……

我不久就转到旁的学校去了。

前年我从远道归来，在平津的火车里遇见过韩学监一次，我们都是风尘仆仆的，彼此望着被风尘消毁了的面庞。

"你还记得当年在F中学的事么？"他揉着掌，望了我一眼，又把视线急忙投到车窗外边去了。

我记得我当时没有回答出什么，我倒是笑了笑。过去毕竟是过去了，当年那些疯狂似的同学们，恐怕也有不少地去作旁人的学监了……

弟弟现在也在城北的F中学里，他说当初的礼堂，已经改了教员休息室；当初韩学监住的地方，已经改建了图书馆；当初的寝室，现在只是堆积着东西……

F中学，真有多少年没有去过。我去，我也不会再找到当初的许多陈迹了！

韩学监的家，现在大约还是住在什刹海的北岸，我想到这里，我心里仿佛找着一些慰安似的了。

二 童年之友

十年来徘徊在她们的门外，那槐荫下的大门，几乎在我的眼里映过上千的次数了；然而，我所渴望的人，我童年的友伴，终于没有邂逅过一次。

　　这大约是人间的通性，一个病在床上的老人，他会想到许许多多故乡的土产，虽然这些土产就是萝卜，青菜或芋头……同样的一个思春期的青年，他无论怎样憧憬着锦般的未来，神般的偶像，但他决不会忘记了他的童年的友伴。童年的友伴，好像距他最近，也了解他最深似的。

　　童年恐怕才是人生的故乡，童年所经过的每桩事，就好像是故乡里所生的每种土产了。

　　谁都禁不住地要系念他的故乡与土产，但谁能够回到他"人生"的故乡，在那里还采集着土产呢？……

　　回想，惟有回想了；也正如同纸上的画饼与梅子：充不了饥肠，也止不住口渴。

　　敏，她是我童年的惟一的友伴，她比我小两岁，从六七岁我们便在一起了。那时我们的家也在那槐荫下的大门里。大门里有三个院子，我们住在最前边，她们住在最后边；中间隔着一个花园，花园的前边还住着一位史太太。史太太也有一个女儿，她的名字我已经忘记了。

　　弟弟那时是红菊姊带着，能够单独在一起玩的只有我和敏和史家的姑娘三个人。不过史家的姑娘也和我们不很好的，因为我和敏时冷待她。我们玩的时候，不在后院，便在前院，史太太那里我们是很少去的。不过有时候敏和我闹恼了，她偏偏喜欢到史太太廊子上的柱前去哭，用袖子把眼睛拭得通红的，好像要宣示给人家，她实在受了我的委屈了。

　　她每逢哭了，史太太便揭开帘子趁机地说：

　　"我叫你不要和他玩罢？男孩子总是会欺负人的；姑娘和姑娘在一起玩，再也不会打起来。"

　　假使当时我的母亲或她的母亲出来讯问，史太太又这样地说了：

　　"大人们真不能为孩子劝架，好起来是她们，恼起来也是他们。香的时候就恨不得穿一条连裆裤，臭了比狗屎还臭……"

接着便是史太太张着金牙的嘴大笑。

其实，我从来没有欺负过敏，每次哭，大约都是因为她要撒娇。有几次她在史太太的廊子上哭，我趁着没有人出来的时候悄悄拉她几把，她便又带着鼻涕笑了。

"一哭一笑，小猫上吊。"我把右手的食指，放在鼻上羞她。

她跑了，我知道风波平静了。她跑到花园，我便也跟到花园，在花园里，我们又重新是一对亲密的伴侣了。

那时候的敏，在我眼里真是一个最美丽的仙子了。她一笑，我的世界就是阳春骀荡；她一哭，我的世界顿时又变得苦雨凄风了。最有趣的，莫过于她娇嗔我了，她以为我怕她，其实我尽蹲在一边看她那对乌黑浑圆发亮的眸子。她支持的时间愈长，我感到的快活也仿佛愈浓似的。

真的，我每逢回想到童年的时候的奇怪的性格，我脸上便禁不住地要频频发烧了。在女性的面前，我从来不以那些装出的骑士或英雄的风度为荣；就是被她们虐待着，压迫着，在我也并不以为耻辱。童年，我或者被敏骂过，唾过，也许还被她打过，但在我的身上，丝毫不曾留下一点伤痕。我真是懊悔，我如果留着那种伤痕，我是怎样地感着酥痒而快活的呵！

从六七岁一直到十三四，我们双双的足迹，大概已经把那个偌大的花园踏遍了，或者重复了又重复罢。年龄渐渐大了，跳着跑着的游戏，也渐渐稀少了。后来我们常常默默坐在廊下或窗前，翻阅图画册子，或者读一些浅近的童话。

记得我有一次曾在她面前夸耀过我在小学展览会里的成绩，她有一次也给我说过一个她最得意的故事。那故事我到如今还记得的，大意是当初有过一个鞋匠，他一次用鞋底击过十个苍蝇，他的绰号是：嘻嘻哈哈，一击十个……

当着我们眼睛光碰到一起，或者并坐着觉得彼此的肩背已经靠得温暖了的时候，我们便又不好意思地离开了。莫非那时已经有了一个"魔"，不时地拖我们相亲，不时地又用力把我们分离么？……

我们的家，已经从她们那里迁出十多年了。在这十多年里，我和敏的天地，几乎完全隔绝了；虽然我们还是同在一个城圈里，相隔不远的。

母亲在的时候，还有时谈起敏，又提到我的婚姻。母亲去世之后，只有我一个人在夜深时，孤独地，辗转着系念她了。白日里。每一兴奋起来，便要跑到她们的门前去，我想进去会她，我没有勇气；我想等待着和她一见，也总没有那么一次相巧的机会。我默默地在她的门前徘徊，我的心，似乎比那槐荫还更阴沉……

前年的秋天，听说敏的母亲病重了，我于是鼓着我的勇气，我想亲自到那槐荫下的大门里探问她们了。

我两手虔诚地捧着我那"希望"的花蕾——那蕴藏在我的心园，十多年来未曾放过的一枝花蕾，战战兢兢地叫开了她们的门扉，我又如梦一般地走进了她们的庭院了；我是如梦一般地坐在敏的寝室里。我四处张望，我没有找到敏的踪影。

她好像是刚才艳装出去了；她的妆台上放着一盆乳白的带温的脸水，还放着揭着盖儿的香粉，胭脂，……床上团着锦被，绒枕；壁上挂着许多电影的明星……那一件一件时髦的衣裳，也都零乱得没有收起……

我悄悄走进往日的花园，往日盛开着一切的花园，现在已荒芜而废弃了。只有几株皱皮的枣树，还东倒西歪地倚在墙头。他们好像是年老的园丁，只有厮守着这里，而无心再顾这满目荒凉的景象了。

青春的花园，已经颓老了，失却红颜的女子，还在向她们的颊上涂抹粉脂！

去年的秋天，我真的有一次遇见敏了。

和她偕手欢笑的是一个"明星"般的少年，而在她的眼前过去的——一个童年的友伴，竟没有得她一睬呢。

唉，那蕴藏在我的心园里，十多年来未曾放过的一枝花蕾——我永远不曾想着把它遗弃的一枝花蕾，现在我已经无处亦无法捧赠我那童年的友伴了；去罢，我心里低低地说着——

——让这枝花蕾，还是在你自己的那双高底鞋跟下残踏了罢；我的心园已经冰凉了，它迟早地会死去的……

——去罢！你希望，你娼妓！

…………

那病在床上的老人，我祝他早早健康起来；那徘徊于爱人门外的青年，也快快地回转过头来罢！

"人生"的故乡，毕竟是归不得的，聪明人，莫再回想你们的童年了！不要踌躇地向前进，大道和果园，焉知道不展在你的眼前呢？

三　哥哥的死

在沉寂的，将近午时的空气中，突然听见母亲的哭声了，我急忙跑到北屋去了。

哥哥笔直躺在床的当中，那些从鼻孔里流溢出来的褐黄色安眠药水，已经把他的两颊和腮下染得一片模糊了。母亲紧紧伏在他的枕畔痛哭着，她的手，一下一下用力地捶着床沿和她自己的胸脯。

——怎么？在这样大声的哭号中，哥哥怎么——动也不动呢？……

因为我是第一次临着这人生最后的一场，我的脑中才迸出了这个疑问，但不久，四围的情景告诉我：

哥哥是死了!

我放声地哭了出来,我看见母亲和弟弟的可怜的样子,我哭得更痛切了;尤其是,平素哥哥所讨厌的仆人也在一旁流涕,这使我悲痛上又加悲痛了:连他们也都可惜我的哥哥么?

母亲叫我和弟弟到堂屋里吃饭去,但谁也不能下咽了。望见壁上哥哥的相片,又不禁跑到像片前面哭起来了,其实,真的哥哥还在隔壁的床上躺着,只因为是一个紧闭了眼睛,怪骇怕的相貌,所以我和弟弟仍旧向像片上寻着我们那个笑容的哥哥了。父亲从外边回来的时刻,全家又是一度沸腾了般的哭号。

"正是十二点钟的左右,我坐的一辆车子偏偏在路上断轴了……"父亲哽咽地继续着说,

"唉,毕竟是不祥之兆,骨肉分离!……"

我们听了父亲的话,毛发悚然了!

恐怖与阴霾罩满了的一日,不久就是夕暮的时刻了。太阳落去之后,全个的世界,仿佛都被幽灵占去。平时最胆怯的我和弟弟,又明明记着"死"和"鬼"是有关连的一回事情,我们觉得现在的心里,混着变了像的哥哥,青面獠牙的鬼,穿着黑衣服恐怖的死神……我们的心,忐忑着,激跳着,一刻比一刻地紧急。……

第二天是哥哥入殓的日子,母亲叮嘱我和弟到外边游玩一天去。当我从堂屋门口经过时,一眼便瞥见哥哥的尸身,已经静静地放在屋子的当中了,他的身上蒙了一条黄色的经被,乌黑的一丛头发,却还露在经被的外面……

记得那天我是同弟弟到一个很远很远的庙会去的,庙里有许多卖甘蔗的摊子,那正是阳春的天气。

我们回家的时候,哥哥已经装进一口漆黑的棺里,高高停在板凳上面了。屋子和院里,都嗅得着一种石炭酸的气味,在这气味里,好像四

围更低压而且寂静了。

母亲说,哥哥的东西都给哥哥带去了:他的证书,放在身边,他的徽章,挂在胸前,他的一支赭色的水笔,也依旧插在他的襟上……他统身的衣服是新的,头上还戴着一顶黑色的礼帽……

"直到入殓的时候,他的两只眼睛还没有瞑尽……"母亲说到这里,又痛切地失声了。

在治丧的期间,不时地就有人来吊唁。有的立在灵前读着沉痛的祭文,读罢了又用烛火焚去;有的抚棺痛哭一阵,哭罢还要带着余哀回去;虽然也有些默默鞠罢三躬掉头便走的,可是在他们的面上,也可以同样地找出那种深深惋惜的表情……

自然地,那都是哥哥生前的好友,好友中丧去一个,就如同你自己的身体与灵魂也死去一半了!诗人不是这样地说过么?

可怕的时间的过隙,真如同一条飞奔的瀑布:多少的砂石,被它冲泄下去;多少的泡沫,是瞬间地诞生,又瞬间的泯灭!

没有几天的工夫,哥哥的灵柩,便围在许多花环中移出去了。母亲一直哭送到门外。那是和她永诀的长子,是她倚闾再也不能望到的长子!

那些预先和哥哥订好了一同放洋的朋友们,不久就听说都按着船期走了。

是的,无论怎么样伟大的前程,锦绣的来日,都是要生者去走去行的,但是,哥哥死了,哥哥的一切都休止了!

……

虽然哥哥才死了十多年,在社会上,有时偶尔听到一两个耳熟的人名——哥哥的朋友,已经觉得是隔世一般了。可是这一两个名字,仿佛对我越发亲切了似的——其实,他们又哪里会知道我是知道他们的呢?

对于终古如斯的"人潮",打上来,淘下去,升了,沉了,我只是茫茫然的,我并不觉什么悲戚。就是想到早经死去的哥哥,我也不再徒自流泪了。

然而,有时在极微细的感印中,偏偏又抚着那一把悲哀的钥匙了。譬如在阳春时候的甘蔗,在世界的任何处,任何人的口里,恐怕都是最甜的东西,然而每每在我咀嚼过后,我仿佛尝到里面还含着一种酸苦的余味似的。有时候在路上逢着那些活泼泼挂着和哥哥同学校的徽章的青年,或者襟上也是插着一支褐色水笔的人们,我心里便又黯然下去了……

触景兴感,原是人的常情,我不再奇怪它。不过我时时被浸在一种悲哀的深渊里,那是我不能得到解脱的——

我时时刻刻在期望着我的弟弟能够前进与努力,但结果总是使我感到一种失望的悲哀。当我悲哀的时候,我并不反悔我那种期望是错误的。不是么,我现在常常想到我的哥哥——也许当时我太年幼罢,他对于我,好像并没有什么希望与期待似的,以致直到现在,我还深深感着一种空幻的,孤独的,漠然的悲哀!

十年来虽然在梦中还时时逢着不死的哥哥,但他从来还不曾为我解去这个悲哀的结扣呢。

四　芸　姊

有些时候,我真想从箧底或箱中翻出那些往年的日记册子重新把我和芸姊初恋的史页细细回味一下;但一想到这里,那暖暖的,绵绵的过往一切好像已经罩在我的目前了:他仿佛是一个阳春三月的早晨,朝暾含着白雾,白雾里裹着朝暾。

我认识芸姊,正是在八年前的一个春天。我记得初次见着她的时候，一句话也说不出来，羞红着脸便跑到我自己的房里去了。我从来是一个怕见生人的人，何况那时芸姊又是一个比我长两岁的异性姑娘呢！然而芸姊并不肯放松我，她随着就从堂屋追到我这边来了。说话也是她先开口的：

"你为什么要和我这样生疏？我们以后就和姊姊弟弟一样的了。"

我没有说什么话来，或者因为我受宠若惊，一切都驯服于她了。

第二天相见的时候，她送了我一个花钱袋——是她自己织的。后来，我不知怎么，她才给我缝好了夹袍，又要给我缝绸背心了。有时，她说端节来，其实在端节以前，她已经来过好几次了。

那年的春光，总算把我的童心融开了；我开始在我的青春史上印迹，从第一页，第一行，便尽让芸姊占去了。

仅仅地，只有几个月的过隙，芸姊便被迫着出嫁了。虽然在嫁前她是那般地自苦而且慰我，嫁后又是那般地体贴而且慰我，但是，我的青春的史页，从此便空空的没什么了……

她出嫁那一天，下了一天的倾盆大雨，从早到晚，一刻也没有停止。

她在嫁期以前，我已经说过那天我是不去的，所以醒来听见雨声，自己并不觉得怎样失望。不过，这雨下得过于大了，偏偏逢着芸姊出嫁这一天，好像天是有意玩弄人们，把人们的兴头都打消了。

母亲，弟弟和仆人，不久都冒着雨接踵而去，关在家里听雨的，只剩了我一个人。我心里想着芸姊的家里，这时是怎样的忙乱，怎样的喧杂，一切的声音，是怎样地和这雨声织在一起，……而她，钟爱我的芸姊，外面是怎样地沉默，心里又是怎样凄惶，而感到一种燃烧似的不安啊！她的母亲不能了解她，她的亲友们更是和她隔阂了；而能够知道她的，她所钟爱的人，又偏偏说了今天不来的……

我不断地设想，我又不断地替芸姊难过起来了，我怅惘，我懊悔我太孩子气了！

近午的时候，秦妈——我们的女仆，从她们那里匆匆地跑回来了，一直便进了我的屋子说：

"叫你去呢，她们都请你快快过去呢！"

"我不去，我说了不去了。"

"车都给你叫好了，快去罢！"她微笑着等我的回答；我仍然不作声。

"去呢，去呢，"秦妈的声音变得低了。

"芸姑娘说，你不去，她也不上轿。"

我心里真是踌躇起来了，而秦妈依然仰着脸向我笑。她是惟一知道我和芸姊的人。所以我被她笑得更不好意思了。

"你想也不能让我为难啊——"

我终于被她曳走了。

我到了芸姊家里，全院的宾友都用异样的眼光看我。我一直走到芸姊的房里，房里只有她的母亲和我的母亲两个人伴着她。

"你看，你的弟弟来了罢！"我们的母亲，异口同声地说，仿佛都要欢喜得叫出来了。芸姊这时把头轻轻抬了起来，莹莹的一双眸子，把我的全身打量了一遍，又重复把头低下去了。

不久，芸姊的母亲和我的母亲，都先后出去了，把门虚虚地掩着——我不知她们是有意还是无意。

"你到这边来坐呢。"她愿意我坐得靠近她，坐到她的床边去。

我忸怩地如她所愿了。

我穿着一身绯色的新衣，扣子也没有扣全。她的头发是蓬散着，脸上有着不少的干了的泪迹。真的，她一点也不像一个将要，——不，——即要作新娘的人，她更不像是今天全舞台上的一个喜剧的主人公了。

"弟弟，你应该想开了一点才对呢……"

她几番地这样劝慰我，好像这一句话，要安慰我到终生似的。

我哽咽着连一个字也说不出来，我心里仿佛如麻般的零乱，刺般的隐痛着。那时，我的确忘记我自己在那里了，就是房外的人声，窗外的雨声，我也一点感觉不到了。

她说的话，其实正是我应该对她说的；我不知那时我怎么竟那样的麻木，胆怯！我自始至终，差不多连一句完整的话也没说出口来！

唉，虽不是恨不相逢未嫁时，但也是生米熟饭了！

她的手，我不知什么时候已经按在我的手上了，当我发觉的时候，我也把我的手反转过来，让手心对着手心，彼此重新地握着，又紧紧地握着。我们虽然都沉默了，但手里的汗液，好像湿津津地透出了我们的心意了——我们那种不能言传的幽怨。苦恼……

我不知这样过了多少时刻，她的母亲后来走进房里了。

"姑娘，不早了，该梳妆了。"

随着，又走进一个满头插着红花的中年妇人，那大约就是为芸姊梳妆来的。

她们不断地催妆，我就悄悄地走了。

芸姊，钟爱我的芸姊，毕竟在哭声和雨声中出嫁了……

在芸姊嫁后的两个多月，她有一次又同着她的母亲来访问我们了。她的母亲和我的母亲在一起谈话，而芸姊一天都伴着我在一个小书房里。在默默的对坐中，我们心里所感到的那种蕴蓄的压迫，激烈的悸动，仿佛还和她未嫁以前，我们初见的时候一样。

那种压迫与心悸，仍然没有一个机会轻释或泄露，四周的沉默空气，使人窒息而可怕了！

我呆呆地回想着我们的过往，而芸姊，却不知什么时候已经啜泣起来了……

虽然我想立刻投在她的怀抱里让她抚爱我，让我的体温，温暖了她那颗冷寂的心，但是我更局促了，局促得几乎要使我从她面前逃脱出来才好。

真的，一个是满怀都像燃烧起来了，一个是四肢仿佛都麻痹而痉挛了。

我不知后来是神还是魔的力量，我们的脸会偎在一起了，觉得热灼灼地，我们的眸子对着眸子，仿佛电般地交流着；还有，我的唇吞着她的唇，像一个婴儿吮乳一般地……

不要说蜗牛是怯惴无为的，他也会渐渐走到了水草的所在的地方……

芸姊头上的一根翡翠簪子，不知什么时候被折断了。她怅然地捻着碎屑，好像没有着落了似的。

——啊，翡翠成了碎屑了！还能使它完整么？我看眼前的情景，我也恨不得把自己的身子研成粉末了！

唉，这是命运的摒弃么？这成了我们千古间的一个污点了！

黄昏到了，室内的光线，完全是灰暗的，我们在这幽灵般的氛围里，又重复沉默而拘泥起来，并且我们再也没有勇气互相看一眼了——啊，那永远不会磨灭的一个羞答答的模样！

也许我们当时的眼睛都朦胧了；我们初次饮了一杯人间的醇酒，我们都真的沉醉了。

晚餐没有吃，他们就走了，我把她们送出大门，声音很低微地说："再会了。"

芸姊回过头，来脉脉地望了我一眼。

"你回去罢，等到中秋我还来呢。"

小巷是静静的，我恨它太短了！芸姊和她母亲的背影，不久就在我的眼底消失了……

那消失的不仅只是他们的背影，那半年来的梦般的陶醉的温爱，就从此和我离别了。当着小巷里已经空寂，而我还独自伫立在门外的时候，我那里会想到我青春的晨光，已从此便随着暮色暗淡了下去呢？……

　　那年的中秋，我终于盼到了；但是，浑圆的明月，只让他空空地悬在头顶，我那颗缺陷的心，竟没有钟爱我的人来抚扪了。

　　一年复一年的长逝了，我和芸姊已经别了八度的中秋。年年的中秋，头顶都是空空地悬着远远地明月，然而我心的缺陷处没有人来弥缝。所有的余零的青地，也都先后地荒芜了。时昔，我还由缺陷罅隙，流出待人不至的泪水；让它冰凉地挂在脸上；现在呢，我的一切都枯竭而衰老了！现在我已经走上这辛苦而荆棘的成年路上，我只有凭吊那悄悄地，漫漫地消失了的青春而已。有时，我强为欢笑地想：我怨恨么？不，不，我永远会记忆着，我爱过，我也被爱过；我曾有过青春的时候，我也曾有过一度青春灿烂的时候！

　　过去的八年中，听说芸姊已经做了几个儿女的母亲。她的家族，听说已经沦散了，她的父母都是可怜地死在客地……

　　我的心，虽时刻如焚地惦念着芸姊，但是没有机会重逢了。我恨不能寄在那春天的飞絮，秋天的落叶上而让他把我带到芸姊的阶前窗下，让我飞绕着她的身边即或道不出"平安"也可以看一看他是否别来无恙。

　　唉，这都是梦罢？我但愿在芸姊不知道我的地方，我永永地为她祝福罢！

一九三〇，八月改作

（选自《晞露集》，原载《文艺月刊》第1卷第3期，1930年10月出版）

家

低低的门，高高的白墙，当我走进天井，我又看见对面房子的许多小方格窗眼了。

拾阶登到楼上，四围是忧郁而晦黯的，那书架，那字画，那案上的文具，那檐头的竹帘……没有一样不是古香古色，虽然同我初遇，但仿佛已经都是旧识了。

我默默地坐下，我阴自地赞叹了：

啊！这静穆和平的家，他是爱的巢穴，心的归宿；他是倦者的故林，渴者的源泉……

我轻轻地笑了，在我的心底；我舒适地睡了，睡在我灵之摇篮里，一切都好像得其所以了！

但是只有一瞬，只有一息，我蓦地便又醒来了。这家，原不是我自己的。坐在对面的友人，他不是正在低首微笑么？他是骄傲的微笑呢？还是怜悯的微笑呢？

啊，在这个世界上，我是一个永远飘泊的过客，我没有爱的巢穴，我也无所归宿；故林早已荒芜，源泉也都成了一片沙漠……

倘如，我已经把这些告诉了他，那么他的微笑，将如何地给我一种难堪啊！

我庆欣，我泰然了。我由自欺欺人的勾当，评定了友人的微笑了。这勾当良心或者不致于过责的，因为他是太渺小而可怜了！

…………

低低的门，高高的白墙，小小的窗格……这和平静穆的家，以前，我似乎有过一个的，以后，也许能有一个罢！

我仿佛又走进一个冥冥的国度去了，虽然身子还依旧坐在友人的对面，他的"家"里。

一九三〇年十月

（选自《寄健康人》）

夜

隔了一个夏天我又回到南京来，现在我是度着南京的第二个夏天。

当初在外边，逢到夏天便怀想到父亲的病，在这样的季候，常常唤起了我的忧郁和不安。

如今还是在外边，怀想却成了一块空白。夏天到来了，父亲的脸，父亲的肉，父亲的白白的胡须，怕在棺木里也会渐朽渐尽了罢？是在这样的季候了。

和弟弟分别的时候说：

"和父亲同年的一般人差不多都死光了，现在剩下的只有我们这一辈。"

一年一年地度了过去，我不晓得我的心是更寂寞了下去还是更宁静下去了。往昔我好像一匹驿马，从东到西；南一趟北一趟，长久地喘息着奔驰。如今不知怎么，拖到那个站驿便是那个站驿，而且我是这样需要休息，到了罢，到了那个站驿我便想驻留下来；就在这一个站驿里，永远使我休息。

这次回到南京来,我是再也不想动弹了。因为没有安适驻留的地方,索性就蹲在像槽一般大的妻的家里。我原想在这里闭两天的气,那知道一个别了很久的老友又来临了。

这个槽,只有这样大,他也只得占一张小小的行军床为他的领地。

在夏夜,我常常是失眠的,每夜油灯捻小了过后,他们便都安然地就睡;灯不久也像疲惫了似的自己熄灭了。

我烦躁,我倾耳,我怎么也听不见一点声音,夜是这样的黑暗而沉寂,我委实不知道我竟歇在那里。

莫名的烦躁,引起了我身上莫名的刺痒,莫名的刺痒,又引起了我的心上莫名的烦躁。

我决心地划了一支火柴,是要把这夜的黑暗与沉寂一同撕开。

在刹那的光亮里,我看见那古旧了的板壁下面睡着我的老友,我的身边睡着我的妻。白的褥单上面,一颗一颗梨子子大的"南京虫"却在匆忙地奔驰。

火柴熄了,夜还是回到他的黑暗与沉寂。

吸血的东西在暗处。

朋友不时地短短地梦呓着。

妻也不时地短短地梦呓着。

我问他们,他们都没有答语。我恐怖地想:睡在这一个屋里的没有朋友也没有妻,他们只是两具人形,而且还像是被幽灵伏罩住的。夜就是幽灵的。

我还是听不见什么声音,倘使蚊香的香灰落在盘里有声,那是被我听见的了。

我还是看不见什么东西,如果那一点点蚊香的红火头就是我看见的,那无宁说是他还在看着我们三个罢。

不知怎么,蚊香的火头,我看见两个了;幽灵像是携了我的手,我不知怎么就到了第二天的早晨。

第二天的早晨我等他们都醒了便问：

"昨天夜里你们做了什么梦？"

"没有。"笑嘻嘻的，都不记得了。"昨夜我不知怎么看见蚊香盘里两个红火头。"我带着昨夜的神秘来问。

"那是你的错觉。"朋友连我看见的也不承认了。

…………

"多少年了，像老朋友这样的朋友却没有增加起来过。"

朋友不知怎么忽地想起了这样一句话说。

我沉默着。想起这次和弟弟分别时候的话来，又想补足了说：

"我们这一辈的也已经看着看着凋零了。"

（选自《寄健康人》）

春　雨

濛濛地遮迷了远近的山，悄悄地油绿了郊野的草；不断地在窗外织着一条轻薄闪光的丝帘。

春雨濡湿了一切，濡湿不了人家屋顶那升腾起来的炊烟。烟像一条黑龙，悠悠地在空中游泳；像一行秋雁，渐远渐远——以至不见。

滴在花瓣上的成了香泪，滢滢地，象征着薄命的哀怨。落在地上的相和泥土，虽然是无言地，但在足底，轮下，也发出一种最后的嘶声。

平明，薄暮，静静地听啊，

嘶——

春仿佛随着轮子远扬了。有时，

喳——喳——喳——

雨的幽灵在人们的足下诅咒了。

（选自《寄健康人》）

哀　乐

在夜更深的时候，我忽然醒觉了。不知从什么地方，正传过一阵一阵的哀乐，那是悠长的，低郁的，如诉如泣的。谛听了一会，我不知怎么自然而然地在黑暗里偷偷啜泣了。

我想不是我自己要醒觉来的，这哀乐，这悠长低郁的哀乐，它悄悄地把我灵魂的双扉敲动了。

古今都是一样的，富人的生，是荣华；富人的死，也是荣华；他们生死都是一样的荣华。贫人呢，生是寂寞，死是寂寞；恐怕生比死还要寂寞。

这哀乐，死者已不能复听了，恐怕只是为了表示富人们的子孙，虽哀犹荣罢？

让我感谢，我要感谢，它是没有代价的施舍，他施舍给我们贫困的生者：以悲哀的情调与寂寞的节奏。

我已经忘却了我的啜泣,我在黑暗里睁着我的两只眼睛——啊!我的眼睛只是睁在黑暗里。

一九三〇,十月十八日

(选自《寄健康人》)

一对石球

朋友，你从远远的地方来到我这里，你去了，你遗下了一对你所爱的石球，那是你在昆明湖畔买的。我想给你常寄去，你说就留他们放在这里。我希望你常常想到石球，便也常常地记忆着我们。

记得你来的时候，你曾那样关怀地问：

"在这里，听说你同着你的妻。"

"是的，现在，我和她两个人。"

我诚实地回答你，可是我听了自己的答语却觉得有些奇异，从前，我是同你一个样的：跑东奔西，总是一个单身的汉子。现在，我说"我同她两个"——竟这样的自然而平易！

你来的那天白日，她便知道了她的寂寞的丈夫还有一个孤独的友人。直到夜晚，她才喘嘘嘘地携来了一床她新缝就的被子。

我不是为你们介绍着说：

"这就是我的朋友；这就是你适才所提到的人。"

当时我应该说：

"这朋友便像当初的我，现在作了这女人的男人；这女人，无量数的女人中我爱的一个，作了我的妻。"

那夜,她临走的时候我低低地问:

"一张床,我和朋友应当怎样息呢?"

"让他在外边,你靠里。"

我问清了里外,我又问她方向:

"在一边还是分两头?"

她笑了笑,仿佛笑我的蠢笨:

"没听说过——有朋自远方来,抵足而眠啊。"

我也笑了,笑这些男人们里的单身汉子。

朋友,你在我这里宿了一夜,两夜,三夜……我不知道那是偶然,是命定,还是我们彼此的心灵的安排?

有一次你似乎把我从梦呓中唤醒,我觉出了我的两颊还是津湿。我几次问你晨安,你总是说好,可是夜间我明明听见了你在床上辗转。

我们有一次吃了酒回来,你默默地没有言语。你说要给你的朋友写信,我却看见你在原稿纸上写了一行"灵魂的哀号"的题目。

你说你无端的来,无端的去;你说你带走了一些东西,也许还留下一些东西,你又说过去的终于过去……

朋友,我们无端的相聚,又无端的别离了。我不知道你所带走的是一些什么,也不知道你所留下的是一些什么。我现在重复着你的话,过去的终于过去了。

朋友,记忆着你的石球罢。还是把所谓"一对者"的忘掉了好。

——怀B.K兄作

(选自《寄健康人》)

南行杂记

一 雪

我出发后的第四天早晨,觉得船身就不像以前那样震荡了。船上的客人,也比寻常起得早了好些。我拭了拭眼睛,就起身盘坐在舱位上,推开那靠近自己的小圆窗子。啊,滔滔的黄水又呈在眼前了!过了半个钟头在那灰色和黄色相接的西边有许多建筑物和烟突发现了,这时全舱的人,都仿佛在九十九度热水里将要沸腾一样。

早饭的时刻,有很多人都说外边已经落雪。我就披了衣服走到甲板上去,果然是霏霏的雪正在落着,可是随落便随化了。我如同望痴了一样,不是望一望海,就是望一望天边,默默地伫立着,我也不知道经过多少时候。

"唉!别了,凄凉的雪都!别了,凄凉的雪都!……"我曾在京津道上念了上百的遍数,但今朝啊,黄浦江上也同样落的是雪花,而且这些和漠北一样的寒风，也是吹得我冷透了心骨。

上海我到了，初次我到了这繁华罪恶的上海。

我曾独自跑到街头去徜徉了几个钟头。在晚间，我也曾勇敢地到南京路去了一次。那儿不是同胞流血的地方么？可是成千成万的灯火在辉煌着……

夜间，将近一两点钟了，耳里还模模糊糊听见隔壁留声机的唱声。大概是"阎瑞生托梦"那段，总是反来覆去的唱。我看见了上海，此刻我仿佛又听见所谓上海了。

睁开眼睛的时刻，雪白的蚊帐静静地在四围垂着，从布纹里去看那颗电球，越发皎洁了！大概是夜更深了的缘故。

过了一刻，我什么都不晓得了，直到第二天茶房叫醒过了后。

二　沦落人

沪宁道上一点也不感觉寂寞，窗外尽是可爱的菜田，茅屋，井栏……我不再想那岛国的武藏野了。

苏州到了，苏州城外是一片垒垒的墓地。常州到了，常州城外是一片垒垒的墓地……也许苏州常州的城里是天堂。他们正为着他们的事业奔忙，他们正在赞美或歌咏他们的人生。但城外的墓地不再增长了么？我只默默地瞑想。

无锡大概也落过雪吧，那些向阴的还没有融化。

车子如箭般地向前驰着，有时候走近江边；有时候走在山下，过了尧化门不久，似带般的城墙便望见了。这时候太阳已经在西方的山后了。

下车后就匆匆跟着接客的走到旅馆。

虽然还在我旅行的中途，但我没有一点疲倦，给我扫兴的却是车站的脚夫和旅馆的茶房。

这里的电灯晦暗极了，怕还没有菜油灯那样亮。帐子是乌黑的，至少有八九个洞。

"开饭不？白饭三毛，菜另点。"

"迟一会，我想出去哩。"

那位茶房先生，大概没有如愿以偿地走了。后来我出去吃了晚饭，在街上走了很久，买着一本《中国旅行指南》和一札南京风景画片，——就算我到了此地的纪念吧。

我的隔壁又来了两个玩把戏的北地的客人。又有两个南京口音的女人在殷勤地问长问短。

莫非"同是天涯沦落人，相逢何必曾相识"吗？

我将要睡的时刻，茶房先生又进来了。

"要开水不？"

"就睡了，不要。"

"喊个姑娘陪你，好不好？"他又客气又和蔼的问。

"什么？"

"喊个姑娘陪你睡觉……"

"什么！"

碰了钉子的他，陪着笑走了。

这样一来，我倒如同临阵似的谨慎起来了！锁好了房门，关紧了窗户，又把一盒火柴藏在枕头底下。院外和隔壁女人们的歌声笑声，使我感着极度的怕惧！此刻我虽然孤独，但我绝不希罕什么。

同时我了解了，沦落人对沦落人的殷勤原是可怕的！

三　到了西伯利亚

　　第二天的黎明我就渡江到了浦口，天色和水色都很灰黯，这里的风景和建筑物也仿佛换了另一个世界，看看南岸，还安然睡在晨雾朦朦里。

　　在寒风里候车子，从早到晚足足有十个钟头。车来了，却是一列没有篷子的货车，四边也没有门，并且是漆黑的。

　　十点多钟车才开，但鹅毛般的雪花也紧紧从黑暗的空中飘下来了，旅心虽然如焚般地急灼，抵抗它吗？啊，和我作对的天！

　　黑黝黝的一长列车，在黑黝黝的郊野古隆古隆进行着。经过一站就停得很久很久。那些已经冻僵了的驿站，路灯，都仿佛同情于我的苦楚。车是向北，风是向南，而越吹越紧的雪花，却从四面飞击着我们。车上一点温气也没有了，只靠了我们自己卅六度的体温和严寒冰雪奋斗！

　　车过滁州，风雪比以前更紧了，客人们的头上身上和行李都盖了一层白色。

　　我不知我是昏睡过去还是冻死过去，迷迷糊糊过了两三小时。

　　啊，漠野的山岗，枯树，茅草房子……都稍稍有他们的轮廓了，但分不出是天明还是雪光。我定了一下神，我周身更觉得寒战起来，摸一摸身上的雪，上层是坚固地凝结着，里面却湿津津地在融化。

　　——啊！我到了西伯利亚！我是不是坐在流刑的车上啊！

　　我想哭，但不知怎么我又笑起来了，我笑自己，我更笑这一车的人们，为什么拿了金钱来换西北风，来聚了这么一个餐雪受罪的旅行大会！

　　——啊！可怜的中国人！可怜连畜生都不如的中国人哟！

天大明了，看见成千成万的乌鸦，在荒凉的雪郊哀鸣着，他们是不是为饥？是不是为寒啊？

　……………

挣扎挣扎，九死一生的挣扎，直到午间才到了我所要到的地方。但这个荒凉，寥落，像前世纪留下来的村庄，几乎连一只狗都没有。

唉，就是更荒凉更寥落的西伯利亚，还有一群一群的凶狼，还有一个水草所在的贝加尔湖哩！

四　旅馆的楼上

雪是依旧的下着，四围一点声音也没有，仿佛完全被雪征服了一样。檐头，门垛上，缸盖上，都厚厚的堆了一层雪。

第二天我们到蚌埠来了，三十里的路程用了四块钱的车资。不过路也是太难走了。一个人在前面拉，一个人在后面推。两三部车子在这一望无涯的雪海里，真使人感到说不出的阴郁寥落。

初次到蚌埠了，很侥幸——不，也许很不幸，初次我看见了所谓中国的官场。

二层楼的旅馆房里：一会儿张科长来了，一会儿王参谋到了，一会儿是李处长的电话，一会儿什么禁烟局长特税局长，煤油烟卷长……数不清的人物都翩翩来了。——光光的头，光光的两颊，光光的古铜色公司缎皮袍，光光公司缎的团花黑马褂……

不久，帐子里吞云吐雾了，全室都充满了麻醉性的鸦片气氛。酒肉，菜汤，三炮台的烟筒，牙签盒子……狼藉得一大桌子。另外一张桌上，却很干净，一副骨质很厚的麻将牌，四面堆得齐齐的。

"茶房，茶房拿局票来！"

这个也写，那个也写，一刻的功夫，一打粉红的局票都写光了。

一会儿银弟来了，一会儿菊芬来了，一会儿月楼香弟……都来了，我暗暗地数着，但走来走去的，我竟没有得着答数，反正那一打粉红局票，是可以看一阵的，我想。

答数虽然没有得出来，但我归纳出几条特征，她们口里都是亮闪闪的金牙镶着，这是一。她们都是说的扬州话，这是二。她们的衣服都是最华丽最耀目的，这是三……还有还有……我也说不出来了，她们的眼，大概都是妖媚的，她们的肉体都是……

这时屋里真是济济一堂，沙发上，椅子上，床上，还有人们的大腿上都坐了人！

"你打就打吧，可不许用劲，"那边一位官儿乞怜般地说。

"什么？你还怕用劲？你快说，你再用一点劲！"

"好！饶了我吧，就是打死了我，我也不能说这样丢脸的话。"

"那么我打了，你不许动，一！二！三……"一个穿旗袍剪了发的妓女，打着那个曾出过告示，"尔等一体凛遵，勿违，切切此令"的官儿底嘴巴。

"七！八！九！"停了一下。

"十！"拍的一下好似一声惊堂木惊动了全室的人们。

"啊！好疼好疼，我非捏你一把不可！"

"疼吗？哟……哈哈哈……"她笑了，但很不自然。

那位官儿报复的时刻，在她俯仰难耐的当儿，可以看见她膝盖以上的一部分白肉……

我仿佛在荒谬的梦境里，我的眼睛都迷离了！我猛力推开靠着自己的楼窗，看见马路上的夜色，看见乞儿们抱着火盆跑着，看见灯光底下的雪色，是越发的惨白。夜气吹醒了我又恢复了自己的所有了。我也拿起一枝纸烟放在口上燃着，吐着轻飘飘的烟丝，我随看了烟丝瞑想。

五　赭　山

第二次经过金陵——我们的新都的时候，曾费了两天，走马看花地到各处名胜去玩了一次。到现在我还能记得那个雨花台卖石子的小姑娘，她尽追着我们，一壁气喘喘地倒她碗里和筐里的石子，一壁陪着笑张着小嘴说着：

"再要一点罢，还有美丽的呢。"

"慢慢地走，我带你们去看古迹。"

我为她——那个活泼伶俐可爱的小姑娘，曾买了许多石子，我们交易最热闹的地方，就在方孝孺先生的墓前石凳上面。

此外，秦淮河，是那样一渠污水，莫愁湖上的烈士墓是那样的荒废而凄凉……我到现在也没有忘记。

是三月三日的早晨，我又坐着上水的轮船到了W市——这里有我一个年老的姨母，这里还有一个我怀想了多年的孤女——虽然都还健在，但不是从前的她们了！老的更老了；年轻的她，被长年孤独与劳苦的摧磨，已经黄萎得不成样子。啊，她的青春，才是一个无花的青春！

大约罢，也许是真的，她的眸子，在我眼睛里永远是生动的，在她眼里汪汪的泪水，别来倒没有枯竭。

窗外落着初春的寒雨，心情也越发被他低压下去了。雨声是听惯了的，倒不觉得什么，只有天窗上的雨水，潺潺地隔着玻璃流着，看着好像是一个阴泣的面庞，把人也带得烦恼了。有时睡下不久，又被街上的卖汤团的铃儿摇醒，四围都是鼾声，没有一点动静。楼下的她，也已经熟睡了么？

雨过了，蔚蓝静穆带着慈祥的天空，又悬在头顶了，然而我的心，却依旧的阴霾，他像没消尽的朝雾，又好像黄昏时候渐深的霭色。

"等地干了我们一同上赭山采荠菜去。"姨母说。

"……"她无言地望着我,她的眼中好像说,

"我也要去。"

"她知道荠菜的地方,她一去就采回一大筐来。"

"……"她还是没有话说,听着姨母夸她,她微微的笑了。

我想借着机会同她一道到赭山采荠菜去,在空旷无人的地方我们手挽着手儿,肩靠肩地谈心。我为她理那被风吹乱了的鬓发,她替我挟着走热了时候脱下来的外衣。

我想我们不一定要采着满筐的荠菜回去,我们只要向前走,走上赭山,走到山顶,我们坐在山顶的那些岩石上,默默地,轻喘着,也不说一句话。我们尽看山下那条如带的长江,远处画般的山影,烟和树木……

但不作兴的春雨,又连绵地下起来了,荠菜终于没有采成,虽然赭山就在屋后不远的地方。

人生渴想的美梦,实现罢,那是增加了追忆时的惆怅;不实现罢,在心上又多了一条创痕。

我们毕竟是无言地又相别了,荠菜没有采,赭山也没有去。

临别那天的黎明,隔了夜的油灯还没有吹灭。我走下楼的时候,姨母已经哭出声来了,走到后门外的一条小巷口,才看见她一个人眼睛通红的伫立在那里,在这种难别难遇的时候,我竟对她说不出一句话来。我走过小桥,还望见她立在原来的地方,我向她远远地招了招手,转过茅屋,便不能再见了。

郊外完全蒙在晨雾里边,河塘,草房,阡陌,一切的树木都不能辨识了,就是那一片赭山,也遮得迷迷糊糊的。

行李车子在前边默默地拉着,我也是默默地跟在后边,因为雾色太浓了,行李车子在二三十步前就不能看见。到了江边,才知道船被雾迟

误了，要等到午后一点。

我在一家小茶馆里消遣着。对面就是滚滚的长江，帆船在江面上慢慢移动，有的向东，有的向西。

假如不是有雾，大约此刻已经过了采石矶了。

其实，我现在还在W市呢，我想到姨母和她，她们的眼泪不知什么时候才干……

她们留我住到清明，说清明到赭山踏青去，但我竟没有答应她们。

赭山虽永远在那里，但什么时候才能去踏青或采荠菜呢？——并且伴着她们！

六 两株石榴

从丹徒坐小火轮到江北的仙女庙，已经是午后两点钟了。天上拥着灰重重的云，地上开遍了黄的菜花。从田径里经过的时候，闻着一种清的香气，天虽则阴着，但暖风中混着菜花的香气，使人感到春是烂熟了。

换了一个码头，船也换得更小了。舱里有十几个搭客，他们都是说的乡音，但并不给我什么愉快。

十五年未曾回过的故乡，时时在我梦里映现，在我脑幕上留着它的轮廓。可惜我十五年未曾见过的故乡，偏偏我遇见它又在晚间。河沿上是萤萤的灯火，河面上有许多金龙似的灯影浮动。街巷点点的灯火，把老朽了的建筑物照得黑一块白一块的。

下船之后，我便用着全力去追忆那些留在脑幕上的故乡的轮廓和印象。我好像记得：从码头出来，穿过一条小巷，向南走尽一条短街，再转一个弯子便到我们的旧店了。果然是的，我仿佛在梦中旅行着，我真的自己找着了别过十五年的旧店了！我们的旧店，在我眼前更旧了。窗户，门槛，石阶，梁和柱……一切都是土褐的颜色。它们和人一样，禁不住风霜和雨露的摧残，尽完全褪了它们少壮时候的精彩了。

我们的店，幸亏是被姑母家占去了，否则，经了十五年不曾回来的我，谁还认识我是这里的当初的一个幼年主人啊！十五年了，像一瞬似的；又好像隔了一个世纪。

我睡在店后的一间小房里——是当初母亲做饭的厨房改的。我临睡了，我轻轻喊着我的母亲："今夜还不入梦么？你的孩儿已经一个人找着他的故乡了，并且是你当初辛劳的地方……"

第二天醒后，我望见四壁泥土都已经剥落了，自己好像睡在一个土窖里。我起身了，仔细地寻索我梦中和童年时代的那些伤逝。也许我醒得太早的缘故，四围非常静寂，好像自己在一圈荒冢的当中，前后左右都环绕着无数的幽灵……

院里铺的砖地，已经被踏得龟裂而且破碎了，西邻的墙脊，向这边深深地倾斜，好像再经一次暴雨就要塌倒了，南墙荫的花台，倒还有满台的泥土，……那个水缸，已经破裂了的水缸，也好像在露天底下二三十年了！记得我童年时候，它早已在那个原处放了不知多少日子了。

花台旁边有两株石榴，它的根，已经穿过了花台，穿到邻人的院里。树干向北倾斜着，它的枝和叶，高过了我们的屋脊，疏疏的影子遮着半个天井。

姑母说，这两株石榴已经有了年纪，还是她幼年和我父亲同种的。那时还是好玩的孩子，吃过石榴，他埋在地里一个种子，她也学她哥哥埋了一个……

岁月过得多么怕人啊，婚的婚了，嫁的嫁了，两株石榴都长过了屋脊。

岁月过得多么怕人啊，父亲生了我们许多兄弟；姑母也有了许多儿女……现在这石榴树，也都渐渐枯老了！有一株已经垂死。

姑母说，当初这两株树，曾结过成担成担的石榴，不但自己家里吃不尽，就是邻居，亲戚也都腻了。

——现在呢？我问。

——盛旺了一时，早已不结实了，你看，那一株已经枯了一半，那一株也没有什么叶子。我呆呆地望着两株石榴，它好像是两个黑魆魆的幽灵塔了，我有点骇怕。

——姑母，那一株是你种的啊？

……姑母也呆望起这两株石榴了，她好像用力地在想，在回忆，在回忆起她五十多年前童年的当时！

唉，我不该问，我后悔了！虽然她没有回答，但我把她引到一个悠长的沉默的回忆里去了！

十五年未归的故乡，在我心里如同隔了一个世纪，又仿佛只有一瞬；姑母，她已经住在这里五十多年了，在她心里，是觉得悠长？还是觉得短促？假使没有我的追问，不会引她回忆，不会引她感到人生也是这样随草木同枯。

我一个人去访我们的旧居——我的生地，但那里已经改建过一次了。我竟走过了那里还不知道。旧居旁边的石桥还在；隔壁豆腐店也还开着，我痴立在桥头，我徘徊在豆腐店的门前：无言地凭吊着我们的旧居——我的生地。

夫子庙前的河水，依然是那样的洁如明镜，河畔依然有许多女人在那里捣衣，洗菜，淘米。但是那些静静的垂杨，好像已经不如我童年时候的依依飘摇了，他们都在隔岸默默无语。

我走到外婆婆家去，那里漆黑的两扇木门也是紧闭着，我还想去看看那里的竹林，姨娘的卧室……但房子早已换了主人。我用力从门隙处窥望，什么也不能映进眼帘了。

高桥，南山寺，城隍庙，松林庵……我又去重访了，还有，在我记忆中留着恐怖的那口大钟，我也再去看了一次。现在我不怕了，我知道它不是飞来的，我相信它也不会再飞走了。传说过飞来时曾随着仙女，飞走后城市就要变成泽国……

有时坐在店堂的长凳上，吸一两枝"红锡包"，看看隔了两天的"申报"。街上走来走去的行人，男的还是带着鼻钩，耳环和项圈；女的还小小的脚，安然地坐在独轮小车上被人推着走。

有时，一个人跑上城头，望着嘈杂的街市，望着静静的河水，默默的垂柳……又望见了许多屋顶中有我们的店里的老屋，还望见那两株高过屋顶的石榴……

梦中也曾垂过口涎的家乡烧饼，并没有吃够，更可惜我离乡的时候，龙头芋和菱角米都还没有上市。

我到广州，倒巧遇了正是荔枝新熟的时节。

七　珠江之畔

广州市泰安栈的客人名簿里，大约还留着我的姓名籍贯和年龄那么一条记录。在第九十七号房里，我整整住了四十二天。这四十二天里，不但生活的苦痛把我伤毁，就是和蚊虫的作战我也败北了！

一天之内，时常有多少次的暴雨，暴雨过后，毒烈的太阳又仍旧出来了。的确的，异地人到了这里，时时都会感觉他在蒸笼里。蚊子，他不问白天与晚间，尽在屋里嗡嗡地唱着，他也不问这屋里的住客是一个贫血而且没有养分的穷鬼。

人穷了也是常事，但我发觉自己的食量却和穷的程度俱增了。在所谓富贵的人们说，这自然是一种福气；在穷人却是最大的一种不幸！吃了午饭忧虑晚饭，忧虑罢，不久肚子又空了。

侥幸我还能够自己支配自己，午饭两片面包；晚饭是隔壁卖的一碗饺面。因为饺面店去熟了不好意思，所以也时常在栈里叫一个客饭吃。伙计收拾走的，永远是干净的碗，碟与饭桶——它们都是空洞没有一点余剩了。

贫与病，孤独与悲哀，都能给人们不少的启示。有了它，你可以知道人生的表与里；有了它，你可以知道更多一点的生之意义与神秘。

立在九龙碑下，我知道他为什么那样庄煌美丽，立在押店柜台前面，我也知道他为什么是那样漆黑，高大了。

坐在汽车里的绅士与淑女，他们只知道路人愈少，车的速率愈增的原理，至于车后的尘土与臭气，他们无须乎有这种经验，也无须乎问的。

客栈前面的海珠公园，倒是留了不少的足迹，那里可以听见铜壶滴漏，那里也可以看着江水的奔腾。聪明的古人和无情江水同逝了，沙基的血迹也早被毒阳曝干。有酒的人们还是在堤上的酒楼饱醉，取乐的人们还是在江心的画舫里欢笑。

汽车上围满了挂盒子炮的卫兵，早已司空见惯，至于那海军俱乐部的一尊铜炮！就放在堂屋里——是纪念？是壮门面？是助威风？是到必要的时候，就从屋里发炮呢？我真是有点莫名其妙了。

临走的前日，G君曾来找过我一次。

"这次你来，一点也没有招待你，唉，机会又是这么坏！"他似乎感伤般地说，言外又替我惋惜。

"不，我这次并没有抱着什么目的。"

虽然这般说——他似乎更不过意了。"就是许多名胜地方没有同你去。还有，北门里（？）的烧乳猪，长堤的饺面，大概你也没有吃过。"

"我只想去看一看黄花岗，可惜已经没有机会了。"

"是呢。"他并没有引我去的意思。

烧乳猪，我不想吃，我也不配吃。他所说的长堤饺面，其实我早已吃过了，并且吃厌了。

八　归　途

还记得一个人默默地离开了那凄凉的雪的旧都；还记得一个人默默地离开了W市和故乡和许多许多我只住了三两天的地方……。随着我的，永远是一个柳条箱，和一件行李。这箱子里装着的春夏和秋冬，它是我全部的财产。

想起我每逢到了一个地方，我就禁不住的失望；想起我每逢离开一个地方，我心里又充满凄惶。当我每次起程的时候，我就暗自对着我的行装说：

"再随我走一趟罢，不久就得着永远的安息。"

同样的，我又默默地离开广州了。珠江堤上的旅馆、酒楼，大新，先施公司的天台……就渐渐去远了。那正是我生日的前日。

夜分的时刻，船到了香港。半山的灯火，还像星般地闪烁着，远远望见靠近码头的沥青路上，还有一辆两辆的摩托飞驶着。汽笛虽则很嘹亮地鸣着，我想那司机的一定已是睡眼矇眬的了。

海水是深黑了，像一个墨池，黑得可怕。

睡在统舱的我，前后左右都是堆着齷齪的货包，只有身底下一块不满四尺长的钢板，它容着我这个微小不值一个铜钱的生命，海水打着船板，好像有意作出声音来给我听：

"孤独……孤独……孤独孤……"

他响了一夜，我一夜也不曾闭眼。

第二天，替外国人验税的中国同胞，蜂拥地来了。他们把我带的东西，都翻得乱七八糟，最后他拿电筒把我的面庞仔细端详了一番，才抓了一把陈皮梅，长扬而去。

船开之后，我想起，有人说过这些行路难的话，我才觉得可怕起来。可是，总算过去了，也真侥幸！

统舱里真是受罪，坐过统舱的人们，恐怕再坐地狱也不怕了。那些茶房先生，的确比学校里的舍监，衙门里的老爷，阴司里的小鬼还厉害。

船上有一位没有买票的搭客，查票的时候，他拿出一套水手衣服说："我是在××军舰上做事。"

过了汕头，船稍稍有些摇荡了，但我并不觉得怎样；在"军舰"上作事多年的那位，却禁不住呕吐了，他并不觉得自己难为情，我实在要替他脸红了！中国的海军人才不知有多少，像那一位，我可以大胆地自荐我能替代他！

下午船驶进黄浦江到了上海。第二天的清晨，我又被通州轮载出黄浦江，离开上海了。

别了半年的北京。我又重见了。新华门前的石阶缝隙生了无数的青草。红围墙上贴了无数的标语。

我到停放着母亲灵柩的庙里去，灵室里是不堪的凄凉与冷寂，门上爬着一条一条肥满的蜥蜴，壁间结着如麻的蛛网，窗槛上的白纸，早被雨水打黄了，马蜂又啮了无数的洞眼。我抚着她长眠的漆棺，漆棺也是冷冰冰的。

——妈妈，你知道你长途归来的孩子么？他就立在你的面前，他想告诉你无数无数的事情呢……

灵房背后的一株榆树，四季总是萧萧地响着。

（选自《寄健康人》）

自然的节律

隔着玻璃，望见两边窗角的纤弱的柳条，他们寂静地垂着，风来时也袅娜地摇曳摇曳。

从这边的窗角到那边的窗角，贯串着几条黑色的电线，在线上，寂静地息着几只小燕，他们的身子是苗条而修长的。

无论天气是晴朗还是阴晦，也无论心情是舒畅或是忧郁，我心底轻转地唱着了——或者不是唱，只是随着"自然"的节律而微颤，不绝如缕地微颤。

所谓自然的节律，他就展放在我的目前：那窗外的电线，正并列的如同一个乐谱，那黑色小燕的身子，不就是一个一个的音捶么？并且，那柳条，是时舞蹈时止着；那小燕，是时来时去，完全像琴上的键子在一起一落着。

——是看他？还是听他呢？是索性低着眼皮，掩着耳朵，自己轻轻数着自己心里的颤动呢？

（选自《寄健康人》）

秋 夕

苍茫的天，阴霾的四围，看不到一条雨丝，但见檐瓦津津地潮湿了。窗外，正落着牛毛般的细雨——我揣测定了。

呷着苦酒，嚼着鲜蟹，朋友说："还没到蟹肥的时节。"

——中秋已过去了，我默默地想，没有回答什么。

苦酒一杯一杯地饮了下去；望着窗外，才想起天气也许变凉了。

苍茫的天，阴霾的四围，在矇眬的眼中望去，更苍茫，更阴霾了。

牛毛般的细雨，本来没有声音，也无须有声音。

更寂静了。

有了凉习习的西风，有了静悄悄的细雨，够了够了，谁都知道这是什么时节了；但朋友说："似乎还缺少一点什么声音。"

寡……寡……一只大雁正掠空而过。

——是他么？我想问，但朋友正倾着耳。

菊花的影子，印在壁上。朋友说："影比花，还好看。"

我想说，无声比有声更令人生感。是灯火亲人的时候了。

（选自《寄健康人》）

凤子进城

才是黄昏的时刻，因为房子深邃，已经显得非常黑暗了。对面立着一个小女孩子，看不清她的相貌，只觉得她的身材比八仙桌子高不了许多。

嫌房子黑，也想看一看这个小人。

"会擦洋灯罩子吗？"我指了一指那盏放在桌子当中的美孚行的红洋油灯。

迟疑，没有回答。

连自己想着也怕麻烦，便划了一根火柴把它点着了。

骤然的光亮，使她的眼睛感着一种苦涩的刺激似的。

"我们乡里下不点灯，天黑了就上床睡觉了。"边说着边不停地眨着眼。话的声调很清楚，样子是伶俐的。

看见她有一张薄薄的嘴，扁扁的鼻子，细小的眼睛，一根黄黄的短辫子，拖着的是一副灰白的脸。

想到刚才介绍人说的她的年龄，不大相信起来了。

"看你只有十一二岁，别瞒人。"

"十六，真的是十六，我属羊子的。"

"属羊子的十六——"

她急忙点着头,自己接连着说;

"我大姐二十四,我二哥十九,我小哥十八,我,我十六,小毛子十四,小丫头十一,春子——春子九岁……"

知道她也许真的是十六岁了,想——乡村里的孩子是这样地长大不起来啊!一群一群没有营养的小孩子的面庞,无数只的瘦小的手,像是在眼前陈列了起来,伸举起来了。

"春子是顶小的了。"想止住了她的话,免得她再计算再背。

她摇了一摇头,随着搬起左手的小指和无名指说:

"还有两个,一个吃着奶,一个才会走。"

"你们家里的人可真不少了。"

"还送掉两个给人哩。小毛子给人家做养媳,他们家里穷,也在家里。"

"对了,还没有问你叫什么名子哩。"

"我叫凤子。"

听到这个好名字却想到了许多不幸的小孩子们的名子了。她们叫金宝,她们叫银子,她们叫小喜子,叫小红儿……可是她们是贫贱的,褴褛的,饥饿的,她们毫无生气的在茅草棚里,在土坯洞里活着,像没有在地上映过一个影子似的那么寂寞,那么短促地又离散了又死亡了。不知怎么,这个初进城的凤子,带来了一种时代的忧郁的气氛,仿佛把这一间房子罩得更阴沉了一些似的了。

晚饭的时候,让凤子也坐在一旁吃。拨了一碟腌菜,和空了一半的咸蛋。她吃得不住口,说也不住口:

"我们乡里下的菜可没有这多油,一酒杯要炒一大锅,蛋是谁也舍不得吃,两个半铜板一个,拿去换盐换米,他们一贩到城里就卖六七个铜板了。我们有七只鸭,天天放到河里,有了歹人,偷一只,偷一只,偷一只，后来都偷光了。"放下了碗筷，拿手比着势子，说挺肥挺大的。她爹也想出来了，乡下的日子过不了。

问她爹会作什么，风子说顶有力气，会烧大锅的饭……

"我进城来爹爹送了我很远很远，他说他长了这么大还没有进过城，倒是我能来了。他又回去了……真的，他顶有力气，他会烧大锅的饭。"

她停顿着，像在探试着她的推荐有没有效果似的。

谁能告诉她的爹的力气有什么用处呢？城里头就是有千万个烧大锅饭人的地方，饥饿的乡里人怕也只是徒然望着他家里的那个张着大嘴的空大锅叹息罢？

吃罢饭，风子到老虎灶冲水去了，去了很久，她的介绍人又来了。笑着，是一个狡猾的有油的家伙。他把风子带走了。

后院的陈妈说刚才老虎灶上有人拖风子的辫子，摸她的脸。

"外边尽是歹人！"是她的结语。

风子进城了，怕又到了城的另一隅了。城像一个张着口的大锅，恐怕不用油，也能炒熟了许多许多东西的罢。

（选自《废墟集》）

梦　海

夜静的时候，我反常常地不能睡眠。枯涩的眼睛，睁着疼，闭着也疼，横竖睁着闭着都是一样的在黑暗里。我不要看见什么了，光明曾经伤害了我的眼睛，并且曝露了我的一切的恶劣的行迹。

白昼，我的心情烦躁，比谁都不能安宁，为了一点小小事故，我詈骂，我咆哮，有时甚或摔过一个茶杯，接着又去掼碎两只玻璃杯子。我涨红了脸，喘着气。我不管邻人是否在隔壁讪笑，直等发作完了，心里才稍稍觉得有点平息。

说不出什么是对象，一无长物的我，只伴着一个和我患着同样痼疾的妻：她也是没有一点比我更幸福的运命：操劳着，受难着，用着残余的气力去挣扎：虽然早晨吃粥晚上吃粥，但难于得来的还就是作粥所需要的米。

我咆哮的时候是没有理由，然而妻在一边阴自啜泣，不知怎么又引起了我暴虐的诅咒。

追求光明的人，才原是没有光明的人：

现在，黑夜到来了，邻人的鼾声，像牛吼一般的从隔壁传来，它示着威，使我从心底发着火一般的妒忌，可是无可奈何地只有自己在床上辗转，轻轻地，又唯恐扰醒了身旁的妻。

——一个可怜的女人！我仿佛在心里暗暗念着她的名字，安息的时候你是安息了。忘掉了白昼的事罢，生活在黑暗里的人们也就不知道什么叫黑暗了。

不时地，妻忽然梦呓了，模模糊糊地说着断续的句子，带着她苦心的自白和伤怨的调子，每一个字音，像都是对我有一种绝大的刺戟。

我凝神地倾着耳，我一个字也不能辨地自己忏悔了，虔诚地忏悔了。

梦呓是她的心灵的话语，她不知道的她的长期沉郁着的心灵是在黑暗中和我对话了。

"醒醒！醒醒！"被妻唤醒过来，我还听见自己哭泣的余音。我摸一摸潮湿了的脸，我没有说什么。

因为妻也没有问什么，倒使我非常难堪了。她不知道她的梦呓会使我的心灵忏悔，但她也不知道白昼以丑角的身份出现于人间舞台而黑夜作妇人的啜泣的人又是怎么一回事的。

（选自《废墟集》）

婴

婴儿的哭声，妇人的哭声，谛听着风声里还夹着急切的雨点击打着枯叶的音响。

窗外漆黯，夜才是一个开始，四周异常的冷落，季候也才是冬天的一个开始。

婴儿哭了一刻便停止了，风声和雨声也似乎在间歇着，惟有妇人的哭声不曾住。

此刻，渗穿着一切的是这个妇人的哭声。夜，淹没不了什么，这绵绵的音波，却搅和着使夜的颜色更加浓厚了。冷落的四围，仿佛溢进了一圈一圈凛肃的气氛。

不知怎么我握紧了拳头，想一下捣破了这个夜！

明天，我问着邻人：

——一个婴儿的死亡吗？——

——不。婴儿是×机空袭那天，在大轰炸的时候出生的。就在那巷口的露天底下，大人惊骇不知所以地生了这个孩子。

——哭的？……

——伤痛了大人的心。

夜晚，这个不幸的妇人的哭声又传过来了。

我不知道有多少个母亲以她的哭声给孩子们当作儿歌了；我不知道有多少个母亲以她的眼泪洗着她自己的伤痕，并且津湿了孩子们身上的襁褓，像清露似的润泽着嫩草的根。

愿望着一个一个的黑夜过去，一个一个的隆冬过去，孩子们离开了襁褓，离开了摇床，站立起来：

母亲！儿子是同×人的爆弹一起落生，儿子是在父亲的血泊里长成。即使大地上埋满了我们战死的兄弟，从白骨中还会生出一个复仇人！

（选自《废墟集》）

从旅到旅

倘使说人生好像也有一条过程似的：坠地呱呱的哭声作为一个初的起点，弥留的哀绝的呻吟是最终的止境，那么这中间——从生到死，不管它是一截或是一段，接踵着，赓连着，也仿佛是一条铁链，圈套着圈，圈套着圈……不以尺度来量计，或不是尺度能够量计的时候，是不是说链子长的圈多，短的链子圈少呢？

动，静，动，静……连成了一条人生的过程，多多少少次的动和静，讴歌人生灿烂的有了，诅咒人生重荷的也有了。在这条过程上，于是过着哭的，笑的，和哭笑不得的。然而在所谓过程里：过即是在动，静也是在过，一段一截地接踵着，赓连着，分不清动静的界限，人生了，人死了，无数无量数的……

从生到死，不正可以说是从旅到旅么？

铁一般的重量，负在旅人的肩上；铁一般的寒气，沁着旅人的心，铁的镣铐锁住了旅人的手和足，听到了那钉铛的铁之音，怕旅人的灵魂也会激烈地被震撼了罢？

想到了为旅人的人和我,禁不住地常常前瞻后顾了,可是这条路上布满了风沙和烟尘,矇眬,暗淡,往往伤害了自己的眼睛。我知道瞻顾都是徒然的,我不再踌躇,不再迷惘了;低着头,我将如瓦尔加河上的船夫们,以那种沉着有力的唷喝的声调,来谱唱我从旅到旅的曲子。

(选自《废墟集》)

茶　馆

每个城市里都有茶馆，就是一个小小的村镇罢，虽杂货店尽可以缺如，而茶馆差不多是必备的。一个地方形形色色，各种各样的荟萃，恐怕除了到茶馆去做巡视之外，再也没有别的适当的所在了。

在南京，大人先生们吃咖啡和红茶的地方不算；听女人唱曲子，又叫你看她的脸蛋儿又给你茶吃的地方也不在此数。我所说的就是在这条从古便有而且如今还四远驰名的秦淮河畔，夫子庙的左右，贡院的近边，一座一座旧式的建筑物，或楼，或台，或居，或阁，或园……都是有着斗大的字的招牌：有奇芳，有民众，有得月，有六朝……这些老的，道地的带着南京魂的茶馆。

喝茶，并不是我所好的一件事，不过这些古雅的招牌，确曾给我一种诱惑和玄想；如果有人对我说某爿茶馆里还留着一个当初朱洪武喝水用的粗大碗，或是某一朝代御厨房里的破抹布，我都会相信而神往，即使买一张门票进去看看也无不可的，不过这与喝茶是截然的两回事，也许有一种考据癖的人，为考据考据某一块招牌的来历，馆主人的底细，竟走了进去泡一碗茶吃,那就不在此例了。

进茶馆的人,起码是要求一点自由自在的,像北京的茶馆里要贴上"莫谈国事"的红纸条子,那是一种限制,反过来说,也未必不是给人一种方便——国事者国是也,张三谈它,李四论它,混淆听闻,免不了捉将官里去,便惹得大家麻烦了。这里的茶馆倒没有"莫谈国事"的限制,不过走进门来,却常常碰见八个字:

"本社清真,荤点不入"

其实,上茶馆的原无须谈什么国事;谈国事的差不多是老爷,老爷们又无须上茶馆了。上茶馆的如果只要不用荤点,那么在教的可以来,出家的也可以来了,大家都得着了方便。上面那八个大字,实际上恐怕还是可以广招徕的一种作用罢。

茶,从早卖到天黑为止,客人总满座,并且像川流般的一刻也不停息。上午九十点钟和下午三四点钟的光景,茶馆简直成了蜂窝:那么多的蜂子向里头钻,又是那么多的蜂子朝外边拥。到了星期日便更热闹起来,如果用譬喻,就只好说蜂群和蜂群打起仗来,蜂窝的情形你再想象看罢。

在我的最无聊的日子中,我有时也作了一个无头似的蜂子向外边飞,嗅着了那有着雪茄烟和粉脂香的"高贵"的地方连连打着喷嚏回来,撞着了窝一般的地方便把自己当作了他们的一员了。

听见了嗡嗡……不绝的声音以后,我不但觉得神情自由自在起来,而且立刻有些飘飘然了。坐定了,我看见壁上挂着两块横额:

"竹炉汤沸"

"如听瓶笙"

典故我记得的极少,因为茶馆进了几回,对于这两块横额上的句子的意思和出处,仿佛才渐渐领会了一点滋味。我拿蜂子比茶馆的情景,也许是太俗太伤雅了。

楼上喝的大约是"贡针"，每碗小洋七分。楼下的便宜一分，不知道是不是因为茶叶稍次一点的缘故，或者故意地以一分小洋作成一个等级。我以为等级不等级的倒算不了一回事，怕上楼的人还可以省一分钱，正如同近视眼的人去看影戏，你请他坐在后而他反不高兴似的。

无论楼上或是楼下，茶房对于客人的待遇确是有着一种显而易见的记号。不在乎的随他，不懂得的也就根本无所谓了。

这是由我的观察而来的，（我可没有看过什么"茶经"，我想茶经上也绝不会有这种记载或分类。）在同一个茶馆，甚至于同一个茶桌上面，我们可以找出三种不同的茶具：

一　紫色的宜兴泥的壶泡茶，大红盖碗或小白杯子喝茶。

二　大红盖碗泡茶，大红盖碗喝茶。

三　大红盖碗泡茶，小白杯子喝茶。

这三种不同的茶具，大约是代表着三种不同性质的茶客。第一种是老而又熟，来得早。差不多还是上午下午都到的主顾。第二种则不外是熟人，资格虽不见得比上边的那种老，但在地面或许都有些为人所知的条件：当杠夫的头目也罢；当便衣的候补侦探也罢；当鸭子店的老板也罢……因为事忙，不常来，来时又迟，宜兴壶分不到他的份上，于是把泡茶的大红盖碗给他当吃茶的杯子，不能不说恭而且敬了。第三种便是普通一般的茶客，为喝茶而来，渴止而去。

除了第一种之外，其余两种的大红盖碗底下，都配着一个茶托子，这托子的用处并不专在托茶，它还附带着一种账目的标记，如果账目已经付清，那么它也就被拿走了。在这种约法之下，我想，倘使有人把这茶托子悄悄地带走，白吃一次茶，叫他无证可据，倒是一件歹人的喜事哩，好在这种歹人或许并没有，否则真是"防不胜防"了。不过把三种茶客比较起来，后两种的信用在茶房眼中恐怕总不会比上第一种的：他们用宜兴壶泡茶，而壶底下压根儿也不曾有过什么茶托子的。

虽然是茶馆，但变像的也可以算作一个商场。吃的东西有干丝，面，舌头形样的烧饼，糖果，纸烟。用的东西有裤腰带，毛刷子，捶背的皮球，孩子们的玩具……还有，那一只一只黑的手，伸到你的面前，不是卖的，你拿一个铜元放在那手的中心，它便微颤着缩回去了，你愿意顺着那只手看到他们的脸么？你将看见什么呢？正是当着你的所谓"茶余饭后"，那一道一道从枯瘦了的眼睛里放射出来的饥饿的光芒！你诅咒他么？你也知道他在诅咒着谁么？……

有一次，有一个人问我要不要好货，说着，他小心翼翼地打开一个提箱，提箱里又是几个包来包去的包儿，结果拿出了一副一副的眼镜子。

"你看，真水晶，平光，只卖十二块钱一副，再公道没有了。"

他看我不作声，眼睛不住地盯着他，知道我的眼睛不像戴眼镜的样子，转身又走了。眼镜卖到茶馆里来，我感觉到上茶馆仿佛是一件颇需明察的事了。

卖眼镜的既有，还可惜没有看见人来镶牙。

其次，卖印着女人们大腿的画报特别多；卖耳挖的也特别多。

在茶馆里最好懂得当地人的话，留心一点旁人的举止，对于自己也是有乖可学的。有一次一个邻座的茶客噜噜嗦嗦说：

"……太难了，鼻子怎么也不能大似脸的；鼻子还能大似脸吗？"

此后，我知道茶资七分，小账顶多也过不去七分了。茶房历来是贪多无厌，我心里已经记住了这样俏皮的话，将来足可以对茶房如法炮制了。

好在我也不想喝他们的宜兴壶或大红盖碗，我这个茶客是可有可无，算不上数；不过要真地把鼻子逗得像脸那么大，甚至于比脸还大时，我想那宜兴壶和红盖碗在茶房眼光中又是可有可无，算不上什么了——他们自然而然地会把你标志上第一二种的好主顾，把那紫泥壶和红盖碗端在你的面前了。

如果不走这条捷径的话,我想等罢,那时候我将有着长白的胡须,或者也可以给他们写上一两块新鲜的横额了?

一九二三,六,十八,京

(选自《废墟集》)

谈　鼠

幼年读过一本无猫国的童话，已经忘记那里面说的什么。近来我到过几个老鼠极为猖狂的地方，我就格外追怀那本童话里的故事而苦闷着；莫非我就在这么一个没有猫的国度里！

一天我经过一个热闹的市场，忽然听见猫叫着，我惊奇地把它当作了空谷里的足音。

一匹肥壮的梨花猫，装在一个细长的竹篓里，我看见他的蹲立不是的身子，又估量着他这个和竹篓不成比重的体重与他狠狠在挣扎着的气力，几个瓣样的软爪，错落的搭在篓的空隙，但是由每一个空隙中都可以露出他那一对炯炯的目光。

当我们眼睛碰到一起的时候，他又以沉着的调子叫了。

"两块半钱。"一个正卖蔬菜给旁人的贩子，回过头来告诉我这匹猫的价钱。

不曾想到这是"生意"，我连头也不回的走开了。

最初我想，猫也可以像鱼肉一样的卖给人，许是一种风俗，一种习惯，是吃的？

其次有捕鼠的人，就没有捕鼠的猫了。

其次，所以鼠多是有了原因。

其次，所以猫更珍贵起来。

其次，所以产生了价值。

我走过了很长一段路程，我想大概是，鼠有更猖獗下去的趋势，但猫也不会因此灭亡。

不久以前我听到另一个故事，现在我还可以把它记下来。

在一个宴会席上，一个新从××来的报人说：

"××这地方据统计至少有两百万以上的老鼠。当局虽然定有奖励捕杀的办法，可是差不多可以说没什么效果。"

——那边的猫一定五块钱一匹了。我想。

"诸位有晓得老鼠是怎样偷走鸡蛋的吗？"报人改了一个方向问。

在座的都震惊着××地方有这么庞大的老鼠数目，似乎还没有理会到更新奇的鼠盗的技巧问题。

我仿佛在儿童画报上看见过这种动态的摩绘，但不敢置信，也不顾自居先知者说出孩子气的话。停了一息，还是这位报人宣布了。

"你们万也不会相信的：确实有人亲眼看到。一个老鼠先用四条腿把蛋抱住，慢慢地躺下，再由一个老鼠衔着他的尾巴就拖走了。"

"有这样的事！"我禁不住也和大家这样问。

报人捏着一只筷子说，"那些老鼠最小的也有这么长，还不算尾巴。"

有人不耐烦的问起那边的猫。

"瘦弱的不是老鼠的个子，肥头胖脑的是摇摇摆摆的满没有听提。"这答话并不算不着边际。

现今我有了这么一种推想，那些买鱼肉的人或许正是去喂养那些两块半钱一匹的猫。剩些菜饭，留一两个鸡蛋给老鼠吃吃耍耍，倒也宽容量大。

平安的日子里没有搏斗，这便是平安的机构。

黑死病蔓延起来的时候，立在一条阵线上的将有多量的鼠，肥壮的猫，和厚德的人们。

（选自《废墟集》）

废墟上

不久以前敌人飞来过,不久以后又飞去了。在短短的时刻之间,凭空给这个不大的城市里留下了一大片颇为广阔的灾区。

几面粉白的残壁,近的远的,像低沉的云朵遮住眼界。焦黑的椽柱,枒槎交错着,折毁的电杆,还把它带着磁瓶的肩背倾垂着,兀自孤立的危墙,仿佛是这片灾区里的惟一的表率者。

看不出一点巷里痕迹,也想不出有多少家屋曾比栉为邻地占着这块广阔的地方。

踏着瓦砾,我知道在踏着比这瓦砾更多的更破碎的人们的心。

一匹狗,默然地伏在瓦砾上,从瓦砾的缝隙,依稀露着被烧毁了的门槛的木块。

狗伏着,他的鼻端紧靠着地。他嗅着它,或是嗅着他所熟嗅的气息,或是嗅着还有一种别的什么东西。

在人类求生存的意念以上,我想还有一种什么素质存在着,这素质并没有它的形骸,而仅只是一种脉脉的气息,它使有血有肉的东西温暖起来，它使每一个生物对另一个生物一呼一吸地相关系着；如同一道温温的交流，如同春夕里从到处吹拂来的阵阵的微风。

有血肉的生物，那怕是一匹兽……都是在这种气息里受着薰陶的。

我相信，这匹狗便在嗅着它，嗅着这求生存意念之上的一种气息。

心灵被蹂躏了的，被凌辱了的，家产被摧毁了的，被烧残了的邻人们，回返到这废墟上来，废墟为我们保藏着一种更浓的更可珍爱的气息。

去亲每一片瓦砾，去吻这一匹狗！

让"皇军"继续来"征服"，来"歼灭"罢，徒然的，这种气息是永也不会丧亡！

尽先地，我将向着这些心灵接近的邻人们，和这一匹狗，俯着首，把膝盖屈了下去。

（选自《废墟集》）

春天的消逝

一

襁褓，摇篮，床，"席梦思"的床……人长着，物换着。

哭着，笑着，唱着，跳着，钻营着，驰骋着……宝贝——公子——伟人——伟人常常寿终正寝在他"席梦思"的床上。

二

人长着，物换着，今天耕田，拿起锄头；明天作工，拿起斧头……

青青的土地，滴滴的汗粒。漆黑的工厂，油般的血，血量的油，推动了，生产了，消耗着劳动者的力。

米谷并不值钱，地皮却越括越光了。血汗也没有用处，兜揽着，拍卖着，牺牲着……有数不清的人们是落荒地完全找不着他们的下场。

一年四季都是春天，春天的名字将从此消逝了。三百六十天的炎夏或隆冬，没有春天啊，春天的名字将从此消逝了。

整个的世纪是不景气的，消逝了的是整个世纪里的春天罢？

三

睡在"席梦思"床上想着金钱，女人，荣誉的伟人，惆怅着，春天的消逝啊！

躺在草上望着空空的天，漠漠的地，从娘胎里什么也没有带了来，现在还是什么也没有的徒着手。

手上有的是胼胝，可是充不了肚里的饥饿。

开着花却没有果！

春天消逝了罢！时代需要着风狂和雨暴！

四

昨天我看见两个骑着战马在大街上奔驰的丘八，不带鞭，不挂枪，胁间挟满了盛开的桃花。今天出门，迎面便逢着一个玩弄着柳枝的妇人。

丘八的花，不知赠与何人；妇人的柳枝，想必有所系而折也。

真的春天是这样地消逝了罢？

五

Calendar我常是几天一撕的，今年的Easter不经意地又已经到字纸篓子里去了。耶稣，基督在春天里受难，在春天里复活。

春天是与"上帝"同在么？阿门。

"春天的消逝"，怕又是一个无神论者了。

（选自《废墟集》）

北南西东

车上散记

去年春末我从北地到南方来，今年秋初又从上江到下江去。时序总是春夏秋冬的轮转着，生活却永远不改的作着四方行乞的勾当。

憧憬着一切的未来都是一个梦，是美丽的也是渺茫的；追忆着一切的过往那是一座坟墓，是寂灭了的却还埋藏着一堆骸骨。

我并不迷恋于骸骨，然而生活到了行乞不得的时候，我向往着每一个在我记忆里坟起的地方，发掘它，黯然的做了一个盗墓者。

正阳门站

生在南方，我不能把北平叫做我的故乡；如果叫她是第二故乡罢，但从来又不曾有过一个地方再像北平那样给我回忆，给我默念，给我思想的了。

年青的哥哥和妹妹死在那里，惨澹经营了二十多年，直到如今还没有一块葬身之地的我的父亲和母亲，留着一对棺柩，也还浮厝在那里的一个荒凉的寺院里。

我的心和身的家都在那里，虽然渐渐的渐渐的寂灭了，可是它们的骨骸也终于埋葬在那里。

当初无论到什么地方去，或从什么地方归来，一度一度尝着珍重道别时的苦趣，但还可以换得了一度一度的重逢问安时的笑脸。记得同是门外的一条胡同，归来的时候怨它太长，临去时又恨它过短了。同是一个正阳门车站，诅咒它耸在眼前的是我，欣喜着踏近它的跟边的也是我……心情的矛盾真是无可奈何的，虽然明明知道正阳门车站仍然是正阳门车站：它是来者的一个止境，去者的一个起点。

去年离开那里的时候，默默的坐在车厢里，呆呆的望着那个站楼上的大钟。等着么？不是的，宿着么？也不是的；开车的铃声毕竟响了这一次，可真如同一个长期的渺茫的流配的宣告一样，心里凄惶的想：做过了我无数次希望的止境的站驿，如今又从这里首途了。一个人，满身的疾苦；一座城，到处的伤痍，恐怕真的是别易见难了。

我曾叫送行的弟弟给我买一瓶子酒来，他买了酒，又给我带了一包长春堂的避瘟散。我笑领了，说：

"这里只剩了你一个人了，珍重啊，要再造起我们的新的家来，等着重新欢聚罢？"

同时又暗自的想：

季候又近炎夏了，去的虽不是瘴厉之地，但也没有一处不是坎坷或隐埋着陷阱的所在。人间世上，不能脱出的，又还有什么方剂可以避免了惟其是在人间世上才有的那种"瘟"气呢？

车，缓缓的从车站里开出了，渐渐地渐渐地看见了荒地，看见了土屋，看见了天坛……看见正阳门的城楼已经远了；正阳门的城楼还在那两根高高的无线电台边慢慢的移转着。

转着，直到现在好像还在我的脑中转着，可是我的弟弟呢。生活底与精神的堕落，竟使他的音讯也像一块石头堕落在极深极深的大海里去了！

哪里是故乡？什么时候再得欢聚呢？到小店里去，买一两烧酒，三个铜板花生米，一包"大前门"香烟来罢。

凄凉夜

大好的河山被敌人的铁蹄践踏着，被炮火轰击着；有的已经改变了颜色，有的正用同胞们的尸骨去填垒沟壑，用血肉去涂揾沙场，去染红流水……

所谓近代式的立体的战争，于是连我们的任何一块天空也成了灾祸飞来的处所了。

就在这个风声鹤唳的时候，一列车的"三等"生灵，虽然并不晓得向何处去才能安顿自己，但也算侥幸的拾着一个逃亡的机会了。

辘辘的轮声，当作了那些为国难而牺牲的烈士们呜咽罢！这呜咽的声音，使我们这些醉生梦死的人们醒觉了。那为悲愤而流的泪，曾漩溢在我的眼眶里，那为惭怍而流的汗，也津津的把我的衬衣湿透了。

车向前进着，天渐渐黑暗起来了。偶然望到空间，已经全被乌云盖满了，整个的天，仿佛就要沉落了下来，列车也好像要走进一条深深的隧道里去。

是黑的一片！连天和地也分不出它们的限界了。

是黑的一团！似乎把这一列火车都胶着得不易动弹了。

不久，一道一道的闪光，像代表着一种最可怖的符号在远远的黑暗处发现了，极迅速的，只有一瞬的。这时我的什么意识也没有了，有一个意识，那便是天在迸裂着罢！

接着听见轰轰的声响，是车轮轧着轨道吧？是雷鸣吧？是大地怒吼了罢？

如一条倦怠了巨龙似的，列车终于在天津总站停住了。这时才听见了窗外是一片杀杀的雨声。

因为正在戒严的期间，没有什么上来的客人，也没有什么下去的客人。只有一排一排荷枪的兵士，从站台这边踱到那边，又从那边踱到这边。枪上的刺刀，在车窗上来来往往的闪着一道一道白色的光芒。

整个车站是寂静的，杀杀的雨声，仿佛把一切都已经征服了似的。车厢里的每个人，也都像惊骇了过后，抽噎了过后，有的渐渐打着瞌睡了。

车尽死沉沉的停着不动，雨已经小了。差不多是夜分的时候，连气笛也没有响一下，车开了。

隔了很久很久，车上才有一两个人低低说话了，听不清楚说的什么。现在究竟什么时候，到了什么地方，也没有谁去提起。

自己也好像睡了，不知怎么听见谁说：

"到了杨柳青了。"

我猛省，我知道我已经离开我的乡土更远了。

这么一个动听的地名，不一会也就丢在背后去了。探首窗外，余零的雨星，打着我的热灼灼的脸，望着天，望着地，都是黑茫茫的。

夜是怎么这样的凄凉啊！想到走过去的那些路程，那里的夜，恐怕还更凄凉一些罢？

关上车窗，让杨柳青留在雨星子里去了。

旅　伴

　　一个苦力泡了一壶茶，让前让后，让左让右，笑眯眯的，最后才端起杯子来自己喝一口。再喝的时候，仍然是这样的谦让一回。

　　我不想喝他的茶，我看见他的神色，像已经得到一种慰藉似的了。

　　一个绅士，一个学生，乃至一个衣服穿得稍稍整齐的人罢，他泡一壶茶，他不让旁人喝，自己也不像要喝的样子，端坐着，表示着他与人无关。那壶茶，恐怕正是他给予车役的一种恩惠罢。

　　其实谁也不会去讨他的茶喝，看见了他的神色，仿佛知道了人和人之间还有一条深深的沟渠隔着呢。

　　一个衣服褴褛的乡村女人，敞着怀喂小孩子奶吃。奶是那样的瘦瘦，身体恐怕没有一点点营养；我想那个孩子吸着的一定是他母亲的一点残余的血液，血液也是非常稀薄了的。

　　女人的头抬起来了，我看见了她的一付苍黄的脸，眼睛是枯涩的，呆呆的望着从窗外飞过去的土丘和莽原……

　　汽笛响了，孩子从睡中醒了；同时这个作母亲的也好像从什么梦境里醒觉了。把孩子抱了起来，让他立在她的膝盖上。

　　孩子的眼睛望着我，我的眼睛也望着孩子的。

　　"喂！叫大叔啊！"女人的眼睛也望了我和孩子。

　　孩子的脸，反转过去望他的母亲了。

　　"叫你叫大叔哩。"母亲的脸，被笑扯动了。

　　孩子的腿，在他母亲的膝盖上不住欢跃着，神秘的看了我一眼，又把脸转过去了。

　　"认生吧？"

　　"不；大叔跟你说话哩。"

　　笑着，一个大的，一个小的脸，偎在一起了。

车再停的时候,她们下去了。

在这么短短的两站之间,孩子的心中或许印着那么一个"大叔"的影子;在这么长长的一条旅途上,陌生人们的眼里还依旧是陌生的人们罢。

红　酒

傍晚,车停在一个站里等着错车,过了一刻,另一列车来了。起初很快,慢慢地就停在对面了。

这边的车窗正好对着那边的车窗,但那边车窗是被锦绣的幔子遮住一半。就在这一半的窗子之下,我看见了一个小小的台子,台子上放着一个黄绫罩子的宫灯,灯下映着明晃晃的刀叉,胡椒盐白瓶子,多边的盘子……还有一个高脚杯子,杯子里满盛着红色的酒液。

看见一只毛茸茸的手把杯子举了一下,红色的杯子变成白色的了。

看见两只毛茸茸的手,割切着盘子里面的鱼和肉,一会儿盘子里狼藉的只剩下碎骨和乱刺了。

看见高脚杯里又红满了……

又是一只毛茸茸的手伸出来了……

那边的人,怕已醺醺然了,可是这只毛茸茸的手,仿佛从我心里攫夺了什么东西去的,我的心,觉得有些痉挛起来。

——红酒里面,是不是浸着我们的一些血汗呢?

大地被压轧着响了,对面的列车又开始前进了。

一九三四年作

(选自《废墟集》)

夏虫之什

楔　子

在这个火药弥天的伟大时代里，偶检破箧，忽然得到这篇旧作；稿纸已经黯黄，没头没尾，不知从何说起，也不知到何处为止，摩挲良久，颇有啼笑皆非之感。记得往年为宇宙之大和苍蝇之微的问题，曾经很热闹地讨论过一阵，不过早已事过境迁，现在提起来未免"夏虫语冰"，有点不识时务了。好在当今正是炎炎的夏日，对于俯拾即是的各种各样的虫子，爬的飞的叫的，都是夏之"时者"，就乐得在夏言夏，应应景物。即或有人说近乎赶集的味道，那好，也还是在赶呀。只是，童子雕虫篆刻，壮夫所不为罢了。

添上这么一个楔子，以下照抄。恐怕说不清道不明，就在每节后边添个名儿，庶免有人牵强附会当作谜猜，或怪作者影射是非云尔。

一

在小学和中学时代读过的博物科——后来改作自然和生物科了,我所得到的关于这方面的知识似乎太少了。也许因为人大起来了,对于这些知识反倒忘记,这里能写得出的一些虫子,好像还是在以前课本上所看到的一些图画,不然就是亲自和他们有过交涉的。

最不能磨灭的印象是我在小学《修身》或《国文》课里所读过的一篇文章。大意说,有一个孩子,居然在大庭广众之前,他辨证了人的存在是吃万物,还是蚊子的存在为着吃人的这个惊人的问题。从幼小的时候到成年,到今日,我不大看得起人果真是万物的灵的道理,和我从来也并不敢小视蚊虫的观念,大约都受了他的影响。

偶翻线装书,才知道我少小时候所读的那一课,是出于列子的《说符篇》。为着我谈虫有护符起见,就附带把它抄出:

齐田氏祖于庭,食客千人,坐中有献鱼雁者,田氏视之,乃叹曰:

"天之于民,厚矣!殖五谷,生鱼鸟,以为之用。"

众客和之如响。鲍氏之子年十二,预于次,进曰:

"不如君言,天地万物,与我并生类也,类无贵贱,徒以小大智力而相制,迭相食,非相为而生之。人取可食者而食之,岂天本为人生之?且蚊蚋嘬肤,虎狼食肉,非天本为蚊蚋生人,虎狼生肉者哉!?"(人虫泛论)

二

红头大眼，披着金光闪烁的斗蓬，里面衬一件苍点或浓绿的贴身袄，装束得颇有些类似武侠好汉，但是细细看他的模样，却多少带着些乡婆村姑气。

也算是一种证实的集团的动物了，除了我们不能理解的他们的呼声和高调之外，每个举止丰度，都不失之为一个仪表堂堂的人物。

趋炎走势，视臭若家常便饭的本领，我们人类在他们之前将有愧色。向着光明的地方百折不回，硬碰头颅而无任何顾虑的这种精神，我们固然不及；至如一唱百和，飘然而来，飘然而去的态度，我们也将瞠乎其后的。

兢兢业业地，我从来不曾看见他们阖过一次眼，无时无刻不在磨拳擦掌地想励精图治的样子，偶尔难以两臂绕颈，作出闲散的姿式，但谁可以否认那不是埋头苦干，挖空心机的意思。

遗憾的只是谁都对于他们的出身和居留地表示反感，甚至于轻蔑，谩骂，使他们永远诅咒着他们再也诅咒不尽的先天的缺陷。湮没了自身的一切，熙熙攘攘的度了一个短促的时季，死了，虽然也和人们一样的葬身于粪土之中。

人类的父母是父母，子弟是子弟，父母的父母是祖先——而他们的祖先是蛆虫，他们的后人也是蛆虫，这显然不同的原因，大约就是人类会穿衣吃饭，肚子饱了，又有遮拦，他们始终是虫，所以不管他们的祖先和后人也都是蛆了。

出身的问题，竟这样决定了每个生物的运命，我不禁惕然！

但无论如何，他总算是一员红人，炎炎时代中的一位时者，留芳乎哉！遗臭乎哉！（蝇）

三

想着他，便憧憬起一切热带的景物来。

深林大沼中度着寓公的生活，叫他是土香土色的草莽英雄也未为不可。在行一点的人们，却都说他属于一种冷血的动物。

花色斑斓的服装，配着修长苗条的身躯，真是像一个秀色可餐的女人，但偏偏有人说女人到是像他。

这世界上多的是这样反本为末，反末为本的事，我不大算得清楚了。

且看他盘着像一条绳索，行走起来仿佛在空间描画着秀丽的峰峦，碰他高兴，就把你缠得不可开交，你精疲力竭了，他才开始胜利地昂起了头。莎乐美捧着血淋淋的人头笑了；他伸出了舌尖，火焰一般的舌尖，那热烈的吻，够你消受的！

据说他的瞳孔得天独厚，他看见什么东西都是比他渺小，所以他不怕一切的向前扑去，毫不示弱，也许正是因为人的心眼太窄小了，明明是挂在墙上的一张弓，映到杯里的影子也当作了他的化身，害得一场大病。有些人见了他，甚至于急忙把自己的屁眼也堵紧，以为无孔不入的他，会钻了进去丧了性命——其实是同归于尽——像这种过度的神经过敏症，过度的恐怖病，不是说明了人们是真的渺小吗？

幸亏他还没有生着脚，固然给画家描绘起来省了一笔事，可是一些意想不到的灵通，也就叫他无法实现了。

计谋家毕竟令人佩服，说打一打草也是对于他的一种策略。渺小的人们，应该有所憬悟了罢？

虽然，象征着中国历代帝王的那种动物，龙，也不过比他多生了几根胡须，多长了几条腿和爪子罢了。（蛇）

四

  不与光明争一日的短长，永远是黑夜里的游客。在月光下的池畔，也常常瞥见他的踪影，真好像一条美丽的白鱼。细鳞被微风吹翻了，散在水上，荡漾着，闪动着。从不曾看见鬼火是一种什么东西的我，就臆测着他带着那个小小灯笼是以幽灵为膏烛的。

  静静地凝视着他，他把星星招引来了，他也会牵人到黑暗的角落里去。自己仿佛眩迷了，灵魂如同披了一件轻细的纱衣，恍惚地溶在黑暗里，又恍惚地在空中飘舞了一阵，等回复了意识之后，第一就想把自己找回来，再则就要把他捉住。

  在孩提的时候，便受了大人的告诫，"飞进鼻孔里会送命。"直到如今仍旧切记不忘。我以为这种教训正是"寓禁于征"的反面的作用。

  和"头悬梁，锥刺股"相媲美的苦读生的故事，使这个小虫的令名，也还传留在所谓书香人家的子弟耳里。

  不过，如今想来，苦读虽好，企图这一点点光亮，从这个小虫子身上打算进到富贵功名的路途，却也未免抹煞风景了。我希望还是把它当一项时代参考的资料为佳。

  欣喜着这个小虫子没有绝种——会飞的，会流的星子，夏夜里常常无言地为我画下灵感的符号；漂着我的心绪，现着，却不能再度寻觅的我所向往的那些路迹。

  虽没有刺目的光明，可是他已经完成了使黑暗也成为裂隙的使命了。（萤）

五

"百足之虫，死而不僵。"多半是说着他了。

首尾断置，不僵，又该怎样？这个问题我是颇有提出来讨论一下的兴致的。就算他有一百只足，或是一百对足罢，走起来也并不见得比那一条腿都没有的更快些。我想，这不僵的道理，是"并不在乎"吗？那么腿多的到底是生路也多之谓么；或者，是在观感上叫人知道他死了还有那么多摆设吗？

有着五毒之一台衔的他，其名恐怕不因足而显罢？

亏得鸡有一张嘴，便成了他的力敌，管他腿多腿少，死而不僵，或是僵而不死；管他台衔如何，有毒无毒，吃下去也并没有翘了辫子。所以我们倒不必斤斤斥责说"肉食者鄙"的话了。（蜈蚣）

六

今天开始听见他的声音，像一个阔别的友人，从远远的地方归来，虽还没有和他把晤，知道他已经立在我的门外了。也使我微微地感伤着：春天，挽留不住的春天，等到明年再会吧。

谁都厌烦他把长的日子拖着来了，他又把天气鼓躁得这么闷热。但谁会注意过一个幼蛹，伏在地下，藏在树洞里……经过了几年甚至于一二十年长久的蛰居的时日，才蜕生出来看见天地呢？一个小小的虫豸，他们也不能不忍负着这么沉重的一个运命的重担！

运命也并不一定是一出需要登场的戏剧哩。

鱼为了一点点饵食上了钩子，岸上的人笑了。孩子们只要拿一根长长的杆子，顶端涂些胶水，仰着头，循着声音，便将他们粘住了。他们并不贪求饵食，连孩子们都知道很难养活他们，因为他们不能受着缚束与囚笼里的日子，他们所需要的惟有空气与露水与自由。

人们常常说"自鸣"就近于得意，是一件招祸的事；但又把不平则鸣当作一种必然的道理。我看这个世界上顶好的还是作个哑吧，才合乎中庸之道吧？

话说回来，他之鸣，并非"得已，"螳螂搏着他，也并未作声，焉知道黄雀又跟在他后面呢？这种甲被乙吃掉，甲乙又都被丙吃掉的真实场面，可惜我还没有身临其境，不过想了想虫子也并不比人们更倒霉些罢了。

有时，听见一声长长的嘶音，掠空而过，仰头望见一只鸟飞了过去，嘴里就衔着了一个他。这哀惨的声音，唤起了我的深痛的感觉。夏天并不因此而止，那些幼蛹，会从许多的地方生长起来，接踵地攀到树梢，继续地叫着，告诉我们：夏天是一个应当流汗的季候。

我很想把他叫作一个歌者，他的歌，是唱给我们流汗的劳动者的。
（蝉）

七

桃色的传说，附在一个没有鳞甲的，很像小鳄鱼似的爬虫的身上，居然迄今不替，真是一件令人不可思议的事了！

守宫——我看过许多书籍，都没有找到一个真实可以显示他的妙用的证据。

所谓宫，在那里面原是住着皇帝，皇后，和妃子等等的一类神圣不可侵犯的人物——男的女的主子们，守卫他们的自然是一些忠勇的所谓禁军们，然而把这样重要的使命赋与一个小虫子的身上，大约不是另有其他的原故，就是另有其他的解释了。

凭他飞檐走壁的本领，看守宫殿，或者也能够胜任愉快。记得小时候我们常常捉弄他，把他的尾巴打断了，只要有一小截，还能在地上里里外外地转接成几个圈子，那种活动的小玩艺儿，煞是好看的，至于他还有什么妙用，在当时是一点也不能领悟出来。

所谓贞操的价值，现在是远不及那些男用女用的"维他赐保命"贵重，他只好爬在墙壁上称雄而已。

关于那桃色的传说，我想女人们也不会喜欢听的，就此打住。（壁虎）

八

胖胖的房东太太，带着一脸天生的滑稽相，对我说了半天，比了半天，边说边笑着，询问我那是一种什么东西。我不大领会她的全部的意思，因为那时我对于非本国语的程度还不够，可是我感到侮辱了，侮辱使我机智——

"那个东西么？东京虫哩。"我简单地回答出她比了半天，说了半天的那个东西。

她莫奈何地唏唏唏……笑了，她明明知道我知道，而我故意地却给她了一个新的名子，我偏不能因为一个小小的虫名，也便使我们的国体沾了污点。

这还是十多年以前的一件事。

后来，每当我发现了这个非血不饱的小虫时，我总会给他任何的一种极刑；普通是捏死，踩死，或是烧死。有时想尽了方法给他凌迟处死。最后我看见他流了血，在一滴血色中，我才感到报复后的喜悦与畅快！

像这样侵略不厌，吃人不够的小敌人，我敢断定他们的发祥地绝不是属于我们的国土之上的。

　　某国人有句谚语："'南京虫'比丘八爷还厉害！"这么一说，就可想他们国度里的所谓"皇军"真面目之一斑了。把这个其恶无比的吃血的小虫子和军人相提并论起来，武士道……一类的大名词，也就毋庸代为宣扬了。我誉之为"东京虫"者，谁曰不宜？

　　听说这个小虫，在一夜之间，可以四世或五世同堂（床？）繁殖的能力，着实惊人了。

　　可怜的这个小虫子发祥地的国度里的臣民呀！（臭虫）

九

　　北方人家的房屋，里面多半用纸裱糊一道。在夜晚，有时听见顶棚或墙壁上司拉司拉的声响，立刻将灯一照，便可以看见身体像一只小草鞋的虫子，翘卷着一个多节的尾巴，不慌不忙地来了。尾巴的顶端有个钩子，形像一个较大的逗号"，"。那就是他底自卫的武器，也是因为有了这么一个含毒的螯子，所以他的名望才扬大了起来。

　　人说他的腹部有黑色的点子，位置各不相同，八点的像张"人"牌，十一点的像张"虎头"……一个一个把他们集了起来，不难凑成一副骨牌——我不相信这种事，如同我不相信赌博可以赢钱一样。（倘如平时有人拿这副牌练习，那么他的赌技恐怕就不可思议了。）

　　有人说把他投在醋里，隔一刻儿便能化归乌有。我试验了一次，并无其事。想必有人把醋的作用夸得太过火了。或许意在叫吃醋的人须加小心，免得不知不觉中把毒物吃了下去。

　　还有人说，烧死他一个，不久会有千千万万个，大大小小的倾窠而出。这倒是多少有点使人警惧了。所以我也没敢轻于尝试一回，果真前个试验是灵效，我预备一大缸醋，出来一个化他一个，岂非成了一个除毒的圣手了么？

什么时候回到我那个北方的家里，在夏夜，摇着葵扇，呷一两口灌在小壶里的冰镇酸梅汤，听听棚壁上偶尔响起了的司拉司拉的声音……也是一件颇使我心旷神怡的事哩。

大大方方地翘着他的尾巴沿壁而来，毫不躲闪，不是比那些武装走私的，作幕后之宾的，以及那些"洋行门面"里面却暗设着销魂馆，福寿院的；穿了西装，留着仁丹胡子，腰间却藏着红丸，吗啡，海洛英的绅士们，更光明磊落些么？

"无毒不丈夫"的丈夫，也应该把他们分出等级才对！（蝎）

十

闹嚷嚷的成为一个市集，直等天色全黑了，他们才肯回到各自的处所去。

议会吗？联欢吗？我想不出他们究竟有什么目的和企图。

蜘蛛，像一个穿黑色衣服的法西斯信徒，在一边觊觎着，仿佛伺隙而进。我的奋斗的警句，隐约地压倒了他们那一大群——

"多数人永不能代替一个'人'，多数时常是愚蠢而又懦弱的政策的辩护人。"

像希特勒那样的"成功"，还不是多半由他们给造就的吗？不看这位巨头，迄今还是一个独身者，甚至于连女色也不接近，保持着他这个"处男"的身份。

感谢世界上还有一种寒热症，轮到谁头上，谁得打摆子，那也许就是他说胡话，发抖的时候了吧。

我得燃起一根线香来，我想睡一夜好觉了。（蚊）

（选自《夏虫集》）

缀

妻在她们姊妹行中是顶小的一个，出生的那一年，她的母亲已经四十岁。妻的体质和我并不相差许多。没料到她却比我在先的把血吐尽，仅仅活了二十六年，就在一个夏末秋来的晚上静静的死去了。留给我的是整个的秋天，和秋天以后的日子。

这个不幸的消息，一直隐瞒着一个老年人（没有一个老年人不在翘盼着她的幼小者的生长，对于自己的可数的日子倒是忘得干干净净的）；使老年人眼见着"黄梅未落青梅落"的情景，这种可怜的幻灭感，恐怕比他自己临终时所感到的那种情景还要伤恸的。

妻的母亲就是这样一个可怜的老人。

"五姑的病，转地疗养去了。"起初是用这样分隔的话来隐瞒着她。那时妻已经躺在一块白石碑的底下。

"发了疯的日人，不分城里城外的滥炸，把五姑糟踏了！"过了一年，抗战的炮火响亮了，时代正揭开了伟大的一幕，才把幼小者已经死亡的故事，传告了这个老人。因为唯有这种措辞是合理的，也唯有这种措辞足以取信。全中国的父母都知道，为国家牺牲了的骨肉，这骨肉还是光荣的属于自己的；我们每个人都知道，死亡并不是一个终结，那解不开的仇恨，早已使我们每一个人的眼睛发光，清清楚楚的认识了：唯有凶暴的侵略者，才是我们所有的生命的敌人！

妻的墓，那是正浸在汤山的血泊里。

在炮火中又过了一年，想不到我会来到的地方，我会和妻的母亲再见了。如果这回和妻同来，我不知道对于这个雪发银头的老人，她将怎样惊异而发怔了。

"妈，看我走过千山万水还是好好的，你喜欢么？"

"喜是喜欢，只是看见落了你一个人。"

像是拾到了一件可怜惜的东西，同时也就接触到那件东西的失主的一颗更可怜惜的心。

幼小者的墓，遥遥的还留在沦陷了的区域里。梦也不会梦到。如今我竟一个人又立在她的母亲的面前了。

虽然是轰炸之下，我们还依常的度了一些日子。

母亲戴着花镜，常常一个人坐在窗下，为我缝缀着一些破了的衣什，我感泣，我没有语句可以阻止她。

"天已经黑了，留到明朝罢。"

她不理睬，索性撕掉那些窗纸——前次已经被日人的炸弹所震裂了的窗纸，继续缝缀着。

"成功了。至少还可以穿过几个冬天的。"

人世上悲哀的日子没有停止，爱的日子也正长着……

遥想着油绿的小草，该是在妻的墓畔轻轻招展的时候了。

愿春晖与弱草，织缀着墓里的一颗安息着的心。

母亲和我，不久都会返来的。

（选自《夏虫集》）

苦　行

《信不信由你》这本书，并不如初想时那么荒谬怪诞，两年前我看过一次，一段一段稀有的事迹，使人发生"天下之大，无奇不有"的感觉。至今有些印象，还能或明或晦地留存在脑际。

人们对于一个被揭晓了的谜，便仿佛失去了它原来那种浓厚的趣味，而谁都知道金子是从深山，从砂砾中淘炼出来的，可是山石砂砾仍是被视为山石砂砾，这或许就是人们长远地只住在宇宙之间，从不曾进到真理的乡土里去。

在那本书上说，从前热带地方有一个土人，他高举着他的手，直等待着鸟雀在他掌上搭起了一个巢窠。他是傻子吗？他就是所谓野蛮的未开化人？然而我并不这样想；我相信他才是一个有信心的人。他忍受了任何困难与折磨，屹然不动，鸟巢到底选择了他的掌上搭成了！获得希望的花朵与结实的果子的，不属于有信心的傻子，难道专是聪明的贤哲的吗？

我陡然悟觉了苦行的道理，它好像一道闪光，照明了我在生命途中的一个指向。

宗教导人信仰：一个"神灵"，或是有一个"主宰"，或是上帝，或是菩萨———一个共同的至善，或是真理。叫人忏悔过去，忘却现实，冀求未来……

——一手握宝剑，一手捧经典么？

——一边是地狱，一边是天堂啊！

——我还聪明，我不执迷，我傻，我也不受威吓。

——不管罢，信仰即在其中了。

其实，天堂和地狱，都是离我们一样的遥远，也许是一样临近，我们应当怎样举步，怎样行抵呢？还是怎样裹足，怎样踌躇呢？

人本来是一种矛盾的动物，有良知也有情欲，无所谓善或恶，精神和肉体都要寻索它们发展的线路。徒念"南无阿弥陀佛"或是"我主上帝"，便能直登"乐土"这种事，我还不相信有此秘诀，有此捷径！

对于苦行安之若素的，我想起了那居住在热带地方的一个土人的终成善果了。

我也想起了常常看见的那些坐禅，持斋，传道，托钵者，他们恐怕只是作了一种形式，甚至于用形式来乞食，来充饱他的皮囊，有谁了解苦行是到达至善的一条必经之路呢？惟有苦行，才是从根蒂处遏制一般虚浮的欲念的。

一个政客，一个经理，一个少爷或小姐，一个大老板……他们消耗着他们自身以外的许多生命，许多劳力，许多利润，无非是来充饱了他们自己。他们比他们以外的人更肥满些，更"营养"得法些，所以他们有更多的钱，更多的力，更多的"精神"，更多的脂肪，于是他们"创造"了更多的，更机灵的，其实是更坏的，更违反自然的，更压榨他人福利的享受的方法。没有见过地狱的，且看看这些地狱的守者罢！他们才是真正的肉食渴血者，真正的掠夺者！

他们都是敌人，他们都是我们的生命的敌人，我们同敌人在一起或是屈服敌人，我们即没有生命，也即是我们不要生命——这不是一个谜，也不是一个被揭破的谜，我们要进到真理的家乡去，我们惟有一路的战胜那些敌人！

苦行，便是我们生命途上的一盏明灯。带着它可以走向任何遥远，任何广大的地方去，可以走到那个真理的家乡去。万万个人同向一个至善的真理的家乡去了，今日的世界，难道还不能转一个新的场面吗？每个人以苦行磨炼着他自己，他的生命会发出纯洁的闪光，集无数的纯洁闪光的生命，组成了社会世界，我想物质的生产将是充裕而且会剩余下来；因为谁也不要侵占。精神收获将是丰饶而且会储存下来；因为谁也不想掠夺。无限的成了一环，无竭的互相交流，整个的世界是完全的光明，没有了地狱，任何的角落，以至心灵的角落，都是天堂。

苦行不是消极的，不是抹杀生之欲念的，唯有苦行才是燃起了真正生命的火种；唯有知道苦行，体行苦行的人，才能知道真正的生命是什么灵素组成的。

我没有信仰，更不是一个乌托邦论者。我在高举着我的手，柴枝般的手，只是为了一种招示：

记住我们的敌人！认清我们的敌人！反抗他们！战胜他们！我的手永不放下！真理一定会在上面搭起了一个巢窠来！

二八，八

（选自《夏虫集》）

夜　行

夜分的时候，在归途中我经过一座古老的木桥。桥跨着两边寂静的街道。几点灯光，稳稳地映在河床上，水仿佛也不再愿意流去了。

一个老人，被一个孩子引着，左手搭在孩子的肩上，右手握着一根竹杖。他们的衣服都是破碎的，朦朦中可以看出那里有一个黑黑的洞眼，那里是一块垂挂下来的布片。

"奶奶……奶奶……"孩子不时地叫唤着，从那哭泣似的音调中，能够认识了他有全部的苦痛和烦恼；他有一个单纯的冀求。

"噢——噢——"老人漫然地应着。不是竹杖嗒嗒地打着桥板，会疑心他在给孩子和他自己催眠了。

孩子叫的并不是这个老人——他应着，似乎就是表示他可以领着他去寻找什么的意思。

一个是赤足的孩子，一个是盲眼的老人，我不晓得在这个深沉的夜里，谁是他们之中的引导者。

　　黑暗占领了他们，可是黑暗被他们征服着：因为他们并不停留，穿过了黑暗，一定有一个目的所在的地方。

（选自《夏虫集》）

轰炸下

电笛，气哨，钟声，长短的哀鸣起来了。

警报！

在父母亲的大地上，静静伏着处女般的城市，乡村，镇落……如一群一群的幼雏，没有那么广阔的翅膀可以把他们掩护起来。

望望无垠的天空，那残酷的荒鹫，会从任何的一个方向飞来的。

说渺茫，也只有一刹那，无数的黑的星点，乱舞在每一个生命的周围了。

一万个鼓，在霹雳的声响里打着……

电笛，气哨，钟声，喘过一口长气，又呼叫起来了。可是有许多生灵就不再听见它。

解除警报。

二十个月以来，我几乎每天看见，听见，而且常常不忘记对死亡说声再会。不久以前，我还作了它一个极近的邻人，差不多和它握手了，可是从弹穴和弹穴之间隙跨越出来了之后，我依然可以用我的眼睛继续看，用我的耳朵继续听，用我的手，把那些看见的，听到的记载下来。

并且，我的心，更热的焙炼着一个信仰：为我们民族的解放与自由，为我们民族的光荣与生存，我们惟有忍受一切艰辛，对正那压迫我们，侵略我们的敌人以永不屈服的抗战！把血肉和泪汗捣成膏脂，燃炽了这把爝火，它将照耀着我们前进，一直冲过了黎明前期的黑暗。

愿意牺牲自己，供献于神圣真理祭坛之上的人们，记得古代殉道者的对话么？

"往何处去？"

"罗马。"

彼得死在罗马，彼得却永生在全人类的心灵中。

（选自《夏虫集》）

火

二十七年十二月二十九日下午，在桂林，我看见了我以为就是彭贝末日的那么一种大火。

半晴的天，已经全瞑了；顶强烈的风，倒仿佛没有什么动展，整个的空间被黑的烟，白的烟盖得满满的，她们好像完全凝冻在一团了。

整个的地面上，飞腾着几万条凶猛的毒蛇，一齐吐着它们那贪婪无厌的血红的舌头，一齐向空中舔着，在舔着那雍肿的冻瘤；又互相的交舔着，似乎缺少了唾液般的焦渴着。

我不大相信，从来不曾把它作过形容词句的几个字，立刻从我胸腔迸出口来：

火啊真是海一样的火。

漂在这火海上的，是一列列的艨艟巨舰，可是一霎间便化作放射银色光芒的火架，冲飞不见了。

炼狱在我的眼边！

今年二月四日在贵阳，允许我再啮着心说，我又看见了火的山……

所谓"万世一系",统治者在三宅阪卵翼之下,在几千里外的彼岸,可以望见了这里的火山火海么。

看看我们这些不设防的城市,一处一处成了废墟,成了焦土,一度火的海,一度火的山。想到上野不忍池的水,水当为我们呜咽;浅草的埋骨堂,堂下的幽灵当为我们饮泣了。

因为我们都是无辜的,我们遭受了不同的杀戮或焚烧,而是同样的一个毁灭。

住在地震之国的人们,听见我们活在焦土之上的还有不断的争取再生的呼声吗?

（选自《夏虫集》）

血　印

一阵疯狂的轰炸，像百十座火山一齐迸裂了；整个大地接连不断的咆哮着……

城里面多少条火蛇，正仿佛从那些火山的喷口里伸吐出来。

警报很久还不解除。

城外边是满坑满谷的人，都眼巴巴的望着他们的家，他们的产业，他们的没有逃出来的同胞和骨肉……断送在这个无法扑灭无法援救的火城里。

一个集团凭吊着另一个集团，这是多么凄惨多么庄严的葬仪啊！

在满坑满谷的人群里，其实也有着不少遇难的，可是还没有人来过问。

惊弓之鸟，慢慢的各自分散了，痛定思痛的心，梗坠在每一个胸腔里。

小道旁边的一间茅屋底下，躺着一个蜷成一团的妇人，一动也不动。

过路的连停也不停一步，只是感叹着说：

"这里又是一个——死了罢？"

我听见这句话也伤感，同时超越了伤感，我还知道仇恨，和愤怒和羞耻！

一个人的死，便算脱离了世界的这件事，我不能相信！我不甘心死！我不甘心这样的死！因为我的仇恨和愤怒和羞耻，不会跟我同归埋没，它们也决不会允许我死！

我如同追寻我的心灵之门钥似的走到这个妇人的近边，她依然是一动也不动，她似乎已经失掉了一切的感觉，我弯下身子才听见她还有极微弱的呼吸。

"救救……命，"微弱的声音恐怕连她自己也听不清楚。

从受伤到现在，至少已经过了两小时，这呻吟的声音虽然是微弱的，但谁晓得她已经呻吟过多少百次呢？

我立时离开了她，奔向大路方面去，我的眼睛饥渴般的扫射着每一个人，要找到一个同我一样饥渴般的想去救伤的人。

没有结果，我自己倒好像成了一个要被救的人，好容易才在路中拦住了一部有红十字标志的汽车。

"请停一下，那边还有一个！"我高声喊着。

车上跳下一个可敬爱的童子军，我们不说一句话，他随着我跑回茅屋底下来。

没有担架，用了我们四支手臂，把这个受伤的人抱持起来了，——我想着她一定更痛楚，第一次掂量出了我自己的气力，勉强也可以胜任，这委实是一件使我颇为诧异的事。

最吃力的是将她高捧着放在车厢里去，那时她的身子几乎倒悬着，她不呻吟，她轻轻的说：

"唉——我的肚子——肚子炸破了罢！"

我才觉得轻松了一口气，又被一块沉重的石头压住了。

车，开去了，我默默的为那个人，同那一辆车，一起祝福着。

当晚就寝的时候，发现了我的衣服上有一大片殷红的血迹，掌按着它，仿佛还有一点潮气。

是那个妇人的创口处流出的，是那个不知名的，不知是否已经得救，还活在这个世界上的人所流出的血！

我极度的痛苦着，我想那些血，即是当时我所流出的也不会比这个更痛苦。

血，给我的衣服，给我的心，打上了一个不能泯灭的印记。……

（选自《夏虫集》）

天样的仇恨

警报解除不久，第二次警报又响了，并且接连着就是紧急警报。隔了半天敌机没有来，于是又解除了。

走出避难的岩洞，重新看见菜园茅屋……重新看见了天，好像看见了别离已久的一些顶亲昵的人们。

不远的那边有一群人，一点也不喧哗的围作一个圈子，好像一簇蚂蚁交头接耳的绕着一滴糖水。

——《放下你的鞭子》，街头剧的演出罢？我寻思着。

围着的人，不作一声地渐渐散开了。一个老婆婆躺在半扇门板上，旁边僵立着一个拐杖。这张腊黄色的脸，对于我并不陌生，我认识的！她的呼吸已经停止了。

不多几步的前边，又有一圈人。我不再去探视了，我知道也并不是一滴糖水，而是另一个没有了呼吸的尸身。

"有的抬进医院里去了。"路旁的小贩还谈说着，寄托着他们的希望。

这一天，没有谁流一滴血，没有谁呐喊一声，两个老人，和四五个兜在母亲背后的孩子，在两次警报当中，被一股狂奔的人潮冲倒，被挤落的，被踩踏的，被窒息的；丧失了他们的生命。谁曾听见爹娘哭他的儿女？儿女又哭他的爹娘？

仰望着晴空，我感到无限的愤怒，无限的羞辱！荒鹫没有来，但是它是毒爪，好像已经凌迟地把天撕成不可弥补的裂痕了。

是天一样的仇恨，覆罩着我的心胸，这仇恨是永远也不能解除的！

连那根拐杖上，连那条松落下来的背带上，也会刻深了这种仇恨，织满了这种仇恨。

（选自《夏虫集》）

默 念

为学习友邦的语言文字，已到中年，我又一度作小学生，与我一样咿哑学习的同学，十之八九在白天都有服务的地方，并且很多有家，有儿女，一到夜晚，就聚在一个课堂里来了。最难得的是，各省市的，各界的，各种遭遇不同的一群中年人，却是抱了同一个心愿，聚在一个教室里学习。我们用笨重了的舌头，学习那个发着"R"音的"P"字，我们学到C，C，C，P，那一大串的友邦的名称。我们知道了"巴尔地山"的意义……我们的心都年青起来了。我们好像看见北国的雪，雪上的巨熊。

两个多月的功夫，我们知道了许多军用单字。日常用的"再见"，"多谢"……酬应语，挂在我们的口头不歇地说着，我们并不觉得自己是幼稚的。记得我们有一次练习翻译：

——今日中午，发出警报，日本飞机十八架，轰炸南郊，仅死伤水牛数头。

这即是当日的一段事实。

不久，满三个月的期考考毕了，我们开了一次同学会，并且欢迎我们的校长，席上每个人自我介绍一次，大家异常恳切，散会时还拍了一张照片。

隔了两天，这个城市又遭了一次残酷的轰炸。那天晚上我们仍旧上课，课堂的情景却有些不同了，煤气灯照样的点着，好像没有往日的光亮，四围的垩墙已经塌去，光亮都溜到外边，凄凉地照在枯树与砖瓦堆上。课堂里还空了一些位子。有些同学的家已经被炸；有的自己受了伤；一位姓李的同学是殉了难——警报发出的时候，我还在路上遇见他，他说先要回到家里去看一下，然而解除警报以后，他们所住的那一带已完全毁灭，没有谁看见他的归来，也没有谁在任何地方找到他的影子。天暗了，在火场里也寻不出他的尸体，拨开了灰烬，在一截烧残了的楼梯边，有一团焦块，在这焦块的近旁，有一枚校徽——我们学校的校徽，才知道他不能与我们道"再见"了。

讲课之先，大家都肃立了起来，我们低了头，为的默念，为的致哀。

我们失去了一个同学，一个同志，一个在长征途上的伙伴。短短的默念，使每个人的心都沉重了，因为它更加充血，我们牢记着那些同学，同志，同路的伙伴们所失去了的血。

前两天照的那张同学会的照片，于是成了我们纪念李君最好的东西。

离开学校，离开那个山水甲天下的名城，到今天整整是一年了，为了不想离去而不得不离去的原因，异常使我追悔。今天，民国二十八年十二月三十日的今天，在警钟乱敲的声音中，不想只剩了我一个人，在这个遥远的地方，又独个儿在默念起来了。

我们忘不了这一笔血的债！我们这一代，我们的子子孙孙，世世代代，也不能忘记这笔血的债，除非我们有一天能够完全把它讨还！

（选自《夏虫集》）

归　牧

　　一个八九岁大的女孩子，拉着一个小火车头——这是我给水牛起的名字，因为它的身体比一般黄牛要庞大，在田间并不显得，等它走上了小路，对面遇见，就觉得它格外大，格外重，格外笨，真的像一个小火车头了。

　　水牛的鼻子里还发出气咻咻的声响，同火车头停下来的那种情景，可算毫无二致。

　　那么小的小姑娘，那么美好的，脸圆圆的小姑娘，她的个子，她的模样，她的服装，和这个水牛比照起来，一个在前头，一个在后面，谁说不像拉着一个小火车头呢？

　　那匹水牛，走走歇歇，好像意犹未尽；孩子背转过来退着步子走，仿佛听它的便，很有耐性似的，虽然我晓得这个孩子念家的心切，牛却不慌不忙，并不随随便便就让这个小主人牵了回去。

　　我看见这个小女孩子的腕上，有一只还套着一个人造象牙的小手镯。

她们先是走在我的前面，不久就落在我的后边了。

我再回头，她们已经落在苍茫的暮色里。

她们不比那热带地方的朝廷，坐在象背的锦鞍上，华丽的伞盖底下的王孙公主们更高贵些，更令人羡慕吗？

（选自《石屏随笔》）

雨　日

朋友来信说了许多别后的事，末尾加了一句："你那里的天，是不是蓝的？"

要不是朋友这一问，我倒忘记了我为什么来到这么一个地方了：我有一双黑色的大眼睛，我憧憬着蓝色的天，我来到了这里。

我不曾告诉过关心我的友人吗？我早就应该用几个字报道：

"这里的天，是蓝的。"

蓝色的天，盖着我，我的梦，也是蓝色的。如果再沉静地、再单纯地补充一句话，我将说：

"在蓝天底下梦着我的梦，梦不思蜀了。"

然而，偏偏只有今天，我仿佛醒觉过来；身上多加了一件旧外套，依然有些寒意，伫立在窗下，想默默地寻回了那蓝色的天，和蓝色的梦。

一个孩子从花区中跑过去了

一个孩子又跟着奔向前去

一个挟着他的布鞋，光着脚

一个把他的童子军领巾拆散了披在头上

在一张伞盖底下，又看见两个肩抱着肩的孩子，低着头，慢慢地走着，像是数着他们的步子，像是谈着什么衷心话——隔着窗子，隔着雨声，我不能听见。

他们的步子踏着了我的心。谁望着水汪汪的地面上，一个小钉，一个小钉，钉着点点的愁恼呢？

我想抓回来那几个奔跑和行过的孩子们对他们恳诉：

不再可以了么？把你们的力，分一点给我罢！我的血，并没有停滞，我还希望它们仍旧地激流起来！

蓝色的梦，第一次被雨穿透了。

我知道我的故乡是遥远的；落着雨的故乡是不会映在眼前的。

我知道心灵的故乡，还在更遥远的，更遥远的地方……

惟有那里才有永恒的蓝色的天。

（选自《石屏随笔》）

花　轿

前两天，我差不多同时接到三份以上的喜柬。迎娶的或出嫁的，都择定了一个相同的日子。

这一天，我只能到一家做客去。我经过了好多悬灯结彩，喜气洋溢的门口，都不是我所要去的那一家，也不是我接到请柬而不准备去的那些人家。我知道这一天还有很多很多人家在结婚。

满街满巷花轿来来往往，因为街道不很宽，几顶花轿拥挤在一处，并不是一种稀奇的事。

我想，今天全城郊的轿夫是要总动员起来的罢。

新娘，新郎，以及他们重要的家属，或是红媒大宾，都可以有轿子坐，不过新娘所坐的是花红轿子。

她们或他们都很大方，并且也不像别处的花轿，非那么层层遮掩，密密围盖不可；也不考究所谓改良式的花马车啦，花汽车啦，绫呀缎呀织锦的湘绣的甚么，仅只是一顶一顶罩上花红洋布的轿子。轿子的前面也不用轿帘，所以我们在街上尽可随意欣赏新娘的俊丑，或端详她穿的什么衣裳和鞋袜。有时候新娘子也从轿子里眼睛滴溜咕溜地看着你，只要她愿意。

从这一点，自然，合乎人情，不鬼鬼祟祟，不躲躲藏藏，不要猴子戏，我就感觉得高兴，感觉得畅快。而且，对于那一些所谓"时兴"，"文明"的结婚仪式，倒毋宁是使我最厌弃，最痛心疾首的了。

还有，这里抬轿的人，并不真是轿"夫"，而都是轿"妇"。

她们的劳力，比男子们更可贵些，比性质，也更伟大些。

这一天，在我未抵达那个结婚人家以前，我是被一顶花轿压在后面。走路常常低着头的我，这一次却例外的望着前面：

一顶花红洋布的藤轿子，慢慢地欵乃着。

两个轿妇，四只没有步骤的，参差上下的脚，光着，一直光到膝盖以上。

还有一双幼小者的脚，拖露在一个轿妇的腰背后。

这个轿妇在负着双重的工作：肩上扛着人家嫁出的女儿，背上背着自己生下的孩子——我不晓得那是男还是女。

这是一代，两代，三代。

我低徊着，我不能说出我是不是有了一种"了然"感。

百年好合——然而，百年何几？

我想起寂寂地已经埋宿在坟冢里的妻子，我惊觉了我如今还是走着人生的茫茫的路途——只有这一条茫茫的路途。

（选自《石屏随笔》）

珠　泉

学校在西北城角外的珠泉街上，就许因为学校里有喷珠泉，所以才把这条街起下这个名字。

在没有来到这里以前，我还没有听见过有这么一种泉名，甚至于到了这里许多日子之后，我才无意中发现了这里有这么一个胜迹。

济南城西的趵突泉，我也没有去看过。据书上说："有泉涌出，高或至数尺。"拿"趵突"这两个字形容泉水，便可想见和"喷珠"是迥乎不同的了。

这泉水正在校本部办公室之前，企鹤楼的下面。泉水被砌石的池子围着，池周围环绕着栏杆，正中架着一道拱桥。

对于景物的描写，我是一个最没有办法的低手。现在只好把学生们记叙校景中关于珠泉的句子摘录几条下来：

开门见山的如：池里面的水，会古碌古碌向上冒，好像珠子喷出来似的。

略加形容的如：忽续忽断，忽急忽缓；日光映着，大的像珠，小的像矶，连贯不绝。

烘托陪衬的如：水面上铺着一层浮萍，泉从萍底下涌出，萍被泉水做成无数的圈子。

推理抒情的如：似有喷泉，其实不是喷泉，乃是地下的一种气体上升。一年四季，昼夜不停的永远像水那般滚沸着，冒着，永远是那么纯洁，永远是那么活泼聪明，永不退缩。

我最喜欢的一则还是有一个同学他只写了两句，好像已经描摹尽致了。他道："像鱼在池中吐水，轻轻地起了一串泡沫。"

没有见过珠泉是什么样子的人，你们在这里也会听见了珠泉的声息了吧？

可是这声息就常常欺蒙了我。当我深夜从桥头经过，或是一个人静静坐在室内的时候，我总是一下便想起：鱼在喋唼吗？……天在落雨了吗？

其实，什么也不是，沉寂的庭院里，只有松柏的黑影，和黑影间隙的繁星。原来，珠泉在那边切切地似乎在和谁私语着。

殿角檐头挂的那个铁马儿——经过多年风雨，怕已锈了——不时丁铛着也仿佛和谁应答似的；可是它，却惊醒了我十年前的旧梦：山寺、黄昏、露台、蜜月、拥抱。……幸福像一股泉水，谁也没有想到她的源流是会枯竭的！

我推开了堆在眼前的这一叠子年轻人写下的东西：

文字毕竟是一种多么贫弱而可怜的符号呀！让自然来和我们对话，或是让我们对自然私语罢。

如果把珠泉的生命赋予我，把星星的亮光分给我，我将永远伴着我的在黑暗中的灵魂，并且和她私语：爱，便是一种永远的信守，即或像一串泡沫，可是她永远纯洁，永远活泼，也永远不会退缩。

（选自《石屏随笔》）

牛　场

　　我走过那么多的地方，我走到这辽远的地方来了；常是孤独的一个人，没有伴侣。我虚度了青青的一段岁月，如今正是蹒跚在中年的旅途上。一声猫咪，一声犬吠，一声鸡鸣，都会唤觉了我：我没有和谁别离，依然在我们的祖国里。猫是家乡一样的圆圆的脸，或许就是家乡里走出来的；狗是一样的摇动尾巴，或许就是从家乡走出来的；雄鸡是一样的好斗，母鸡是一样的领着幼雏咕哝着，也许就是家乡的人从家乡带出来的。

　　我不是一个农家子，当我嗅着那种土壤里混合着牛屎或马粪的气味时，我仿佛有如归之感了。

　　我爱这里的湖山如画，也更怀念起故乡的一切的可亲，然而如今的那里却被铁骑践踏着，给我的记忆烙下了顶深的伤痕！

　　我还爱这里的牛群——它们是做奴隶的，作主人的奴隶。它们拉车；它们拖木料，它们耕田，它们还能驮货物，每逢遇着它们成群结队的迎面而来，我就侧在一边，望着它们眼睛里闪出诚恳忠实，憨直与驯良的光芒。那在田里伫立着的水牛，我知道它们是在劳止的时候了。在天空之下，好像我也分得一份悠闲与宁静。我曾给它们起过"小火车头"的绰号，有时看见水鸥和鹭鸶就歇在这庞然大物的背上，它不动弹，鹭鸶也很闲散地为它啄着痒——大概它们的脊背上寄生着小虫或牛虱一类东西。

大批的黄褐色的牛群，常常有班期的从元江磨黑一带驮了盐块来，照例总是歇在车站附近的一个并不平的土场上，它们如同一队完成任务的辎重兵，在到达目的地以后，也不胡闯乱跑。赶牛的临时搭起灶来，马上可以烧水煮饭，并且在大锅里舀上几瓢猪油，炒些蒜叶和肉片（多半是它们队伍里的同伴身上割宰到屠店里去的）作莱吃。

有的伫立着，有的低着头吃着散在脚边的干稻草，有的伏着，在思量着什么似的空口咀嚼着。

——反刍的动物啊！我阴自唤着它们，不是炫夸我还记得一些生物学上的名词，而是寄着我的同情，甚至于是为了我自己而申诉：

——有吃食的时候，且尽量吞咽罢。不管是为了要饱肚皮，还是要留着咀嚼。虽然饱肚皮和磨牙齿，你们吃的是草，仅只是一些干枯了的草。

我在这个场上，往往稽留很久的时刻，没有一个友伴。过路的人们也许有知道我的姓氏的，但谁也不会理解我有这么许多的同伴就在这个牛场上。

有时，黑夜从场边经过，我听到丁冬……丁冬……冬冬……丁丁的铃声（这里的牛，颈上用粗链系着一个筒样的铁铃，发出一种沉郁的瓮音），我知道有几头牛大概还没有睡去。

明天，场地空了，牛群去了，在那狼藉的粪堆与草梗中，还仿佛饱蕴着我的怀念……

渴血，肉食，乳饮者的幸福和生长如果是有的，我不相信有这样的幸福和生长了！

　　"革命是历史的火车头，"我不禁胡乱的想：

　　铁铃的声调，该是我们的战士，我们的力夫，我们的建设者的响奏了？

　　我希望而且愿意：做奴隶，做我的祖国的奴隶。

（选自《石屏随笔》）

街　子

很静，蜂群在偌大的校园里闹嚷嚷的没有人管。

看着不作声，点缀在干枝上的花朵并不寂寞。

风里有时吹来一阵市声，我想起今天又是"街子"了。五天一大街，三天一小街，宁静的日子过得也很快。

在这里，不是街子的日子，几乎一半像在睡眠中，所以逢着醒期，便会发出声气来。

看见书架上挂的一个手提袋袋——前天买了一尺二寸布自己缝就的，还没有用过，便打主意也来赶一趟街子。

不像赶街子的牛车（因为只拉了几块石头，）慢吞吞地走在路中央，把"街子"弄得更热闹，更挤了。

捐竹子到城里来卖的，要算是赶街子的一种了，不过他们的竹子，常常把比人头高了一点的空间占了去。

初次赶街子，我的侷促，可以用"缩首蹑足"四个字形容着。

鸭，鸭，鸭，鸭，鸭……鸭子自己叫卖着自己。

咕，咕，咕，咕……公鸡不耐烦地在女人怀抱里。

整担的盖着松针的水果，被挑着向前直冲，好像说：

"不零卖。"

压弯了腰的背柴人，在一边柱着一根拐棍，似乎不想多走了。

城门口居然挂起了一幅人体解剖图，探头一望，知道是卖草药的。

大红大绿的那种云头绣花鞋（我看了想起"寿鞋"的那种样子来），却惹得不少的女猓猡"望之弥羡"似的。有的空了身子，把枷板放在一边，蹲在人家石阶上，掏出一个冷饭袋，抓着些红米粒往口里送，是吃午餐了。

我在一个米线（米粉）摊子前面立了好一会。看着她们像吃鸡丝面似的一碗接一碗的吃下去。想，赶街子的钱，都将吃下肚了；赶一回街子也是赶一回肚皮哩。

卖米线的那个老太婆，大脚，怕是一个老猓猡。嘴已经瘪了，很安祥，低着头，料理着客人要吃的东西——极有条理地把每一碗光米线里，舀上一点酱油，舀上一点盐水，舀上一点辣椒，舀上一点腌菜……最少要舀上七八样作料。红红绿绿的铺盖了一碗。

"吃罢？"她忽然抬起眼望了我一下问。

我微笑着，不好意思地离去，算是代答了她的善意。

我不想吃那种东西，对于她那种动态，却觉得十分有趣而值得欣赏。

挤了半天，又提着空的袋袋回来了。赶了一趟街子，比上一次"大公司"并不显得更疲惫些。

（选自《石屏随笔》）

小　花

到昆明的时候，初次看见一种像水仙似的花，不见茎，不见叶，只有一朵朵的小花飘在水面上，我不知道它的名字，也没有向谁问起过，只在我心里记忆着：小花，睡在水面上的小花。

在石屏，这种花更多，因为它原是生在水上，这里靠近异龙湖，除了山，便是水，本地人叫做海菜花，（他们把这个二十里直径的异龙湖叫作海。）我不喜欢这个名字，但也不想在植物学上追究它到底叫什么。我自己仍是把它叫做小花，睡在水面上的小花。我保存"小花"这个名字，也是想保存我对宁静，纯真与美丽爱好的意思。换一个说法，我所喜欢的宁静，纯真，美丽的东西，我笼统地把它当作小花。原来是花，我不知道它的名字，就叫它"小花"，自然更是恰当了。

前天我陪了一个年青的母亲到一个墓地去，我又想起了小花。

她做了不满六个月的母亲，孩子埋在这个荒冢上已经快两个月了。

这里和这个荒冢所在地，对于她都是陌生的，然而两个月前她却亲手把她的孩子埋葬在这里，像做了一个恶梦。

"你不是说过，你曾拾了许多石块垒在坟上的？"

她忆起了，转过身，就发觉足边有一堆石块。

"听说这里叫校场坝，是以前行刑的地方。"我后悔我说出这个阴惨的地方。

她不甚介意，她说当初来埋葬的时候，惟恐歹人盗去她孩子身上穿的衣服，或是被野狗拖出来吃掉，所以不照本地人的惯例，仍然装在一个小小的棺木里，埋得深深的，又在上面垒了许多石块——一块一块从很远的地方拾来的。

我在周围果然发现许多碎布片，小虎头帽子，小袄裤，和几张破蒲席，证实她的话是对的。

"这里还是好好的。"我看见这一堆石块并没有紊乱，附近的泥土也没有什么被翻动的痕迹。虽然我又想说："孩子在地下也该腐化完了。"

她低着头，默默地在寻思什么。

我把手里的一枝绿梅，投在石堆上。（出来的时候，我们无意地都拿着花。）

她俯下身子，把自己手中的一枝碧桃，却郑重其事地插在石块与石块的间隙，要使它立了起来。

我感动地也俯下身，照她那样把绿梅竖直了。

于是，寂寂的石堆上，仿佛突然生就了两枝小花。

当我碰到她眼中发出的那一道光芒时，我如同瞥见一幅画像，禁不住要仰空呐喊：崇善的女性啊！（我虔诚地如信徒们所祝福的，愿我的母亲和我的妻的亡灵与上帝同在！）

道边过去几个行路人，他们有的也把眼光投到这边来，他们会惊异着荒冢上有了豸狗化作的精怪吗？会纳罕着流血的地方也有了生人的骨肉吗？也会遥遥地望见石堆上生茁了两枝小花吗？

在石隙中插桃插梅的人，很容易想起那"海滩上种花"的孩子们了。

我想牵住一个过路的人说，你们需要知道我们的名字吗？我们不能回答你；好像小花寂寂地浮在水面，开在地上，埋在土下，他们并不需要谁给他们起一个名字。

（选自《石屏随笔》）

鹦　鹉

　　寒假前的一个星期，那个曾在厅长公馆里当园丁出身的厨役，早已带了一些礼物晋省回家去了。我为预先解决吃饭问题起见，便不得不到城中那仅有的两家饭馆子去接洽一下。

　　"包伙食几多钱一个月？"我操着一点西南官话的腔调。

　　"三十八块国币。有几个人包？"老板答复我的问话，又反问我。

　　当我说明只有我一个人时，他干脆地拒绝了，说一个人不好包。

　　于是再跑到另一家去问：

　　"一个人包伙食，几多钱一个月？"为免除噜嗦，所以这回说明"一个人"在先。

　　"四十六块国币。"

　　我听了他干脆的而没有附带条件的回答，倒很痛快，虽然明知比上一家贵了许多。

　　"好吧，从明天起。"我不还价地和他讲定。

　　"不行！"也许他看这个食客太好讲话而突然变卦了吧？他的道理

是：不行，师傅要回家过年去了，明年初十再谈。我想接着骂他一声"废话"。但没有说出口，因为我还想和他商量商量看：

"你们不是也要吃饭吗？你们吃什么，我跟着你们吃什么好了。"

他不答应，好像我的话倒成了废话了。

后来由一个同事的介绍，年假中的伙食，总算暂时能够寄搭在一个学生家所开的店子里。每次吃饭遇到那个学生，他总是躲躲藏藏的，倒弄得我有些难为情起来。烧饭做菜的就是他的祖母，他的年轻的母亲赤脚担菜在街头上叫卖，菜卖完了回来也要招呼一下，便又料理别的事情去。在石屏，像这样能干的女人很多，不过天足大脚的却很少——她们认为裹着小脚的是汉人，小脚的才是汉人的"正统"的标记。

学生的祖父是一位健谈家。据他说满清时代，在武汉领过一营兵，见过不少场面。现在在石屏和临安一共经营着两家客店，自己来往主持，在地方上也可算是一个小小的寓公罢。

他平时喜欢吃一点酒，这也许就是他能够健谈的原因。

"怎么得了！二三十口人吃饭，全靠我一个人。我这么大年纪，所以也非继续抗战不可。这也是一个长期的抗战。"他常常很动声色地这样说，但绝少有人打断他的话，或是理会他的用意。他的话也许最近成了口头禅了。沾一沾酒杯之后，接着是一阵长吁短叹。

他的老妻，他的结壮的儿媳，他的小孙女，一会儿给他递过一把花生，一会儿给他送上一盘炸豆腐干，转来转去地服侍着他，好像说，请你尽管吃酒，尽管发牢骚好了。

檐下挂着一只鹦鹉，睚—睚—睚地叫着，话题转换了，我的眼光也移到那只红嘴钩绿羽毛的美丽的小鸟身上。

"他就知道我吃酒了，我一吃酒他就要。"主人拈起几颗花生送到那个铁架上的小盒里，仿佛不胜怜爱庇护之至似的。主人坐回原位，继续赞美他如何认人，如何需要他的照料，如何不顾高价，不舍得把他卖掉。

我呢，只是注意着这鸟的弯钩的嘴，如何吃这个带壳子的花生，如何运用他的爪子当作手，又如何把那花生壳子一片一片的吐了出来……

"他高兴的时候会说话的。"老主人继续夸赞他的灵巧，也是表示他有一个最心爱的对象。

可是我，却没有听他说过话。一到我们吃饭的时候，就听见他睡一睡叫个不住。平时我去早了，店里的人少，看见他把嘴插在羽毛里还睡着。我拾起一片菜叶或是一点甘蔗逗他，他便嚼去水分，不久又把渣滓吐出。不在睡眠的时候，多半的时间他是啄咬着那条锁绊住他的铁链子。靠近足踝的一段链圈，已经被他啄咬得发着光亮了，爪上也露出一些血痕。但在习惯（？）上他仍然继续去啄咬不止。这给我一种启示：他不忘记自己要解放自己。

一切的，希望他能"通人性"，毕竟都是人的。他不忘记要解放自己，要求自由的生存，这不已经是生物的一种共同的，纯洁的理性了么？

人说鹦鹉在架上翻腾着那是他喜悦时打秋千，我看起来则未必不是他的痛苦和挣扎。

有一次，店堂只有我一个人低着头吃饭，身背后忽然叫起来几声：鹦哥——鹦哥——鹦哥——

我回过头去，惟有架上的那只鹦鹉，在若有所思地直立着，我不禁微笑了起来。

主人所夸耀你的，也就是你能呼唤出你自己的名字而已吗？古希腊的箴言说"知道你自己，"我以为"知道自己"才是一件大可哀的事。

我的微笑不知怎么立刻收敛起来了。

记得那个老主人还说过：鹦鹉不比其他的禽兽，即使豢养他十年或二十年，一旦飞脱而去，便永不回来。我觉得鹦鹉的可爱，或者只有这一点罢。

没有美丽的羽毛，没有宛啭的歌喉，甚至于没有声气能够叫出我自己的我，对于被豢养而不忘掉自由的鹦鹉，我却惭愧着我曾否也随时咬嚼着生活所加给我的铁链了！

（选自《石屏随笔》）

做　客

　　这里说做客,并不是一个人单身在外边的意思。做客就是到人家去应酬——结婚,开丧,或是讲交情,都有的吃,而且吃得很多很丰美。虽说做客,可不需要什么客气,一客气反教主人家不高兴,回头怪客人不给他面子了。有好多次我都不认识主人是谁,便吃了他很多东西,我感谢这种盛意,但心里总不免为主人惋惜:请了这么些个客人来,一张一张陌生人的面孔,究竟有什么可取的地方呢?我想,在这里做客,还莫若叫做"吃客"才妥当些。

　　请客的事,恐怕没有一个地方再比这里浪费的了。一个小小的人家,办一次婚丧,便要摆几十桌酒席,一天两二道,两天,三天这样排场下去。那些做父母的,有的要卖掉他们的田地和祖产,那些做儿女的,有的便要负担这一份很重的债务,直等很多年以后都偿还不清。可是吃客们早已风流云散了,像我便是其中的一个。

　　虚荣和旧礼教,往往是一种糖衣的苦丸,这个小城似乎还没有停止地在吞咽着它。

因为做客做惯了，我可以写下一篇做客的历程。有一次我把这个题目出给学生们去做，有一篇写道："我小的时候便喜欢做客，但大人带我去时候很少，总计不过二百多次罢了。……"这个学生是当地人，现在才不过十六七岁，做了二百多次客还觉得少，在我则不能不瞠乎其后矣。

就喜事的客说，每次的请帖约在十天半月之前便可送到。上面注明男宾和女宾被招待的不同的日期。普通的礼物是合送一副对联，很多的只用单张的红纸，不必裱卷；隆重一点的合送一幅可以做女人衣服的绸幛；再隆重的不妨当天加封两元贺仪。

客人进了门，照例是被人招待到一个礼堂里坐下，随手递来一根纸烟，一杯茶，和一把瓜子。这间房里铺了满地的松针，脚踏在上面也不亚于软绵绵的毛毯。等候一些时候客人到齐了，于是就一拥而占席吃饭。午饭有八样菜，几乎每家每次一律，如青豆米，豆腐皮，酸菜末，粉蒸肉……和一碗猪血豆腐汤，汤上漂着一些辣椒粉和炒芝麻粒子。晚饭的菜是考究的，多了四小碟酒菜，如炸花生，海菜，咸鸭蛋和糟鲦鱼。热菜中另加八宝饭，炒鱿鱼和山药片夹火腿等。快散席的时候，每人还分一包小茶食，可以带回去当零嘴吃。

做客的程序，似乎到了放下晚席的碗筷为一段落，这时吃饱了喝足了的人，连忙抹抹嘴便一哄而散。走到门口可以看见一个弯着身腰做送客姿势的人，那大约就是主人家了。另外有人抓着一大把"筱烛"分给客人照亮，从那红红的光亮里，可以照见那些客人们的嘴上还衔着一枝纸烟，那是散席时每人应该分到的。

吃是吃饱了，喝是喝足了，还带着一些衔着一些东西回去，这一天觉得很快的便过去了；真是很满足的一天！于是，有些同事在平淡的日子里便希望常常有做客的机会来好"充实充实"自己。有的同事甚至于向人探问，"怎么近来学生结婚的不多？"所以一看见有红帖子散来，便禁不住地扯开了笑脸；有的直喊：

"过两天又有'宣威'吃了！"

"宣威"成了一个典故，因为宣威那个地方出罐头火腿，很名贵很香嫩的火腿，大凡一有宣威火腿吃，便是有客做的意思。

一个学期终了，讲义堆下竟积了一叠子请帖，我在石屏做客的次数也不算少了。可是回想起来，我几乎不记得任何一家主人的面孔——当时就不认识，因为在这里做客，无须对主人贺喜，也无须对主人道谢，一切的应酬仪式，简单的几乎完全不要，因此，就习惯上讲，我每逢做一次客，我就轻蔑一次自己的薄情，以致我也怜悯那些做主人的，为什么要这样奢侈，虚伪而浪费！

那些个青年的男的和女的，一个一个被牵被拉地结合了，不管他们的意愿，也不问他们能否生活独立。穿的花花绿绿，男的戴着美国毡帽，女的蒙着舶来的披纱，做着傀儡，做着残余制度的牺牲品；也许就从此被葬送了。（我不相信一个十六七岁的男或女，把结婚的排演当作是他一生中的幸福喜剧！）记得有一次我看见一家礼堂里挂满了喜联当中——其实都是只写上下款而留着中间空白的红纸条，在那一列一列致贺者的姓氏当中，我发现了几个"奠"字，原来姓"郑"的那一半边傍，却被上面的一条掩住了。还有一家挂的横幅喜幛上只有"燕喜飞"三个字，原来中间落掉一个"双"字。当时我还不免暗笑，不过事后想想，反觉得沉闷无话好说了。

还有一次，我做了一回财主人家的宾客，不为什么婚丧大事，却只是为了说"人情"。

在中世纪似的极幽静的村寨里，我随着一行人走进了他的×屯，想不到穿过一重一重的门第，还要走着无限曲折的游廊，踏过铺着瓷砖的甬道和台阶，满目华丽，竟是一所绝妙的宅邸。

听说这个主人手下用着无数的砂丁，砂丁们每年为他流血汗换进了无数的银子。这些建设也都是砂丁们给他垒起的!

我享受了这个主人的盛宴,我是在间接地吸取了砂丁们的许多血汗。这一次的做客恐怕是一件最可耻辱的!

常常做为一个冷眼的客人的我,我真的满足了吗?所谓饱经世故的"饱"字,已足使我呕心的了!

(选自《石屏随笔》)

畸　人

　　我发现了这么一个人，也渐渐知道了这么一个人，可是直到现在还说不出他的姓名来。他给我的印象很深，不过我，和别的许多人，也许在他的心目中永远是陌生的，根本留不下什么丝毫的影子。

　　有一位同事先生告诉我，大约一半为取笑："他是石屏的一个阿Q。"

　　我想了想丰子恺先生那本阿Q图传上给阿Q描画下来的模样，果不期然而然的大同小异。但我立刻从心里给他取消了这个绰号，而把他当作石屏的一个畸人看待了。

　　这个畸人惟一的特征就是一个独身人。他的头发和胡须虽比较长些，但绝不像一个囚犯，身上的衣服虽然不大修整，但绝非褴褛；态度虽悠闲，而工作并不懒惰；沉默而不痴哑；贫穷而无诡相……总之，除此以外，也可以说并没有一件奇闻奇事是足以传叙的了。

　　一个单身汉，他的生活无疑的也是单纯的。像这个畸人，他自然没有雇佣他人来代他工作的需要和能力，可是他自己也不受任何人的雇佣而为他人工作。没有一个人能够知道他是怎样的生活：生活下来，生活下去，总是这样维持着他的一个畸人的生活。生活对于他好像不是享受，不是夺取，也不是服务。

在理论上站不着脚的东西，在事实方面却也活生生的存在着。像鲁滨孙在孤岛上创造了他的新环境的故事，那或许只是限于给儿童们读的。一个人，被围困于人海当中，不陷溺，不倒下，不没顶，还泰然自得地生活着的人。姑且叫他是畸人，当他是畸人，那又有什么愧色或不该的呢？不该的倒许是成群成群的人，人，人，人同人一样的人，畸人太少，畸人不可多得罢了。

畸人在一般人的眼光中毕竟是一个谜，然而都关在生活这个谜里的人们，在畸人的眼光下又不知道应该作怎样的解释了。

有一次（我听到过的一次）这个畸人在街上捧着一束花——比鲜花还美的还动人的，用各色纸片扎成的花，跟随在一个行人的后面问：

"要花吗？"

那个人停了步，被他的问语惊异着，也许是被他手里那一束美丽的花而感动了。石屏还没有这么多种的花卉可以配合得如此匀称，如此鲜艳，如此夺目；即使是人手制成的，但在商店里也找不出有售卖的，甚至在所有的石屏商店里，连制作这些花卉的纸张和材料也不能买得出来。

"来，你要罢！"

"……"行人还是有点踌躇的样子。

"你看！比真的花还要公道！"

那个行人把袋里剩余着很少的几个钱给了他，他就随手把那束花递过来了：

"不少，不少，即使没有这些钱，我也要你把这些花留下。"

这个买花的人，就是以前告诉我卖花人是"石屏的阿Q"的那个同事——我们学校里的美术音乐教师。

这一束花，我是看见了的；我仿佛还看到了这个制花人的心灵：是这样的美丽，这样的可爱，还这样的"公道！"

我还知道这个畸人所居住的地方，那就确实有点可奇了：（并不是因为简陋令人看不上眼）几根柱子，几块板，靠着文庙转角的两面墙壁而搭成一个矮矮的棚子。棚子外面有一小片空地，正好门当户对的向着这里唯一的一个大财主人家。

最冷的天，刮着大风，家家户户的大门都深闭紧锁了，他呢，却还哼呀哼地在棚子里唱着，那砖做的枕头，瓦做的被衾，难道也是比真的轻暖物还要"公道"的吗？

他是一个谜，生活也是一个谜。

真的，这个生活的对照，也是一个谜！

（选自《石屏随笔》）

出　世

　　在假期里，差不多每天下午要来约会的一个侣伴，今天一清早便莅临了。她是校医室内的一个看护，同时也是这个小城里的一位为服务而服务的助产士。她的好友最近才离开这里，她的一个小孩不久以前也死去了，我很同情她，并且想：春天对于她该是怅惘的。

　　今天她的面色很悒郁，眼圈是青了的，然而那长长的睫毛，并不因此而失掉它那种固有的，动人的魅力。当睫毛像两柄细小的乌木梳子把眼睛遮盖起来的时候，我羡慕着她的心，会跟着宁静而假寐的吧？

　　"一夜没有睡，教我又是着急，又是生气……"她的颈略微有些倾垂，停下来默许似的望着我：我在摆弄着她刚才放在案上的那个小小的印花布袋里的东西，一副薄橡皮手套，一包药棉，一小瓶消毒用的酒精，还有一个木制的，狭长的，像一只喇叭或高脚圆椎式的长漏斗似的东西，我拿着它似乎有点出神。

　　"这是一只听筒。现在可不容易买到。"为了这只听筒的用途，她解释了半天，我才知道拿它放在女人的腹部上，可以听诊和检查婴儿的部位与产妇子宫的动态。她又继续讲着昨天夜间临床的一段经过。

"一个有钱的人家没有孩子，男人讨过一个妾，还是不生育；又找了一个年轻的㜷㜷关在家里。从来就不许这个㜷㜷见人，而且一直奴使着她做最辛苦最劳累的工作。他们简直把她当作一个'工具'，像一个土盆或是瓦罐之类的东西。不幸的在这个贱民的肚子里偏偏结下一个胎，于是，她的受难更达到一个顶端了。从来不被人当作一个人看待的她，所以也没有预先给她尽一点人事的准备。我们虽然是对门的邻居，可是她家里也从来不肯让我替她检查一次。等到动作来了——偏偏又是难产，措手不及的当儿，才深更半夜的把我找了去。

"我去到她家时，那个女人正拼命地叫喊着，看见我，才把声音稍稍放低了下来些。我知道她久已在渴望着有人来救救她了。然而她不知道使她痛苦叫喊的是什么！看！一只小孩的腿，已经拖在她的产门外边半天了！

"我谨慎地为她做了一些必要的手术，使那只小腿慢慢收摆回去。不久之后，她的阵痛又开始了，她不再让我去沾她一下，她的力竭声嘶的叫喊，似乎已经使她的眼睛不能睁开，不能看见还有要解救她的人在她的身旁。最没有道理的是，她越叫喊，她家的人便越用力打她。我既可怜这个初产妇的痛苦，又憎恨着她家里这种没有经验没有道理的暴举。她们都不听我的劝告，喊的喊，打的打，真是要急死了人！我担心着这样下去，会使产妇的心脏痹麻或子宫出血，所以我请求她们帮忙我按住她，让我再施行手术，看看胎儿有没有正常的进步……"

"进步？"我拦住她的话，好奇的问。虽然我猜想"进步"这两个字，在这里是当"术语"用的。

"……"她没有什么回答的表示，仅只抬起了睫毛盯了我一下。

"这个可怜的㜷㜷，于是又哀叫起来了：'我宁可以死……让我死罢！你们别再动我。'她自己好像已经绝望了。痛心的是她家里的人还

说：'要不了大人，要孩子罢……'

"我想给她注射一种×××针，可惜这种药前次已经用完。我劝他们把这里的××院院长请来试试，他虽然不是产科专门，但他来了总可以和我共同设法挽救，他们那里的药品自然也比我个人所预备的齐全。

"谁晓得！他来了跟我一样的没有什么帮助！那个四十多岁的一个老助手，她却像煞有介事地表示着她自己的本领不同凡俗，开口'不要紧，我接过四五百个孩子，大的小的都安全。'闭口：'没有问题，我接过四五百个孩子，大人……'噜哩噜嗦，咭咭呱呱。

"×院长只晓得躺在一边抽大烟，抽了一阵大烟，呆了不到半点钟便走了。我真是失望极了！想不到×院长这个做医生的也是这么一个无能而腐化的东西！"她异常愤慨的把叙述停顿下来了。

"你不该失望；你从此不是更增加了一分信心吗？恶的制度恶的社会都是恶人的护符。我们年轻人的纯正可爱的力量，便是我们有自信心，我们即便是孤立的，但也绝不和他们合作！"对于她的愤慨，我同情地想给她一种鼓励，我爱惜她，正因为她好像是一个出世未久的孩子。

"天快亮的时候，×院长送来一张诊费药费单，除去白抽的大烟不算，应付法币四十几元几角几分。

"产妇早已由呐喊变成呻吟了，呻吟也渐渐低微了下去，可怜的婴儿，仍然拖着半个身子没有多大的进步。

"不是正房的女人，在这里照规矩也不能留在家里生养，后来他们竟把这个可怜的孨孨送到一个荒庙里不管了。不如一匹小猫小狗的贱民，我怕两条生命都快要完了！"她的叙述到这里也完结了。

在我们这暂时的沉默当中，我想，那荒庙中的一对母子，还在不死不活地受着难吗？这个已生的而在不幸中的生命，和那个未生的幼小者的生命，也许都要和这个世界的光亮做永远的诀别了！

当天下午，我为这件事情特意去看她，她告诉我她刚从那个荒庙中探视了她们归来：孩子终于落生了，但已经没有呼吸；大人却在地上昏迷的睡着。她说，这简直是一个奇迹！

是的，奇迹！然而这奇迹立刻给我松了一口气。

"女人是伟大的，女人的伟大在于她们能够生养孩子。"这种话语常被人们说着而表示讽刺女人是无用的意思。然而，谁会把它当作真是血洗过的句子呢？

来在这个世界上的人们，我们应该彼此的祝福了：

人们还不都是一个母亲的孩子吗？

（选自《石屏随笔》）

风　物

一

城西南有一匹小山，整整齐齐的像一只帽盒，所以人们就叫它帽盒山；有的把音读转，便成了冒火山。正在山尖上有一座石塔，这座塔倒真像一个帽顶了。从远远的地方望去，还可以看见塔的影子斜放在山坡上。眼力好的人，也许可以看见影子底下是不是有着人。我曾试探着问过她，但她没有回答。（她不知道那一次我和她两个人在塔底下坐了那么长久，我的心是如何的跳跃，我的胆是如何的恐怯来着。）记得那一次我对她说过："现在我是多么轻松，多么幸福！城垣，市尘，人家……都放在我们的脚底和眼下，也好像全是一些不必要的度外之物似的。可是幸福，一经自觉的幸福，幸福便已成为过去的了。如今的一切，也徒然是日后追怀的残痕而已。"

我们默默的望着东边的异龙湖，湖面上一抹蔚蓝，一抹碧绿，一抹绯红，一抹素白……这美丽的幻变，真不知是天上的？还是人间的？还是我心灵的冒险之反映？唉，这匹小山当初一定是喷过火的吧？（塔下）

二

异龙湖确是一面大的明镜。南岸有五指山伸到湖中，形成了几个小小的港湾。葱茂的树木遮盖着每个山头，好像那边另有一个天地。有一个山顶上有着庙宇，望过去就如同中古时代南欧沿海的那种庄严的堡垒和阴森的水牢一般。

湖上有几个小岛，我只去过大瑞城和小瑞城两个地方。大瑞城还可以从一条长堤上走到，小瑞城完全围在水的当中，必须划船才能上去。那一次我们在湖上遇着风浪，险些儿把一只小船弄翻掉，可是我不知怎么竟这样想：即便葬身鱼腹了，我不是和她同过舟吗！

从小瑞城的一个敞台上展望，一片苍茫，万顷波光，我禁不住地由衷赞美着：女性的海啊！（湖上）

三

沿沙河和树排往西北走，穿过符家营，再傍溪走一程，便可以望见一丛林木极为葱郁的地方。在那里有一潭清澈的水，水面上也永远涌现着一圈一圈的洄纹。潭边的一株大榕树，不但盖着全个潭面的顶空，而且还给周缘撑起了无数柄的绿油伞。这里是幽静，沁凉，几乎近于阴冷了。

那个祀奉黑龙的小庙，就紧靠在潭的左边。门锁着，从墙里却伸出一簇一簇的红球花，好像魔女的化身，在不耐寥落地窥探着外间的动静。

地上满铺着一年两年落下来的新的陈的榕树子子，做了我们的垫子，也代替了我们的话语——我们把它一颗一颗的投进潭里，看着它无言的沉落，就好像我们也不会永远被并列在地面上似的。

亚当和夏娃被逐出了伊甸乐园，那是为了犯触上帝的意旨；然而我们可以发誓说我们并没有罪，命运却使我们分别了！（潭边）

四

多少碑碣已经作了墙基或是铺成路面了，纵然还有一些模糊的字迹留在石上，却没有人再去低头理会那些已往的事迹，和故人的姓名与生卒年月……

学校大门的外边，经常有一群石匠在那里矻矻不息地工作着。他们凿开一块一块的岩石，或是磨平一块一块旧的碑碣，丁丁铿铿地镂着条纹，刻着一行一行的文字，作成一座一座新的石坊，填砌在墓前好像三道小门——门是开不开的，门上刻着许多字。

在夜晚，这些石匠的工作也不停止，荧荧的几个灯火，照耀着他们的古铜色的面孔，除了丁丁铿铿的斧石之声以外，也只有黑色夜幕中所回响起来的丁丁铿铿，丁丁铿铿……

这是一种工作，一种严肃的工作，也是启示在地上的人们，应该怎样才能留下一种比石刻还要长久而不磨灭的工作罢！（石匠）

五

暗路夜行的人们，他们没有电筒或灯笼或火炬，仅仅拿着几片薄薄的木板条，燃起来便可以照亮了前路趱行。火花边走边落着，给路上留下一点一点的红的虚线，仿佛也度量出黑夜的深沉与寥寂。

逢街子的日期，成把成把的在摊上出卖着，后来我终于打听出它的名字叫"筏烛"来。

"筏烛"，真是一个最恰当最好听的名字了！由这个名字我好像想到带着光明而渡过黑暗的意思。（筏烛）

六

我常常想着世上最浪费最多余最表示人类心地窄隘的东西，莫过于环绕着家屋外边的那一堵一堵长长短短高高矮矮的墙。大概自从有了竹篱木栅以后，恐怕人类的文明已经蜕变过了。你看，那透不过一点一线气息和光亮的墙壁那边，不是好像告诉我们有什么野蛮物在内吗？那在内的好像干脆用墙壁挡驾道：外边的野蛮物止步！

我看见这里到处利用仙人掌仙人鞭一类的植物当作墙界围栏之事，才不禁有如上的感想。不过，这些结壮的厚实的带刺的植物，却也给我带来了一种南国的幻景：我喜欢在热风里裸光了身子，却不愿意在冷气中着上棉裘。（棘篱）

（选自《石屏随笔》）

路

我已经走过很长很长的路；想像中的路也还有很远很远。别人指示过我不少的路，在书上，在图画里，我还看见或意会过许多的路，路实在是很多，但我从来不能记忆那些路的名字（那些路都有名字吗？）并且也不知道哪条路是通达的，哪条路迂回？哪条路是正确的，哪条路分歧？……所有的这些路走到一个什么地方去？

我跋涉，我奔跑，我踯躅，我趑趄……在那些不同的路上，然而我也不曾辨别过，哪条路是平坦的，哪条路坎坷，哪条路险阻，哪条路光明……

甚至于我有时候全般地怀疑了：路在哪儿？路到底在哪儿？所有的路，莫非是骗人的，莫非是象征，仅只是一种象征吗？人和人为什么稀有着在一条路上的同伴呢？路果真是太多了么？每一个人都各自地走着他的一条路么？……

刚才，我听见一个女人说：

"当初，他总是和我并着肩走，我害羞，我催他走向先头，他不应，他唯恐这条路一下就会走完。现在，他总是把我落在背后，我请求他稍稍等待，我召唤他和我迈着同样的步子，他却毫不反顾，好像唯恐这条路不能赶快地走到尽头。"

　　我沉思着：路纵然不是一种象征，路是什么呢？原来，世界上没有同样的一条路，也没有在一条路上并肩同行的人。

（选自《眷眷草》）

杖

这是一个谜：先是四条腿，后来两条腿，再后变成三条腿：腿越多的时候越微弱。

这个谜，据说是司芬克斯（Sphinx）——一个狮身女首而有翅膀的怪物，坐在路旁岩石上常常问过路的人，如果猜不中答不出，便休想保全性命，因此有许多行人就被这个怪物吃掉了。……

"人"，"人生"，说破了它，还不就是这么一个简单的谜底吗？

我已经不能记忆了，我曾经过了多少匍匐着的日子，用我的两只小手，辅助着我的两条小腿，在席褥上投向母亲的怀抱里去；在地上探取我的玩具，我的糖果，我的目的物；我张着嘴笑，我的口里还没有生齐牙齿；我大声的哭，哭过后的泪珠，也许马上再流到笑靥里去……

童年，四条腿时的童年，转眼便过去了。

我又怀疑起来了：我究竟正正常常地运用我的两条腿，经过了一些什么地方，阅历了多少事物呢？永远是这样孤独的，畸零的，默默的，在这茫茫的世间：没有一条不是险阻的路，没有一张不是狞恶的脸，没有一个不是伪装着的仁人，君子，和其他……

如今，我更惊异起来了！这简直是一个奇迹：从什么时候起，我便需要着一根手杖，它仿佛已为我添就了一条腿呢？想起那个谜，我不也是构成那个谜的原委的人们之中的一个吗？

啊！生长！生长！添就了的这一条腿，难道也还叫它是生长吗？谁能告诉我，我们是怎样从生长这条路上过来的呢？

这条路也许还有很长，很远，而且是很崎岖的，然而我并没有败退，也不承认我已经衰微，我依旧是这样一个人，继续地踽踽行进着；只是我需要了一根手杖，它成了我的惟一的友伴，即使在最危难的地方，也不离我而去。它还是我的眼，我的触觉的前哨，即使在最黑暗的地方，也不需要我去摸索，随着我的步子，它还叫着一片"打——打"声。

中年，仿佛再无能骑上"竹马"的中年，还该走向何处去？

（选自《眷眷草》）

灯

　　我喜欢任何一种的和任何式样的灯，一点点的火光或是照耀的明亮，它们都可以渗透了黑暗，给莫测的黑暗添生了眼睛——任何在黑暗中闪烁的眼睛，不都是美丽的，令人感激的么？

　　我们爱灯，爱光，那是因为灯正嵌在黑暗里；我们爱美，爱女人，那是因为她们的眼睛要是顶大的，顶黑的，而且是顶会闪亮，顶会流动顾盼的。

　　灯里发出热力，正如同眼睛里藏着爱情。

　　眼睛，其实就是人们的心灵的灯。

　　我不能忘记这一夜：天上没有星光，也没有月亮；一阵阵的细雨过后，地上还有些泥泞，我第一次那么小心翼翼地，为她提着一个小小的玻璃灯，伴送着她归去。

　　我们还是刚认识不久的；不是为着欢愉的追逐，而是偶然地相遇于我们的不幸的命运的途中。然而，在这样阴霾黑暗的夜晚，彼此却好像消失了一些勇气，也没有了什么较多的话语。

灯光只照着一条泥泞坡路上的一小片的地方；我们随行，它也随移着。光辉仅仅是这般微弱，除了看到我的一双皮鞋，和她的两只小脚之外，其余的两个人身，和两个人的影子，却都溶混在一团黑暗里。不过我已经看清楚了：两对脚，不前不后地轻轻错落着，好像惟恐踩破了什么，惟恐踏重了便会听不出心的跳动，便会扰害了夜的静默。

同样的步子，同一个方向，在同一条路上——然而这条路还是该被诅咒的！为什么它只有这般短？不能让我们并着肩再多走一程？不能让我们的足迹再延长一些，再印远一些呢？

"到了。"她低声地说。

我先停下步子，她也驻了足。

她走上石阶，轻轻地敲着门。门里面不久便有了应声。

"再进来坐坐吧？"她转身来问。

"不了。"我回答，却是经了一次踌躇的。于是随手递还她那只小灯。

"天很黑，你回去还要照路的。"

陡地我才想起了自己归去的那一条孤独的黑暗的路途。

我收回手，正想谢谢她；当我抬起头来看见黑暗中有一对闪亮的眼睛时，我又缄默了。

带着她那只小小的灯，我一个人跄跄踉踉地回来了。我从遥远的地方才听见她那扇门扉被关合起来的声响。

当我就寝的时刻，我还不忍把这只小灯骤然地吹熄，虽然只有一点点的微光，而那里面也依然发着热力的。

这一夜，我的梦，也不再是迷失了途径的；我应该感谢，永远地感谢：那一对在黑暗中闪亮的眼睛，照临了我，伴送了我！

惟有藏着爱情的眼睛才是闪亮的！

我所铭感的就是这只心灵的灯！

（选自《眷眷草》）

播种者

秋汛已经退了,江的两岸露出宽阔的沙滩。靠近水边铺着一片平整的鹅卵石,稍远一些的地上,还留着一层酱黄色的淤积的泥土。

在沙的和泥土的地上,有着蜿蜒的小路。天知道经过了多少来来往往的人们,才踏出了这么一两条静寂的行径。

山脚下小路和小路之间,经过一番耕犁,一番锄耘,已经形成了一片不规则而且颇有起伏的坡田了。隔不一箭远的地方,便有一个枯草的堆子;有的已经烧成一堆灰烬,有的还冒着一缕一缕的白烟,也渐渐地要变成灰烬了。这些灰烬,原来都是给未来的植物当作肥料用的。

我远远地望见了地上有一个人。当我走近了她,才看出她是一个妇人。她的头上扎着一块布巾,左腋夹着一个袋子,轻轻地跨着顶小的步子,注视着地上每一个小小的土凹,向里面撒下几粒看不清的小小的种子。

我没有看见过最虔诚,最严肃,最沉默的工作者,能够比得上这个播种的人!她撒着种子也是种着她的希望:明年的春天和春天里的收成。

　　大地上任何的一个角落，只要有着希望的种子，便也会长起了生命的果树罢？

（选自《眷眷草》）

卷卷草

恋情哟，你来，躺下吧！
像镇压我的生命的墓石一般的！

——亚赫玛托娃

之一

一只淡黄色的佛手，其实是一个奇怪样子的拳头，有许多根手指卷曲着，好像有什么东西握在掌心里。

她拿起来嗅一嗅，轻轻说："多么香呀！"

我也拿起来嗅了一嗅，不经意却有同感地说，"真是香哩。"

我忽然懊悔我所说的话有些唐突，因为这只佛手原是刚从她的手里放下，并且是刚被她嗅过的。

"真是香哩"，但不知道能不能代替或等于我也嗅过了她的手和她的气息那般地？

之二

到了春天,小孩子和女人们的脸上,常常容易生起一种轻微的,发白色的癣,在我小的时候也生过。记得大人们说,不碍事,这叫"桃花癣"。我觉得这个癣的名字很美丽,一方面似乎说明了这种癣的季候性,一方面也在象征着她的美丽:桃花很容易谢,桃花也很够美丽。

我们正提着这癣的名字,有一个女孩子很坦白地怀疑起她自己说:"我脸上好像就有一块,一小块,不大看得出来罢?"

她不说,不会有人注意;即使注意,也很不容易一眼便发现出来。

"让我看!"

刚要走近她一步,她马上把一只手,连着腕子都遮盖到脸上,脸已经完全变的绯红。她怕人真的逼近了她,盯着要看她的脸。

这一刹那,她是真实地,无法掩藏地露出"羞花"之貌了。

之三

一个我不认识的,也并不好看的女人,她独自立在庙堂的门口,垂着两只手,把肩臂无可奈何地倚在门边。门是很古旧的了,门框上还有许多没有糊过纸的小方格子。

我一眼瞥见了她的眸子里含着一种光辉。

她好像在瞩望着什么:庙堂里很幽暗,而神龛的那边更是黑沉沉的。

她在祈祷么?虽然她没有跪下,也不膜拜,可是从她的眼睛里我瞥见了虔诚,她的眼睛已经使周围发了光:她顿时变成了一个美丽的人。

一个有了信心的人,是比那些有着容貌的更可爱,更高贵的。

我怀恋着那些女人：虽然我不认识，也从来不曾见过一面的女人，她们知道神，默对着神，含着纯洁的泪珠，以自己惟一的虔诚的流露，奉献给神，为怀念着那些失去了的或是希冀着"他"还会归来的爱的慰抚！

（选自《眷眷草》）

兄　弟

　　从砂滩散步归来，天已经朦胧的快要黑了。弯着腰走上石坡时，迎面遇见一个八九岁大的孩子，怀里抱着一个婴儿，正在向下走，好像要去江边找谁有什么事。

　　他的身子本来不高，那个细长的被包裹着的婴儿，差不多已经拖过了他的小腿，将近拖到地面，使他走起路来很不方便。

　　他们的头并齐着，两张小脸紧偎着，小嘴对小嘴。这无限的无名的亲爱的情态，突然感动了我，使我停了脚步回转头来望着他：想用我微湿的眼光去护送他，用我的微弱的心灵去拥抱他；连他怀里所拥抱着的那个婴儿。这幼小者的影子，似乎没有移动多久，怅望了江边一刻，又转身回来了。

　　（我正希望他们回来呢，我在等候着他们。）

　　"他是你的小弟弟？"当我和他并肩走着的时候，我问了。

　　"是的"。

"他还吃奶么?"

"……"他不懂我的话,不能回答。

"他还吃'蜜蜜'不?"改说四川方言之后,他明白了,连忙接下去:

"吃的。没有'蜜蜜'吃,只能喂他米羹羹。"

我们对话的时候,那个婴儿的一双大眼睛也圆睁睁地在注视着我,好像他已经解事了,但他却没有声气可以说出他的苦处和不幸来。

这短短的问答,立刻使我懊悔它是多余的。看着他们这样瘦小,这样微弱,难道我还不认识他们定然是一个贫困人家的孩子吗!贫困使他们微弱,使他们瘦小,使他们轻若飞蓬,贱如泥淖;使他们生存在世界上,也如同一些幽灵的影子,是仅仅摇晃着移离着的影子……

然而,这没有饱饭吃的小的孩子,和这个甚至于也没有米汤可以代乳喂的更小的生命,他们却有着力量紧紧抱在一起,小小的脸嘴亲亲偎在一起,他们的灵魂并不欠缺什么东西,甚至于比我们大人先生流露着更多的,更纯真的爱。

我想把他俩都抱在我自己的怀里,又举起了他们;我愿意做贫困的人们的兄弟。

(选自《眷眷草》)

歌　女

茶馆门口歇着两个卖唱人，哼哼着的二胡，配着嘎哑了的女人的喉音。呜呀呜呀地不知是唱，还是呻吟，还是道着都市的人的烦闷。

在不多远的那边，一片轰炸过后的瓦砾场上，另外围着一圈子人，从人圈当中发出一阵咚咚咚，铿铿铿的小锣和花鼓声。

我刚要走拢去，那一圈人不知怎么已经被警察驱逐散了。那个唱凤阳花鼓的小脚姑娘，不知唱到哪一句便停下来，怔忡地望着这一片只有破瓦砾的空场。

恐怕是"有碍观瞻"的才被取缔了，可是，在都市的另一个角落，那些无依无靠的人们，尽管呻吟，尽管哭泣，尽管同腐鼠垃圾一样地发着霉气，却没有人去过问：而他们是有着毁灭与糜烂的自由的。

我踯躅在道上，我不想听到都市的歌声。

（选自《眷眷草》）

春　晖

　　昨天山城上还有很重的雾，但雾中依然混淆着令人不忘的灾祸和仇恨——敌人的飞机偷偷摸摸地去轰炸了附近某一个地方，使那里的废墟再受一次火的锻炼。

　　今天的山城却整个屹立在阳光底下，看出每一个峰峦，每一个塔尖，每一个建筑的顶端；也看出每一处断井颓垣上的伤痍，仿佛在袒胸露怀，吸取着紫外光线；每一片粼粼闪烁的江上波纹，在辉耀着平静的笑意。

　　山城雄立在大江之上，山城迎接着阳光。东去的大江，该带给我们的故人故土一个音讯：暂别无恙，春风已从天涯吹来。

　　春风是唤醒着新生的银铃。

　　迎接光明，迎接自由，迎接胜利，迎接新生！

　　迎接战斗！惟有战斗才能打击敌人消灭敌人，战斗之后的新生，才是真正自由的新生！

　　春风就是胜利的跫声；步武着它，到达胜利新生的路。

我们憎恶雾，憎恶一切的朦胧！因为朦胧与雾都是我们的羞辱！

我们迎接太阳，迎接所有的光明！因为太阳的光明是春，新生之母！

记得无耻的敌人，曾经从轰炸机上撒下来的传单吗？

"太阳出来了，日本飞机又来了……"

太阳没有一天不出来，太阳有时被云雾蒙掩，山城却始终正正堂堂地不要一星半点的遮拦。

太阳如今也没有被遮掩，可是敌人明明白白地对着太阳撒了谎。

整个的山城雄立在阳光底下，大江之上；雄立在东亚司令台顶，迎接自由，光明，战斗，胜利，春之新生。

我们有权力在高峰上春风满面地瞭望：

你无耻的，对太阳撒下谎的所谓"日出之国"，是不是将在海水和泥淖里没落！

（选自《眷眷草》）

洞里景光

此地有许许多多大大小小的山洞，可并不是以前道家所说的神仙们住的"洞天"或"洞府"的洞，而是二十世纪的人，用斧钻硬生生向顽固的山石开凿出来的洞。这些洞大概都编成号码，或是加上属有者的名称，叫第几号或某某防空洞——为了防备敌人空袭时给我们的灾害，为了保存我们的可贵的一切，我们难道不可以叫他是生命的福地，战斗力的仓库么？

为了补助警报器和警钟传达空袭的情报，在山头和建筑物的顶端又竖了不少的信号杆子，杆上挂起一个红球的时候，那时表示敌机有来袭的模样——也许已经从远远的基地起飞了，也许起飞后不一定到这里，如果不久之后再把红球放下，那便是连空袭的消息也不复存在了。然而兽性的敌人，往往对于他们的暴行却是信而不爽！因此有人说：

"有球（求）必应。"

球呀，这战时首都的点景，这兴奋生活中的指标，它常常教我们到"仓库"巡礼去！到福地造诣去！

阴雨时我们着了胶鞋撑着伞，热天我们带着凉扇，冷天我们不需要火，千百个人互相偎倚着，适度的体温，已足够温暖我们的了。

好像一度轻松的旅行，也仿佛是一场欢聚。

捐着铺盖而来的，挟账簿而来的，提皮包而来的，带竹针、毛线而来的，抱洋囝囝而来的，提暖水壶而来的……从他们所珍惜的物什上，我们不难认出他们的年龄、职业、身分。

穷人们离不开他的破棉絮；做买卖的都只是为了赚钱；官员们总是公事；女人们一年四季都有那么些衣服裤子可以编织；洋囝囝的生命也是孩子自己的；做奴仆的应该随时随地伺候着主子。……各占一席地，在洞里也没有一个离开过他们自己的岗位。

永远见不到阳光的地方，永远滋生着忧郁和怨恨，然而一个洞一个洞里都是满盛着我们同胞与同胞的爱。敌机临空了，炸弹爆炸了，天进地裂地震撼着，一个洞一个洞里的无数的生命，宛如坐在一个大的摇篮里。醒醒啊！我们的民族的生命在于复仇哩。

感觉着自己的心的跳跃么？也仿佛听见旁人的了。洞里的千百个人的心的跳跃声该是怎样的宏亮呀！这里没有呻吟也没有呐喊，这刹那间的音符，不但记取在心里，他并且刻画在心底深处了。

妇人们勇敢地解开他们怀前的钮扣或是拉开贴身的小背心，毫无犹豫地把奶子拖出来，并且毫不吝惜地把它塞进婴儿的嘴里，于是，孩子安宁地睡了，一个小小的脸蛋儿，枕着一个雪白的肉的球，母亲的乳房——这个雪白的肉的球，原来是给孩子当作"解除警报"用着的。

孩子要出洞口玩耍去,先保留着一个希望,并且预约着:"飞机再响的时候我马上进来,那么再吃一块饼干。"

母亲微笑地允诺了。

高价的,很难进口的那种舶来品香水,依然可能地珍贵地洒在女人的衣角或是手帕上,从洞的深处拥出来的一股一股汗气中,却也飘散着一阵一阵香的风,感谢女人!不知是扑面的香风令人轻快,还是女人毕竟是到处可爱的?

火药和硫磺的气味,其实也并不能掩过人们罗曼谛克的梦!

大家都走出洞口了,在分别的时候,却没有一个人道声"再见"的,虽然都很熟识,但谁也不想再在这些永远见不到阳光的地方再见了。

我们有的是同胞与同胞的爱,我们更有的是全民族对敌人的恨!

我们所要的只是复仇!复仇后的自由!

天空应该是自由的!

大地应该是自由的!

大海应该是自由的!

这些"洞府",这些仓库,应该只是留着后世的垂念和凭吊,因为它们已经尽了培育,和锻炼我们的职责了。

(选自《眷眷草》)

蛙

在模糊的麻木了的脑幕上，我已经不能记忆着蛙叫究竟在什么季候。

阁阁地，大都是傍晚；有时也在深夜。阁阁地，声在池旁水边，大约苇叶水草已经长到两三尺的时候。

阁阁地，不止地叫着，有时是清脆而单调地震动宇宙的寥寂的弦；有时呢，噪杂的一片，世界仿佛属于了他们。

在傍晚，在深夜，在池旁，在水边，听啊！阁——阁——阁阁——阁阁——阁阁阁——阁阁阁……

无论他是拨着宇宙的寥寂的弦，也无论他是噪杂的一片，我在阁阁的声中沉思了。一条似断还连的锁链，顿时沉重而冰凉地箍在我的脑上了。

过去了的那些深夜傍晚，梦里的池旁水边，记得我曾同着好友们携手漫步，那时候的蛙声什么也不相似，仅只是我们足步的节奏，心灵的悠弦。

好友们去远了，去远了！今番的蛙声，使我牢记着是从薰风里吹来的。

一九三一，四，十八日

（选自《晞露新收》①，原收录于《寄健康人》）

---

① 《晞露新收》一书是缪崇群病逝后，韩侍桁编选的一部散文集，收录《晞露集》《寄健康人》《废墟集》《夏虫集》《石屏随笔》《眷眷草》中经典的散文篇目。

江户帖

题　签

如今的东京，就是畴昔的江户，畴昔江户的一切，都早已装进了史的卷帙。东京，在我脑中印记着的东京，现在也只剩了一些模糊的朦胧的轮廓，斑斑块块，正如行将残散下去的古帖了。岁月易得，闲人总是无聊，现在权以墨水，当作胶糊，一片一片地把它裱在这里，并不想藏之名山，传之后世，只是留着自己展玩而已。如果这部帖要一个题签，那么我只写：

虽信美而非吾土兮……

底下的句子，谁还记得，就请谁给它填上。

不过在琳琅满目的市场上，我须声明这是一部"劣货"。

雨

整天价在泥泞的路上印迹；在伞盖底下蹒跚，并不觉得天地是阴霾而哀愁的。

到处是濛濛的，青蓝的，它笼罩着人们的足迹，我的灵魂的纤维和它是混同着织在一起。

秋天的祭鼓，在晚间，不知道从什么地方，传过来紧一阵，疏一阵，清一阵，隐一阵的冬冬——冬——冬冬——冬的声音。

在夜更静的时刻，偶尔听见巷间行人的木履和道上石子儿碰触的声音，那是非常嘹亮而清脆的。并且，他的声音在静寂的大气里是那样的震荡，悠长地震荡着。有时，格……格……格……木履被拖着，声音也被拖颤了。那无事然的浪人的影子，顿时就像映在我眼前了。

——石子儿大约已经濡湿了罢？地上会映着一块一块金黄色的水光的。

这时，我才意识到天在落着雨。

鼓声像是蕴藏在天地的大鼓里，木履像是碎了般地清响着，我常常推开了窗子，独自伫立着。我并不要听见何处淅淅沥沥或望到一丝雨脚，我吸着了一口清鲜带着湿凉的空气，我便像受罢圣水的洗礼以后了。

鼓啊，你雨的进行曲；在冬冬的声里，我仿佛又被带到那天在落着雨的东京了。

风　铃

　　檐头挂着一个小小的风铃，并不晓得是什么东西做的，他的声音非常清脆，就是响一下也会搔动了我的心。

　　楼下住的只有一个新将女儿嫁出去的老房主，楼上住的便是我。虽然我们的国籍不同，年龄和境遇又这样悬殊，但不知怎，一种难得的人间爱，却暗暗地在我们彼此之间交流着。

　　我的心灵总是那么脆弱，每逢看到年老而慈祥的妇人，我的心，顿时无缘由地虔诚了；我的两个眼眶在湿润着默视她。如果我知道对方在想想这个孩子的母亲在远方想着他，那么我真地要去握住她的手，泪会滴在她的手背上，啜嚅地说：慈祥的人，孩子在铭感着失却了的母性爱而啜泣了。

　　清晨，凉夕，风铃儿在檐头丁铛着。他的声音，我不相信是人间某种的物质可以发出来的，那是大气的私语，那是过路的幽灵的跫音。然而，我不需要看见他，他的声音里带着信息；这信息只叫那些沉静孤寂的人们谛听。

　　薰风里丁铛着，知道春之纱袖拂动了他；西风里丁铛着，知道秋之帚子扫击了它。响着响着，在这声音里，年老的将沉思到他的生命的冬天；年青的将怅惘着他的生命之春愈去愈远了。丁铛着，虽然是一样地丁铛着。

　　清晨，凉夕，风铃的声音搔动着我的心。逝去的春天让他逝去了；但也没有挡住冬之黯影不来的本领。我倒想掩尽了世间那些哀愁着的男和女老和少的人们的耳朵，不让他们听见这过路的幽灵的跫音。但是这怎么可能，我还是自己掩住了自己的。

　　并且，我想，悄悄地悄悄地，自己掩住自己的耳朵，轻轻地轻轻地去把那些挂在檐头的风铃儿摘取了下来。

谁说掩耳盗铃是解嘲的？我愿意在沉寂的清晨和凉夕里：祝福人间所有的慈祥的老人，祝福那每个人死去了的母亲。

汤　屋

村子里尽管是三五人家，寂寞冷清地像是一个初开关的，可是那接二连三的黑烟突，已经高高地竖在空中了。团团的煤烟和那些矮树矇混了起来，从远望去，又使人想到这村子是人烟似海的。在这些烟突底下，其实并没有伏着什么机械，也没有一个工厂。那里只是一座一座玻璃顶建筑的汤屋，是男男女女沐浴的地方。

我没有看见汤屋有过什么惹人注目的招牌，经过它的门口，就联想起在我们自己国度的城市里，在那些最卑陋的巷角，或是顶隘小的窄道尽头，有那么一面白墙，白墙上只写着一个"堂"字，白墙有多么大，那"堂"字便有多么大。从小我对于这个字就没有什么好感，也许我历来是有一点"洁癖"的原故。可是到了这里以后，每天进一回"堂子"，却已经成了一种习惯。

午后三四点钟完了课，身体有些疲倦，可是心却是非常松快的。一块毛巾搭在肩上，拖着不费事的木履，很闲散地便走出来了。汤屋的门口只放着三两双木履，知道里面也只有三两个人。不管早迟，老板娘却已经高高地在柜台上坐定了。她的样子，正像二道山门里的那座弥陀佛。神情极其逸如，居高临下，看看男的这边，看看女的那边，不知道多少群的男和女，是赤裸裸地被她看去了。

立在大镜子底下，我看见我的制服，制服上有着铜的扣子，我是被装做某一种人的人了。衣服一件一件脱进筐子，赤裸了，我也就成了和所有的脱去了衣服的人是一样的人了。

浴室里面的水气，早已把所有玻璃罩成了一片乳色。几个浴客，像是在那里练着一种操法，各式各样的姿态在动着，没有人喊口令，哗啦哗啦的水声，成了他们的节奏，浸在池子里的像浸在酒精里的标本，他们显得非常舒服似的，眯着眼睛养着神。我在这些人们的里边，常常觉得是一个不相称的闯入者。对于衣冠楚楚的人们我怯生，在赤条条的人们面前，我更恨不得逃遁了才好。

在汤屋里，我总是喜欢蹲在一个最空闲的地方，我看着他们，思量着他们，我的眼和我的心，一会像是画家的，一会又像是心理学家的了。沐浴，倒仿佛成了一种副作用似的了。

冷水池是装在墙壁底下通着两边的，当着没有人舀水的时候，它平静的如同一面镜子，我每一探头，就可以看见自己的影子，有时，还看见了旁人的影子，啊，那影子是从古代神话里走来的罢，那样的洁白像大理石质的，那样的曲线像是用了无数的雪球塑成的！

在汤屋里，我诅咒过多少个舀水的人，而我又幻想过多次的幻梦啊！

每次从汤屋回来，我便看见案头镜子里映照着我的一副灼红的脸，耳朵里却还仿佛听见那汤屋里的哗啦哗啦的水声。

我不知道再要到什么地方去了，让我一个人悄悄地洗净了我的心。

Red Slipper

有两个朋友是住在一家很冷清的下宿屋里，可是不久以后，这下宿屋就渐渐兴隆起来了。门洞里的那张木炕上放满了各式各样的拖鞋；一到晚间，楼上楼下的每块玻璃都可以透出一片雪白的灯光来。

和朋友在一起的时候常常说笑：

"我们的人气毕竟不错，一到那里，那里便会热闹起来了。"

这虽然是没有什么根据，不过想到我们才到东京的时候，我们处处都感觉得寂寞的。

"你们这里还住着女的？"有一次我问朋友，因为我早已看见那堆拖鞋里有一双是猩血的，衬着雪白的软绒底子。

"有一个。"

"我知道的。"

"你看见了那双拖鞋不是？"

不好意思，我就没有回答什么了。

找朋友，一天要找好几次。看熟了那些拖鞋的变化，就记得谁是什么时候出去，谁是什么时候在家了。不过每次在那些拖鞋堆里发现了那双烂几几像害了瘫病的，便怅然地以不遇我的友人为憾。然而，每次看见那双猩红的，每次就醒一回我的眼。

世界上的女人，没有一个不是不想尽量地为表露她的标记而生存着。如果没有人去理会她们所标记的东西，她们或者会比什么都感觉得寂寞而对于她们的存在也表示怀疑了。

世界上所有的红的原料，恐怕都是被女人消耗了，占有了。女人，差不多个个要拿鲜红的血染她一遍才舒适似的。但我却不见这伟大的颜色在她们的身上象征着有什么样的光荣。

穿红拖鞋的女人，就住在友人房间的隔壁，她如果也在房里的时候，她那双大红的拖鞋，就像一对侧身躺着的金鱼，静静地伏在房门的外边，走廊的中间。我每逢经过走廊，我便想哪一回把它们踢开一只。

我是和朋友示意过那双拖鞋的颜色是鲜丽的，朋友倒不大理会，说那女人难看得死。

后来有几次经过走廊，我看见了那双拖鞋，心里便被一种低级的想嘲弄女人的意识驱使着，使我的脚像真地找着路标似的从它的上面踏了过去。踏着的时候，才真正感到这路标的绵软无力，像一块浸湿了的胭脂。（也许在我的脚底已经染上了色。）有时，我只用足尖上一点点的力，微微触它一下，于是它仿佛成了一条活的金鱼游到另一个方向去了。它是有感觉的，我想，不仅仅是一种标记。

我常常戏弄着这对金鱼，可是没有一次碰着过那个女人。我阴自地揣摩着：金鱼一样淑静的女人啊！

有一次我正在友人的房里，一个乞丐从窗下过去，这时突然听见隔壁发出尖锐的叫声了：

"啊呀！骇死了我！"

我向窗外探了一下头，一个粉白的像冬瓜大的面庞隐进了窗子，一个衣服褴褛的背影映进了我的眼帘。那个背影踯躅在道旁，暮色中我好像看见一圈饥饿的光芒环绕着他，他就这样消失了。

我在同人类里却常常分歧地想：

——女人毕竟是女人！

那有着红拖鞋标记的女人，我早已模糊了她是什么模样，可是我先前以为嘲弄女人而回想起来却是嘲弄了自己的这种感觉，委实像一个湿的锲子，深深地钉进干柴的缝隙里去了。

雪

一个下午埋头书里，看看周围的光线，像是还不到每天吃饭的时候，自己正纳闷天为什么这样的静寂，可是不久朋友便在门外叫我了。

我低头穿着鞋子，也没有注意朋友手里拿着伞。

台阶上，篱笆上，都已经盖上了一层白，这时我才讶异地说：

"敢则是下了雪。"

"下了一下午了，你一点也不知道？"

"真地一点也不知道。"我心里回忆起刚才我所纳闷的事了。我机械地把大衣的领子向上翻开,轻轻地诅咒着这不意而来的雪。

饭后,照例是几个朋友聚在一起谈天,那天晚上,火钵里的炭,许是烧得更多一些,茶也许煮得更热更浓一些罢。

岁月也像一束一束的柴炭,架在火钵上,添在Stove里,终归是一样地化成了灰烬。有光,有焰,有火力的时候能有多少呢?想起当初在雪地里如狂了一般的混战,和以后见了雪花便翻上衣领的萎靡的气质,这其间大约还不满三年的过程。如今,就连往昔雪战过后留下的那一块眼角伤痕也消失完了;整个的在东京那段生活的过往,偶尔被朋友提到,仿佛已茫然非己之事了。

初去东京那年我十九,朋友H和C都比我小一岁。在他们之间,逢到游戏或吃东西的时候,我似乎极以"纵横捭阖"为能事,他们上了当,结果只是说让这个弱者占点便宜去。

有一次我们三个人在村子南边的一个雪林里散步,我似乎不耐这种沉寂:冷不防地就缯了他们一个大雪球。于是战端从此开始了,无数的雪球在林间飞了起来,大的小的纷纷地落着,大家狂笑着,狂跑着,狂追着,狂躲着……谁也不晓得谁是谁的敌方,谁也不理会谁是谁的"知己"了。混战得精疲力竭的时候,谁也不肯认输,还只是说,换个地方再打,这里的雪不够用……

结局,我的眼角有一条血迹,他们都说打得痛快;我自己也连说痛快的还要打。

三把作挡牌用的洋伞都打坏了,我想了想自己的伤,或者还是我自己的伞翅弄破了的;于是益复私下得意了。

冬天过去了。在春天,夏天,秋天,我们都只是盼望着冬天。冬天下雪了,我们的欢跃,我们的狂喜就都要和他同来了。不然,不管什么天,给我们雪罢,雪会把我们的希望带来的。

第二年的冬天到底来了,雪也来了;希望好像就是已经结在树上的果实，等待我们的伙伴，等待我们的磨拳擦掌了……

战也开始了，像是准备了才开始的；战也结局了，像是有意停止了的。不知怎么，战的情绪仿佛在过去的希望里已经枯竭了；随着希望同来的却是一个空虚。而且是一个滑稽的空虚。

朋友H，不久就搬到市内去了。正巧那一年的一个落着顶大的雪的晚上，他来住在我和C住的这个村庄里。

我们这里，一切都是那么阴沉的寂寞的，只有雪花在空中是那般疯狂地飞舞着。我们不要酒也不要火，不知道是一种什么力量，使我们默默地离开房子，默默地走出了我们的村庄。

偌大的武藏野是被雪盖满了，偌大的武藏野是深深地埋在雪里。除了电杆和树木剩了一些漆黑的幽灵的影躯以外，一切的一切都失掉了他们的颜色。夜也是裸裸的。

我们向着看不见黑影的地方走去，三双鞋底踏着无限的处女的雪地，不论那里，没有过我们足迹之先，也绝没有旁人的足迹。我们像追求着什么似的尽走向那白茫茫的前方，我们经过了许多个不知名的村庄，他们都在死沉沉地睡着，不知道我们地上的足迹，就像不知道天上有过昨夜的流星一样。

我们都默默地没有言语，三双鞋子喳——喳——喳地踏着雪的声音，却像节奏着我们的凯旋：我们践遍了雪的大地，占有了整个的夜的领域。

我们走了不知多少时刻，也不知走过多少地方。雪没停止，似乎也不能停止了。倘若有人用多少倍的望远镜像望太阳似的而望到这雪茫茫的大地上面，他也会望见了几个黑点，几个运动着的黑点罢？

雪到第二天就渐渐融化了，我们三个人那条长长的长长的足迹，再也没处去寻觅了。

每年每年我知道冬天是要来的，雪也是要下的，我也只是知道到了冬天，下了雪，把自己大衣的领子向上翻开而已。回想在雪林里的那多少双手的印子和雪地上那条长长的长长的足迹时，我微微地合上了眼，像是想到昨天夜里有几颗流星，在寥廓的空际闪过去几条微微的光芒。

桥

两座桥，都是平平的，不拱，也不弯曲。一座靠近我们的寓所，桥底下是旱地；一座是在较远的墓地的附近，桥底下通过一条小溪。

靠近我们寓所的一座桥，是钢骨和士敏土筑的，还有两道单调的用铁管做的栏干。桥的下面是一个陡斜的山坡，山坡底下便是一个极大的广场。长绿松和楸林环绕着广场和桥的两旁，虽然桥底下是旱地，可是在这种境地里他却是一个很好的点景。

每天吃罢晚饭，我就同着C去那个广场散步，走到桥上，我们总是停立一刻。远远的富士山峰的影子，偷偷地好像把他隐覆在林梢的后头。晴天，太阳的紫晖作成了他的庄严的背景，阴天，他就被迷濛的云霭罩得模糊了。

我们在广场里散步；记着走了一个圈子，两个圈子……但结果也不知道走了多少个圈子。天黑了，各处的灯火都亮了，郊外电车的笛声也渐渐稀少了，可是我们并没有一点夜的恐怖。我们望见那座桥的桥栏，成着几条直线的横在两个岗顶的中间，我们知道他不陷落下去；我们第二天早晨也可以跨了回去的。

如果把我们每天散步的路程联了起来，也许已经越过了无数的山山岳岳，涉过了无数的江河而走出这个国境了。然而我们每天总是从这个桥来，还是从这个桥去。

C在白天里看过的书籍，想到的事情，都是当着我们在广场里散步的时候对我述叙。有一次我们谈到一篇托尔斯泰的小说里的故事——题目大约是"人要多少土地"——我仿佛瞥见了那个贪婪无厌的人,就在我们散步的这个广场上奔跑着。从晨曦跑到日暮,他所圈的地方已经不少了,看看太阳要落下去了,可是他又看见了一块他舍不得去掉的地方——自然也是他想圈为己有的,于是在日落之前的一分一秒之内,他也用了千斤万斤的力量想把他要得到的土地得来……

这个故事如果以气力大者胜,贪婪多的得土地多的"世道法则"作结,那么托尔斯泰也许在后世更多得一些膜拜他的信徒罢?然而,那个贪婪的圈地人就在他的笔下死去了。

到底一个人要了多少土地呢?他精疲力竭地跑到临了,最后他扑倒了;他倒在的那块地方就是他的土地了。把他葬在了那里,坟墓就是他所真正要到的土地了,……

我想,如果有那么一个国王,他问我:"要土地么?跑跑看。"我一定摇摇头,回答道:

"什么都不希罕,我只要一座桥。"

那在墓地附近的一座桥是用枕木搭的。墓地的周围也是长青的树林。走进树林,就可以嗅到一种沉香的气息,它是沁人心腑的,使人的心情不期然而然地镇定了下去。

每到木桥那里去一次,同时也就向那些不知者的墓地作一次巡礼。那里立着无数的碑碣,在每个碑碣底下都盛着一勺清水,水里插着几枝不知名的小花,花是那样寂寞地开着,看着它们,便仿佛看见每个死者在地下宁静地微笑着似的了。

这里的木桥和墓地,同样的给了我一种神秘的惑力。

桥是低低地架在一条小溪上,望得见溪底,望得见水里极小的虫子和鱼。桥架在这里像是没有什么必要似的,差不多一大半已经朽坏了。桥板的木质纤维,和烧干了的牛肉一样,一丝一丝地曝露在外面;然而有几茎青草，却不知怎么竟从他的缝间生出来的。这里，一天，一个月，怕也没有一个人走过去罢？桥上的青草，同那碑碣底下的小花是一样的寂寞的。

这座桥，常常作了我午睡的床。床的周围生满了黄黄的菜花，头顶撑着蔚蓝的天幔。在大地上好像只有我一个人呼吸着，瞑想着……

我憧憬着无限，憧憬着空虚，我的心，在轻轻跳着，我低低祈祷，没有一个人能够听见：

——主啊！让我在这座桥上永远地睡眠了去罢，我不要谁来掩埋，我愿意作这个桥的守者；并且临近地守着那些死者，我是知道他们的，因为他们每个人都有一块刻着自己名字的碑碣。

三味线

我看见那长柄子长刀身，刀尖又作弯月形的日本刀，我就想起了当初武士道的武器，遗留到如今却成了舞台上的道具，孩子们手里的玩物了。

同样地从他们古代传留下来的一种乐器——三味线——虽然普遍地流在民间，可是从他的声音里好像依旧听到古来的悲壮凄凉与悠怨。幕府的英雄，江户的健儿……他们的尸骨听说曾经垒垒地埋在不忍池里，如果他们还有未散的魂灵，我想那或许就寄藏在三味线的弦音里了罢？

音乐的才能，我是一点也没有的，然而任何的乐器对于我都有着一种强大的魅力；就是在诗文里偶尔遇见这类题材，我也要随手释卷，凝神到那种发着音响的氛围里去的"公主琵琶悠怨多"，"胡笳四五动"，"大珠小珠落玉盘"，……这些是字句么？为什么矇了我的眼而倾着我的耳呢？为什么矇了我的眼而又看见了那些陈死的古人呢？我不迷信，我相信着人类的灵魂是一件永不灭而绵绵存在的东西。

人的历史只是一部没有字的存在着。

在我出国的时候，曾带了一个月琴伴我的行。我不会弹，我倒是常常把它抱在手里，看看它，想到"无声胜有声"的句子。到了东京打开箱子，看见它已经在旅途中伤损了。但是我依旧把它放在壁间，我们默默地相伴，始终也没有离开。朋友叫我不要它，我说"有琴胜无琴"。

初搬到一个日本人的住家，房东的老太太有一次和我谈到音乐，我就把我这个坏了的月琴给她看。

"月琴，"她笑眯眯地看着我，"你喜欢弹它？"

"在路上摔裂了，我是带着玩的，并不会。"我还想问她在日本有没有这种琴，听她已经认出这琴的名子，便知道是有的了。

她端详了半天这个破琴，我以为她在看还能不能弹，其实她是看这琴的构造的。

"你弹，"我一半是请求着，一半是试问的意思。

她还是笑眯眯的，看不出可否的样子。不久，她立了起来，她从壁间拿出一个长长花红布的袋子，依旧和我对面坐了下来。她解袋口的绳子，我知道那里无疑的是装着一个琴了。

"你看，这个琴已经是有了年代的了，还是我的弟弟小时候弹的。"

他弟弟的故事我不想知道（后来她告诉我他是日俄之役死在沙场的。）我只忙着问：

"这琴叫什么名字？"

"三味线，"她怕我听不真切，又重复了一遍："三味线。"

从这次我才知道"三味线"，并且知道三味线是日本民间一种普遍流行的乐器。

"你弹，"看见她自己有琴，我诚心地希望她弹一弹。

她依旧笑眯眯的没加可否，但这次从她神情里仿佛可以看出她会弹而是不要弹的样子来了。

三味线的声音，后来差不多每天晚间从老房东的女儿手指间拨弄出来了。

乍听的一些时候，觉得非常不入耳，可是后来不知怎么就渐渐把自己的一切神思和那三根弦子混进一个空间去了。我用什么字可以状出他的声音呢？没有，也是不可能。假如三味线是中国的琵琶，那么我借杜甫的诗句道：

　　千载琵琶作胡语，
　　分明怨恨曲中论。

在它的声音里，那死去了的人的面影，仿佛憧憧地复现了，灵魂的跫音，这时就悄悄地传进了人间。

我不知跟踪着谁的步伐，有时就轻轻地走到楼下，静静地坐在她们母女的中间，让自己深深地混进了那三味线琴音的浓厚的氛围里去。

这时，谁也不理会谁。琴音涨满了小小的屋子，随着风向，又一阵一阵地播送到近的或远的地方去。

好像被多年雨水浸渍过了的古旧的琴谱，零散地铺在席上，琴谱上的暗黄的水迹，对我倒像是熟习的，但那些用笔墨勾画出来的音节符号，我一个也不认识，它们虽然没有声息，可是一串一串地跳上了弹者的手指，又从手指丁——冬冬——地分跳到三根弦上去。

等到琴音止了，我才觉得四围的静寂和茫然。

母亲在指示着谱中的奥妙所在，女儿点着首，好像所有的奥妙都被她领悟了。

弹琴的人，不久便出嫁了，在她第一次归宁的时候，我看见那个古琴也被她带走了。

从此，我们这里便不再有三味线的琴音了。檐头的风铃不时地却还丁铛着。

池　畔

　　如果把大地的草木比成头上的发，那么桥梁恐怕就是发上的一根梳子，而池沼湖泊便无疑的是一面梳妆的明镜了。这明镜是自然的，天成的，它映着地上的东西，它还照着天上的云朵和星辰。

　　人当着寂寞的时刻常常去揽一回镜：池子在大地上，池子里面永远印着一颗天的心——是那么沉静，是那么寂寞而无言的。

　　靠近C的寓所有一个池，池上立着日莲法师的铜像，据说当初他在这里濯过足，因此池的名字便叫洗足池了。对于这个名字，我是不很喜欢的，不过为纪念这位修行者而永远纪念着他曾经洗过足的这个池子，也许是一般的人们情理中所近的。天下到处的所谓名胜古迹，倘若没有后人带着景慕与追怀的情绪莅临，那恐怕在脑中也可以思过半矣罢？

　　山、川、草、木，这里有，那里也有，到处都是有的，就在这山川草木之间，产生过多少名与不名的人物，埋葬了多少名与不名的尸骨。古人、今人、后人、踏着垒着……然而山川还自山川，草木还自草木。

　　这以洗足而名的池子，说不定将来也许以濯缨而称罢？但池水永远是那么平静，永远是那么寂寞而无言地照着一颗天的心。

　　C一个人住在池上，池畔却常常有着我们两个人的影子。在春天的薰风和秋天的红叶里……在夏天的泥泞和冬天的雪地上……

　　我们没有一次抱着信心想去参拜那个法师的铜像，也很少化钱去租过池上的小船。北面山坡的草地，南面松林里的墓前石凳，都是我们很好的休憩的所在。清谈着，沉思着，时光像从极细的筛子里轻轻地透了过去，心也像是被滤过的了，感觉到有说不出来的松适和宁和。我们在周遭的一切之中，实际上仿佛已经和周遭的一切融合了而再也不能分开。就是在这样雾围气里消磨了我们多少所谓青春的韶华，少年的幻梦。忘了人间是在哪儿，也不晓得什么叫归去——到什么地方才是我们的止境。委实地，池畔差不多成了我们的精神上的一个共同的家——家也不是，是一个乐园是一个意境，是一个寻到了的乌有乡。

池畔常常有一些"养性"的垂钓者持着竿子静静地凝视着水面：鱼来了罢？大的还是小的？……

坐在池畔的我们可没有钓竿，我们什么也没有，从我们的眸子里却在钓着周遭的一切，钓着那持竿的钓者，钓着池中的悠悠的白云，并且连披裹在白云里的那一颗天的心。

性恐怕并不是能养的，需要的大约还是拔脱与遗忘。在这池畔，常常使我们把什么都涤净，把什么都化为乌有了。蛙在水里叫着，昆虫在岸边飞着，萤流着，星瞬着，……谁也不晓得谁是为谁而来的：在自然里生，在自然里死，想到一个蜉蝣，我也会想到北冥真的有那么一个其名为鲲的大鱼了。然而古人说，天地者，万物之逆旅。那么一个朝生而夕死与那化而为鹏，扶摇而上者九万里的不都同样的是一个过客么？然而"斥鷃笑之"的故事，就是产生在人间，并且使这人间添上了"荣誉"的那一面了。

记起了当初在这池畔的一幕情景，现在不知怎么竟使我的心绪这样的低郁，瞠然若失，连轻轻的叹息都似乎不能透出来了。

一天的夜晚，在池畔的一个小茅草棚里（这里白天卖香火，夜晚就空了。）几个平常最熟识最要好的朋友，不期然而然地遇在一起了。大家都是穿着黑色的学生制服，黑压压地身子挤着身子，手碰着手；温暖的人的气息，早已赶尽了露宿在这茅草棚子里的秋气了。我们都是亲密地互相偎依着，刹那间仿佛已经各自回到了他的童年。望着池子，池子在对面好像一片海：我们更欢愉了！欢愉我们是坐在同一个小船里归向故国了……

好说话的人互相戏谑着，不作声的似乎是在等候着听人讲鬼怪的故事，于是向黑的地方更挤紧一些，怕真的鬼怪来了抓不着他。

草棚子里是比白天还热闹了。

——安静些啊，留神日本的杀人鬼来把我们这群"支那人"开了刀。

——这倒不要紧，提防那个大铜和尚在棚子背后显什么灵通。

——敢！我去他跟前撒一泡尿。

——一放假就该痛痛快快地玩了。

——你得意什么？看你这一脸花白麻子！

大家忽然看见那一个平时白白的脸上什么也没有的朋友，当真有了一片花白的麻子。

——看你自己！还说我哩。

说人的人，他的脸上果然也和被说的一样了。

你看我，我看你，沉静了一忽的工夫。

哈——五六个人统统地笑起来了。

所有的人们的脸上，原来统统都生了一片花白的麻子了。想用两手去遮掩的，可是手掩到脸上，手也变成了有麻纹的了。在这茅草棚里的人，以前像一群熊，现在完全是一批斑马了。

笑声很久很久都不能歇止，可是它怎么也赶走不了从那茅草棚顶上透进来的月光。

月光啊！是不是也在我们那种难得的无邪气的笑声上打了印记呢！

回国后的朋友，差不多一个一个地上了他们鹏程，而我和C却是落在万里万里之后了。鹡雀无志，但谁能阻止了他所憧憬的那悠悠的白云呢？白云飘在空中，白云浮在池上，白云里面永远裹藏着一颗寂寞无言的天的心。

高原的草

我已经忘记了,"高原的玛莉"是一个诗歌或是一幅图画的名字。我常常向往着"高原的玛莉",可是自己也不知道这个故事的底细;倘如是一幅画罢,那么我又没有看见它的色彩和线条,和它所表现的意义。于是我常常阴自地设问:是哪儿的高原!谁的名字叫玛莉?是我曾经梦过的一个幻梦么?可是梦也忘记了,莫非我就给这个幻梦起了一个叫"高原的玛莉"的名字么!……

没有玛莉,梦里也再寻不着玛莉;可是有高原,于是我向往着高原,向往着生在高原上面的野草。

在那么多的诗句里,草在我的眼底招展着,在我的心里招展着:

> 离离原上草,
> 一岁一枯荣;
> 野火烧不尽,
> 春风吹又生。

荣、枯、荣、枯、……从来不曾绝迹的便是从来也记不起那许多名字的草。一年年地青了,黄了;年年青青地——黄黄地遮掩了母亲底大地。管不着世事的离合悲欢,可是却有人好像也问过他王孙的消息。

大地是万物之母,恐怕草便是母亲的心。萋萋的,绵绵的,有着草的地方有着太阳;在那儿辉耀着生的力,蕴藏着一种无限的慈和的慰藉。

江户,这武藏野的平原,没有遭遇过侵入者的铁蹄,也没有留下了什么武士和英雄的血迹。有的是万顷良田,有的是无涯的青草,也有的是自然底墓冢——百多米高的在这平原上已经是算它是山岗了。

在这个没有崇山峻岭，没有长江大河的国度里，被称为东方的公园的资格大约就是在此罢？公园里的山水，自然还是它公园里的山水。

山上是栖止着小麻雀的；水里是养着红金鱼的。

三年的居留的生活，差不多全部地在这武藏野上消磨了。我住的地方就是这平原上所有的一个叫大冈山的山上。并且，我的西向的窗子，也是对着一个山冈。高度和我住的地方是差不多的，我欣喜的便把它当作了我所向往的高原了。

冈上并没有什么人家，被占据的只有几株长青的老树和一片无涯的野草。西向的窗子我是常常开着；乍看的时刻，仿佛在壁上拼起了一幅风景绘；一凝神，心身好像都已经悄然地走入画中了。

我的眼睛和这西向的窗子，都仿佛成了摄取景物的镜头了。为了高原上的野草，才使我们的镜头常常生辉的。

草在艳阳天下，高原上被盖着碧绿的茵席。不要牵挂那秋风会吹凉了原上的土地，看哪，渐渐地，渐渐地，毛茸茸的草，换上了一件金黄色的鹿皮了。

"方寸之木，高于城楼。"看哪！草比太阳高，草比月亮也高，当着黄昏和黎明的时候，太阳和月亮都比草还低地向他的背后落藏起来了。从来没有看见月和太阳住在哪儿，如今我疑念着草的背后或许就是他们的家屋了。

有着草的那儿，是多么温柔多么服贴啊！

草在太阳的前头，一个红瓜，像络在了蛛丝的网里。渐落渐落渲染了满天的腥红，看哪，草乘着一股风势，在高原上现出了亿万的兵马，浩浩荡荡如同誓师，如同前进；那高出的带穗的是兔儿草或什么罢，摇摆着，像举着大军里面的旌旗……

高原上的野草，是多么伟大多么严肃的啊！

草在月亮前头，一把镰刀，被遗忘了的挂在林间；一个盆大的明灯，照耀着汪汪的洋面，草在动着，波涛在汹涌着，高原上成了沧海了……

这又是多么凄凉多么悲壮呵！

夜了，我们的镜头都被黑幕遮住，不断地向往着的高原的草，常常使我辗转反侧了。起来，我伫立在窗前，我望见不了垂天的繁星，万万千千个都在瞬着他们的眼，那是为了闪照着高原上的野草的。

高原上的野草啊，你们也许都已安息了，天上的星子如果不是为闪照你们的，那也许就是你们的每个的幼小者的灵魂的反映罢？

是多么幽静，又是多么沉寂啊！

说起了仿佛有过那么一个少女，她不是一朵艳丽的花，也不是一棵结壮的树，草似乎都不能比拟她，她只像一个生在渊底或岭上的一种植物的小芽，不皙白，不全黄，不翠绿……总之是那么一个芽一般的少女，她是曾经被我暗自思恋倾慕过的。

然而，记不起在什么时候了，我还有着泪罢，是经过了纯洁的不曾沾上一点尘垢的泪；激荡罢，是直通到每个毛细管的不曾搀一丝毫渣滓的血，那些青春的汁液，我们把它们悄悄地拧在墨水里，我曾写给她无数的信札，吐露了吐露不尽的心语。为她，我的寝食俱废了，然而，我敢赌咒说我真不知道为了什么。是从古到现在以至未来的那一个说俗了而又永远永远不会遗忘不会灭亡的字么？

啊，那一个字！也真地只好拿草里的句子说它了：

野火烧不尽，
春风吹又生。

在她每次给我的信上，常常是短短的几行，她说，写不出什么，不知道要告诉我什么。但我只想问她的墨汁里可有些什么。（虽然我是一个鲁莽的人，倒始终没有问过。）有一次，她说将有一篇诗稿寄我。一时一刻的在翘盼着，没有来；一道两道的催问着，没有来。惆怅地想：

——神秘的少女底神秘底诗稿……

来了，结果，只是那首诗稿的命名："一茎草。"

从此，茫茫的，我不知道那茎草的所在了，惘然地想：

——神秘的芽是滋生着也是消失着；少女的心，在不绝地滋生着，长到像草一般地会招展了。

草啊，我依依地想起了生在高原上的草了。

太阳是你的气怀，月亮是你的伴侣，星星是你的灵魂。

高原上的草的影子，你在我的心壁上是塑着了一个永不腐蚀的形像了！

后　记

这部"帖"，果然就是这样残缺下去了，记得开始"裱制"的时候，好友C，曾给了我很多的鼓励，不久之后，他患了和我同样的病，他竟先我而逝了。

我不能再写下去，我想到C，我想到他在草原上对我说过的话：

"一个好友的死去，自己也等于死去一半了。"

如今我还活着，我知道那死去的一半是埋葬在一个寂寞的青春的坟堆里。

另外有三节写好了的（地震，樱花，武藏野），被一位叶某遗失，现已不能复记。

二十八年四月

（选自《晞露新收》，原收录于《废墟集》）

叶　笛

　　我没有听过芦笙是一种什么音调,却曾读过关于芦笙的故事;不过内容也不大记得清楚了,好像与纤纤玉手打钢琴,或是大珠小珠落玉盘的那般雅乐无关,而是一种充满了田野气,落落大方的原始的呼号。我想属于所谓的天籁范畴之内的,应该包括着芦笙和吹芦笙这一类的故事。自然,更好的如山歌,打夯,拉纤,力夫们那种哼唷曲……

　　这里的牛,在颈上所系的那种铁铃铛的丁冬声响,也似乎是自然在奏着牧歌,叙说着牧歌里的故事。我爱牧歌,所以我也爱好石屏,如同是在牧歌里的一个地方。这里没芦笙,我却常常听到吹叶子的——我叫它叶笛,我想大致和芦笙也相近罢。

　　云南通志里有一段关于石屏的记载上说:"少年子弟,暮夜游行巷间间,吹芦笙或树叶子,声韵之中,皆寄情言,用相呼召。"

　　引证本可到此为止,为使我的牧歌故事生根起见,那下面原有的两句,也应该补足:"嫁娶之夕,私夫悉来相送;既嫁有犯,男子格杀勿论。"

　　照原文上看来,原始的爱,已经钉上私有的铁迹了,不,谁能说爱不也是从一种血淋淋的斗争中得来的？男子杀掉一个要求爱的妻子，或是自己被遗嫉而杀于他人之手，这是罪过吗！牧歌原是饱含着悲剧底成分的。

来在这么一个地方我竟不会吹叶子——并不是希冀着杀谁或是被谁杀死，或寄什么情言——甚至于怎样把叶子吹响，我也不甚体会，真是抱憾极了？仿佛把一片绿叶子夹在手缝和唇间边吹边唱着，于是呜呜地似鸣似诉地道出一支歌，一首诗，不，道出他的情言。

这种声音会把人带进芦笙的故事里，所以我才把它叫做叶笛。

每次听见年青的人们吹起树叶子，我便知道不是课毕便是假日了。那声音给我带来了松闲和愉快；我探首窗外，望见树叶和树叶间隙的蓝天，睁着无数无数的蓝色的眼。

我好像心身整个安顿在一个歌谣的世界里。原始的呼号，在招徕着原始的爱抚。

为爱情被杀死的，谁敢断定他的心灵已经死亡？爱不是渗透了每一片树叶子，使它们绿油油的发着生、生、生的欢光吗？它不说话，它却贴紧着无数个男子们的嘴唇，悠悠地吟诵了它的欲求和失望的历程。

有一次在一个热闹的集会里，吹叶子也占了一个精采的节目。当演讲，唱歌，舞蹈……之后，那两个平时我看极沉默的学生，起来表演吹叶子了，不像吹，不像唱，也不像歌和诉……那颤动的音调，正好像微波轻轻击着寂寂无人迹的花香草长的岸绿似的。也好像为我打开了一重门，我又望见门外的青春了。

在这里我本是"先生"，可是我不曾即兴地对他们说教着一堂人生的课程：

青春时代的一切，不管是欢愉还是苦闷，那都是生命中的一种绝响，不再重复也不能重复了。男性的爱，可以使每一片树叶子发响，女人们——花么？一阵风间，一眨眼时，已经飘零满地了。

（选自《晞露新收》，原收录于《石屏随笔》）

过　客

　　店主妇放下锅铲，急忙跑出去兜揽几个行商，只听她接连地说：

　　"这里歇，这里歇！这里好，这里好。"

　　不久他们便鱼贯地走进店堂里来，各人手里都提着一些小件的行李，衣服穿得很整齐。

　　看看他们的举止和店主妇热心招待的样子，我又想起昨天那三个大小的过客来了。

　　先是一个面目黧黑的人，默默地立在门槛外边。没有人注意他，只当他是一个乞丐。后来店主妇不耐烦地同他作简单的对话，我便减轻了口里的咀嚼。

　　"二十块老票一宿——两块国币。"

　　"一个人？"

　　店主妇望望他，似乎代表回答"当然"这两个字。

　　"干房多少？"他的话，我不大明白，大约是问单住房间和光吃白饭的意思。

"八块。"

"我们三个人——有两个小孩子该算半个大人？"

店主妇向门槛外，灶后面伸了伸颈子说："好吧，好吧，一块二国币。"

他被允许了便走进店堂，叹了一口气坐下，向外边招招手，一个十岁大的挑进一担破棉絮和一筐烂旧的东西，后而跟着一个五六岁大的，脚似乎已经破了。大的一个好像已经解事，坐在石阶上想弄点水洗洗脚。那小的一个就背立在我的饭桌前面。蓬蓬的长头发，盖着两片黄腊般的耳朵，我不能再看见别的。我觉得这是一个没有了血和肉，仅仅是一个皮包着骨头的可怜的孩子。

我不大明白他们的话语，明白话语究竟有什么用呢！他们的样子，他们的眼睛，告诉了我更多更深刻的事情。他们日也走，夜也走，翻过山，越过岭……走了许多时日和路途；孩子的脚已经走跛了，但还没有到达他们所要去的地方。

因为是孩子的妈妈死在异地了，他们都成了过客。然而，这样褴褛，这样困苦的过客，他们虽是有家园的——家园也许早已荒芜，还需要重新开垦罢？

把我的饭菜分给他们吃吗？帮助他们一点盘缠吗？替他们开销店账吗？祈祷神灵和上帝，保佑他们，拯救他们，降福于他们吗？……

在人生旅途上作了三十多年的过客的我，自己禁不住地轻蔑着自己了：同情与怜悯与祈祷都是脆弱无用的东西；我应该同情没有同情的同情，怜悯没有怜悯的怜悯，祈祷没有祈祷的祈祷；我相信的也只是没有信仰的那种信仰！

昨天那个大人，今天已经走了，昨天那两个孩子，今天也已经走了，我不该叫他们是过客，惟有他们才配称为长征的战士。

（选自《晞露新收》，原收录于《石屏随笔》）

车　站

　　车站尽管是简陋的，甚至于连一个站名也不标出来，但无论如何却在这块地方交织着人的流，货的流，悲欢离合的心的流。如果把人生缩写下来，恐怕还不及站上的一石一木来得饱满罢。

　　我诅咒着任何的别离，因此我也诅咒着任何的一个车站。谁能长久留在一个站驿里不去呢？一个站一个站行过了，在我们有限的生命的中途，谁能不追忆起那些往事，如同想着他曾在某一个车站停留过的呢？

　　十几年前，我初次从上海往南京去"入世"的时候，两个送行的友人给我讲了一个笑话，那是为了抹淡了我们的别绪。这个笑话原是北方人说相声的造出来的：

　　一个说：咱们还要给火车贴副对联。

　　一个说：没看见火车上贴过对联。

　　一个说：有末。

　　一个说：听您的。

　　一个说：听上联（咳一咳嗓子），"以铁为车行千里。"

一个说：好！

一个说：听下联，"借火成行渡万人。"

一个说：妙！横眉？

一个说：嗯——"就怕出辙。"

一个说：别开玩笑啦！（随着一把折扇打到光头上去的声响：啪！）

车慢慢地开出了，我伏在车窗上挂着我的苦笑的脸。这副滑稽的对联，也还始终的挂在我的心里。

当我这次来到石屏，居然在车站看见了不少的楹联和匾额时，才知道我们笑过的事却也有真的。且看：

造飞车仿奇肱国风行万里斯为发轫之初
占文彩自武侯响云端千年仪典中州并驾

这有金地黑字的横幅也不是开玩笑的话，相反的是十分正经。如"凤飞南境"，"缩地有方"，"天下同轨"……等等。

我立在中国这个极西南端的火车站里，真禁不住有中州何在之慨了！尤其是清晨和夜晚，从站里叫出来的汽笛声，一点也不雄壮，只是尖锐的仿佛刺痛着旅人的心。这个作为个碧石钱路终点的一站，也好像惟有使旅人怀念着他怎样重归故里似的。

几间洋房，几条铁轨，一列仓库，一座石砌的水塔，这具体而微的车站建筑物，确是把这个朴素的石屏加上了一件近代风的外衣了。虽然煤渣，炭屑，烟灰都尽情地糟蹋着这一块地方，可是背后绛紫的乾阳山和迎面碧绿的异龙湖，却依然静静的如同一个处女。肮脏的小火车每天每晚投到石屏的怀抱里来，枕着山，望着湖，伴着美人，他真是一个幸福的汉子！

据说这个鲁莽的汉子未曾闯入这里以先，地方上的人士也曾有过一番的论辩，起了一阵恐慌。有的人认为石屏原是建立在海中（他们把异龙湖当作海）大龟壳上的一个城，火车和轨道都像一条一条的怪蛇，蛇一旦爬在龟的背上，那就不会安定了，它动摇起来，说不定石屏就要陆沉了。不知怎么，铁道终于筑成了，从民国二十五年双十节通车到现在，龟背着石屏城也还没有不耐烦一次。并且，从这闯入者的肚子里，带来了不少的新的事物和新的人，也带走了不少的森林——木材烧成炭，运到个旧炼矿去；带走了不少的汉子，他们一道走投无路，或是异想发财运的，便破釜沉舟抱着决心下个旧，进场去。那儿虽然没有摆着现成的黄金，但是有一个发亮的希望：当砂丁，掘磺坑，炼成一块一块白亮亮的锡砖，换了一叠一叠的滇票或法币，压在腰上回来作富家翁。多少个人就是这样不见了——也许永远不见了，然而他们的家中还保留着对他的一个发亮的念头：出息跟在后头。

车站在这里也可以算是一个景胜，（站台上挂着一个双面法国制的时刻钟，屋顶的红炼瓦因为怕空袭涂黑了；白石的水塔宛如一座古堡垒。）实际上它才是石屏的脉搏，石屏的吐纳口，我常常到这里来漫步，每逢望见这些对联和匾额，便也默想起十数年前送别我的那两个友人。一个已经躺在北方的草原里，一个还在乘着他的生活无轨列车，在世上盲冲瞎撞着。

我默默地头望着：普天下的人们的心，也能够同轨并进！

因为，我们不都是要到幸福的，光明的，真理的家乡去的同伴吗！

（选自《晞露新收》，原收录于《石屏随笔》）

国　旗

　　亚米契斯（Edmondo de Amicis）的《爱的教育》，在中国的译本恐怕也很行销的。我们学校的图书室里备置了它，学生们的手里也常常拿着它。在初中国文教科学书里似乎也有选作教材的。因为它的文章浅近或是因为它的内容充实才如此流行，我就不敢论断了。我想，也许因为"人同此心"和"心同此理"的这个"心"字并没有什么畛域的原故才如此罢。

　　《爱的教育》原名"Cuore"——即"心"所以关于亚米契斯的简短介绍，似乎可以引据来了：

　　"他的最初的作品是倾向于爱国主义。在他的青年时代，正当意大利民族独立战争，故以感时爱国，激动了许多读者。"

　　亚米契斯爱国家爱民族的那颗心，也正和我们爱国家爱民族的这颗心是一个样的。他的书能博得我们的爱好，自然就不是一件偶然的事了。

　　年长一点的人，大概都读过《柏林之围》，《最后一课》那种文章，然而几年来在我们这大时代中，连篇累牍，用我们民族血泪所写下的那些生动壮烈的故事，年轻的学生们耳濡目染，对于献身国家民族的先烈们的爱慕与景仰，不更有切肤铭心镂骨之感吗？为争取正义，自由，光荣生存的战争，恐怕没有一种课程是比它更适合于教育国民的了。

我辈如今纵然是些哀军哀民，要从血泪中取得必胜的战果以后，下一代的子弟们，难道还不是最英明，最神武，最强悍的建国能手和好汉吗？

我们爱国家爱民族，为着我们的国家民族里生存过我们的祖先还要生存着我们的子弟；为着我们的祖先和子弟也必须永远生存在这个国家和民族里。

从一个年轻的学生周记册上，我看见了这样的句子——我想他大概并没有读过怎么多的"名作"，也相信他不会一下就得到如亚米契斯的那种笔致。

"早晨我们列队升旗了，旗子在杆顶上飘扬着。我们感到从心底涌出来的一种欢悦，我们的眼睛随着她上升，上升，致敬礼的手，久久不愿放下来……

"下午降旗了，不知怎么杆上的国旗已经不见，要重行升上去一次，于是再把她降落下来。

"白天，我们为什么不能看到我们的国旗呢？先生！我们的国旗，不是在所有的旗子中最美丽，最可爱的一面吗？先生！你能告诉我，我们的国旗为什么不能在白天自由地飘扬？……"

身为导师，并且负责着给他们修改文字责任的我，我搁下笔来停了一息，我竟很武断的在这篇周记后面批了几个字："你是知道的！"

为了第一次空袭时昆明某校不及降旗，有几个人就牺牲在旗杆底下，于是各校升降的办法才变成如今这种样子。可是我们的美丽的国旗，从此也就失去了自由。这个年轻的学生的疑问（？），恐怕正是他的激愤；同时也是我们大家共同的激愤罢！

——我们的国旗，应该在白日里自由地飘扬起来的！教务会议如此议决通过了。

从此，登高一望，在万绿丛中的石屏添了一点红——我们的国旗，正美丽而自由地在空中飘扬着。飘扬着一片微笑，好像回答着我们无数颗敬爱她的心。

（选自《晞露新收》，原收录于《石屏随笔》）

一 觉
——空袭杂写

这些偶然或是突然而来的一觉,它的震幅是相当的强烈。在那上面也许都曾投过一抹死的黑影,但是黑影消逝了的一霎,也正是我还在"生"的一觉。我记下它们,为着一觉也不遗忘!

一

一条窄小的巷子,又被泥土和瓦砾封满了。对面有一列长头发破衣服的人们匍匍而来,他们一个一个低着头顺次地钻进一个铁门,前面的和后面的用一根索子缚联着。我抬头望望这个地方,大概不是看守所便是一座牢狱。狱卒似乎不再保持他的威容,蹲在门边默默记点着人数。

就在墙根左近,我发现两三只雀子,血湿了它们的羽毛,还沾着一些泥土死在地上。

失掉了自由的囚犯,已经从防空洞里安全地回来;飞翔在天空的雀子，却中了弹永远不起了。

敌祸殃及池鱼的事曾数见不鲜，谁想飞鸟也逃不过这个灾难呢！

二

某报的一篇特写里有过这样的句子，我记得大意是：电灯杆子烧焦了，从折断了的线端，垂下我们仇恨的血滴和泪珠。

三

每次我都遇到那一对夫妇，他们从很远的地方赶到这里来，连牵带抱的还有四个孩子。气色都是那么苍白，我同情他们的营养不良，反不如怜悯他们的惊惶与疲惫。

当着一阵阵的雷暴过去以后，人们都得庆更生的格外亲热了，微微的话声，渐渐响应起来。

"你叫什么？"有人问那个大的孩子。

他不回答，他对着问话的那个人报之以并不陌生的笑容。

"你是不是叫炸弹？"一个年青的戴眼镜的学生说，又指着他的弟弟："我也知道他的名子，他叫小炸弹。"

他们都不反对，那个做小哥哥的反指着他的弟弟说："我是小炸弹，他就是手溜弹了。"

做母亲的正哄着怀抱里的孩子："看呀，看呀！这里边还有一个照明弹哩。"

邻座的人都笑了，孩子也不哭了。

时兴的名字，如今已是有口皆碑了，我想，满门的英烈，焉知不在这个时刻播下了种子！

四

紧急警报还没有发出,那家烧饼店虽然关上一扇门板,但里面的人还是拚命地在揉他的面粉。好像多出一拳的力量,便多争取了一分时间的胜利。谁也不会预料一刻钟以后的世界成个什么样子,也许,明知道将与生命告别,就尽这一刻用尽他的力量,这是可以用"惟利是图"所能嘲笑与抹煞的吗?

这才是人生最严肃而值得崇敬的一面!

烧饼店伙计所表现出来的这一面,我确实替敌人的侦察员和轰炸手而羞愧了。

五

尽管最新式最快速的汽车载着人们从沥青路上驶往安全地带去疏散,在人行道边,我看见一个老人还立在贴示栏下端视着隔了一日的报纸。他或许是一个极度的近视眼,他没有戴眼镜,他的鼻尖几乎已经触到墙壁,口里还一个字一个字轻轻的念着。并不是奇异这样近视眼的人我不曾见过,从他的身上我好像得到一种启示:"空袭于我如浮云。"

我的心顿时起了一种反应,最低的限度也使我在他的身旁肃立下来。

六

一批一批的担架队匆忙地出动了。他们一半的人扛着担架,一半的人徒手跟着队伍跑,担架上的番布已经不是素洁的,印着大大小小的花朵，那是殷红的，被流出来的血液涂染的。

我默祷着这一群抢伤救亡的英勇队员们，不久之后，依旧闲散地回来，他们的肩上没有负担，布上不再添多新的血渍。

七

街上已经有行人和车辆通过了，可是附近那个情报台的解除信号还没有悬挂出来。

隔了好久好久，那个绿球才冉冉地上升了。万千个人望着它，它也开始望着万千个人，好像还遥遥地对着万千个的人们祝福。

后来听说，就是那一次，在那个情报台下，躺着三个血肉模糊的人。

没有比这个"忠于职守"，"死于职守"的例子更现实的，更令人感动的了。

超越了死的恐怖感的，恐怕还是茫然的一觉罢？

爆炸与震荡好像做成了一只摇篮，睡去的也许永远睡去了；或是惊醒，永不遗忘——在摇篮里的记忆，会一直浸上白的发梢。

那一种"死的风"——炸弹迸裂后的风，有人却说那是"风靡"，我还不懂。

风靡于今日的世界的，惟有这些兽，这些虎狼与鲸鲵了吗？

血潮，复仇人底血潮，该是被"死的风"卷起来，淹没一切的时候了！

（选自《晞露新收》，原收录于《眷眷草》）

黄沙河

　　武汉外围战正当紧张的时候,那里有许多难童预先从粤汉线转湘桂公路被疏散到桂林来。不幸中途有一辆卡车覆没在省界的黄沙河里,一车难童就从此遭难了。看见报纸上的消息再又迎接他们,那已是他们到达后的第二天了。

　　这剩余的五六十个难童,在郊外的荒寺歇了一夜,第二天下午才为他们张罗了一所草棚,把他们权且安顿下来。草棚似乎是另有用场的,搭在城心的公园当中,平时我看见好多穿灰布制服的大人们挟着书本或是讲义走进走出。

　　我立在那草棚外围的篱笆门前不久,果然有两辆卡车向身边开来了,(平时不许任何车辆开进这公园里来)我欣喜着他们可以到达他们应该休息安住的地方了;虽然都不认识谁,我也没有担负任何的使命,我喜悦的是我立刻可以看见他们——我们的民族的第二代,一群未成年的孩子们。如果我们这一代的民族仇恨还没有被清算,那么这仇恨的种子应该早已深殖在他们的心里;如果我们这一代还没有争取到民族的自由平等和光荣，那么这个神圣的使命还要依托给他们的手，他们的心，和他们的血的！

两辆卡车停了一刻，还不见打开车门把他们放出来。有几个人立在篱笆门外交头接耳，不知所谈何事。我估量着大概是等候某某夫人或是某某委员之流来训话点名吧。

五六十个孩子终于从车门里顺次出来了。他们每人捧了一束稻草，穿着大致相仿的短袄短裤；除了一束稻草，真是此身之外，一无长物了。有的又匆匆跑回车厢里，为的拾起他落下的那一个小珐琅碗，那是吃饭喝水所必须要用的。

我投着我的眼光，送他们一个一个走进篱笆门内去。我的眼睛有些昏花了，我禁不住地低下头回想起自己的童年……

没有一个人，尤其当他幼小的时候是不需要爱抚的！而真正能爱抚他的又莫若自己的父母。失去了爱抚，离散了父母，那是最大的不幸！爱抚一旦被剥夺，父母无辜被杀害，这是仇恨，永生的仇恨，代代的仇恨，没有一种仇恨能比与生命和幸福为敌的仇恨再足仇恨的了！

我们的血，应该是为着保护我们民族的独立而流的。

我们的汗，应该是为着建立我们民族的光荣而流的。

我们的泪，应该是为着灌溉我们民族的生存而流的。

看见这一群没有了父母，没有了爱抚，没有了家屋，来自远天炮火之下的孩子们，我禁不住地流下了泪。我的泪是为着民族的仇恨而流的，这些不幸的第二代的孩子们，怎样才能得到我们大人的扶养与培育呢？

此后，我每天都站到篱笆外边去探望他们，我看他们游戏，听他们唱歌，注意他们的生活，如果发现了有一个孩子在沉默着或是伫立着，我的心立刻会痉挛起来，眼睛也就立刻湿润了。

"谁使我们流浪,

　　谁使我们逃亡?"

　　清响的歌声,阵阵地波送到我的耳鼓里,它们使我的眼睛发起光来。孩子们,你们不是问,你们知道,而且你们会比大人们更知道得清楚,更觉悟得深刻!

　　那一车孩子们沉没所在的那条黄沙河,那河里该是满满地泛着我们骨肉血泪的波流!让它永远灌溉着祖国的大地,成长起为复仇而生的子孙们!

(选自《晞露新收》,原收录于《眷眷草》)

江湖人

　　新修的一条马路边没有完成，一边挡着木栅栏，一边停着庞大的碾车，就在木栅栏后面的一段已经碾平了的大路上，江湖人找到他卖艺的场地了。

　　我刚走进人隙中探了一下头，（我并不喜欢看变把戏的）谁晓得他也刚好是说江湖话的当儿：说的话好像背着书，可是并不快，一句一句地能使人听得清楚，并且很有顿挫：

　　——各位先生。有钱的多舍几个。

　　他弯着身子，作着揖打了一个圈子。

　　——没有钱帮帮场面，可别扭头就走。

　　——好，没有走的，俺再奉敬各位一套小玩艺儿，学畜生叫，学小鸡子叫……学得像的，各位再舍几个，好给俺凑足一碗面钱。

　　——要扭头就走的人，那便是……

　　他骂了一句很猥亵很尖刻的话，也很俏皮，虽然未免有伤大雅，但这句话却把许多人逗得笑起来。场面暂时冷静了一会，他也不再提要钱的事了。

我本想掏出一点钱来给他，同时离开这里，但是听见他刚才那一套话以后，我又不愿意这样做，因为倘使不帮帮他的场面，那也是他所痛恨恶绝的事。

他首先学着一群刚孵出来的雏鸡声叽呀叽呀地一阵，其中忽然有一只被人踩死的绝叫。后来学蜜蜂的嗡嗡；又学蝉鸣，还学着他被捏在手中的那种怪叫声……

他的脸，涨得通红的，那是为了要使人的发音器官，发出了非人的声音而且要使他惟妙惟肖，才不得不这样"吃力"。

他表演的口技终止的时候，很久说不出一句话来。刚才好像在脚跟前的鸡呀，蜜蜂呀，蝉呀，都不知道到哪里去了，场子里越发显得沉默起来了。

我递给他一张角票，不知怎么，我的脚却不忍立刻离开这里，他的脸，是那般充着血色哩。

（选自《晞露新收》，原收录于《眷眷草》）

花　床

冬天，在四周围都是山地的这里，看见太阳的日子真是太少了。今天，难得雾是这么稀薄，空中融融地混合着金黄的阳光，把地上的一切，好像也罩上一层欢笑的颜色。

我走出了这个黝黯的小阁，这个做为我们办公的地方，（它整年关住我！）我扬着脖子，张开了我的双臂，恨不得要把谁紧紧地拥抱了起来。

由一条小径，我慢慢地走进了一个新村。这里很幽静，很精致，像一个美丽的园子。可是那些别墅里的窗帘和纱门都垂锁着，我想，富人们大概过不惯冷清的郊野的冬天，都集向热闹的城市里去了。

我停在一架小木桥上，眺望着对面山上的一片绿色，草已经枯萎了，惟有新生的麦，领有着冬天的土地。

说不出的一股香气，幽然地吹进了我的鼻孔，我一回头，才发现了就在背后的一段矮坡上，满铺着一片金钱似的小花，也许是一些耐寒的雏菊，仿佛交头接耳地在私议着我这个陌生的来人：为探寻着什么而来的呢？

  我低着头，看见我的影子正好像在地面上蜷伏着。我也真的愿意把自己的身子卧倒下来了，这么一片孤寂宁馥的花朵，她们自然地成就了一张可爱的床铺。虽然在冬天，土下也还是温暖的罢？

  在远方，埋葬着我的亡失了的伴侣的那块土地上，在冬天，是不是不只披着衰草，也还生长着不知名的花朵，为她铺着一张花床呢？

  我相信，埋葬着爱的地方，在那里也蕴藏着温暖。

  让悼亡的泪水，悄悄地洒在这张花床上罢，有一天，终归有一天，我也将寂寞地长眠在它的下面，这下面一定是温暖的。

  仿佛为探寻着什么而来，然而，我永远不能寻见什么了，除非我也睡在花床的下面，土地连接着土地，在那里面或许还有一种温暖的，爱的交流？

一九四一，十二，十日

（选自《晞露新收》，原收录于《眷眷草》）

希望者
　　——寄漓水边的友人们

　　朋友：您的信收到两天了。可是我并不认识您，我知道您也不曾见过我；这封信从一个陌生人的手里递到另一个陌生人的手中，真是令人感奋极了！

　　您的信是从桂林寄来的，漓水边的桂林寄来的。但是桂林，漓水边的桂林，对于我并不陌生，而且正是我时刻怀念着的一个地方；她早已在我的心地留下一颗种子，这种子的名字可以叫她是"毋忘"，它一开花便叫"希望"。

　　为了您这个使我感奋的陌生者的名义，为了我所怀念着的桂林和漓水的名义，还为了寄托并散布我曾采撷过的希望的种子，我把这封信寄回来了。

　　您不会憎恶我这个人是怪自私的么？我好像已经偷偷地把我的心和我的眼睛封在这封信里了（我始终怀疑着文字到底有什么力量，所以永远不会成为一个忠实有力的所谓文艺工作者），我只想呐呐地复说着那一些已经过往了的事情（经我一说，也许反倒伤害了它的原有的面目和光泽），只想悄悄地随着这封书简（付的是很低廉的邮资），趑趄地作一次旧地的重游，摩挲着那些刻划在我眼前和心底的印象。

我初到桂林的那个时候，桂林还是娴静的像一个处女般的城市。真的，我不知道怎样才可以把她形容得更恰当些。我仿佛第一次走进一幅古人的画帖里去，我恍然领会了中国绘法原来是最能写实也是最富于象征与神韵的一种。人家都说"桂林山水甲天下"，可是我并不曾存此成见的来欣赏她，别处的山水究竟如何，我不大明白；在桂林的一年，与其说浏览着甲天下的山水，远不如说我就是这幅画帖里的一个能够移动的人物。时而在城垣，时而在郊野，时而登山，时而涉水，我能道出老人山的面目是朝着哪个方向，象鼻山的鼻头垂的有多么长，穿山山腰中间挂的那个月牙有多么高，碧绿的漓水有多少回折……

一年，仅只一年，我就离去了这个原来娴静，而后饱经敌人摧毁了的城市了。当车子沿着环城街道走上南门外的公路时，同行的人们有的向她挥一挥手说："再会吧，桂林！"

然而，我自己却没有这种轻浮的兴致，我低了头，又禁不住地要抬了眼皮向她投着惜别的眼光：这娴静的桂林，如今已经部分的成了古罗马似的废墟了！

在我的一本题名"废墟"的小集子里——我知道很多人都憎恶这个名字，或者因为憎恶我这个人所写下的东西而被憎恶的吧——我曾写照着一个角落里的一时的感触：

看不出一点巷里的痕迹，也想不出有多少家屋曾栉比为邻地占着这块空旷的地方。

踏着瓦砾，我知道在踏着比这瓦砾更多的更破碎的人们的心。

一匹狗，默默地伏在瓦砾上，从瓦砾缝隙，依稀露着被烧毁了的门槛的木块。

狗伏着,他的鼻端紧贴着地。他嗅着它,或是嗅着他所熟嗅的气息,或是嗅着一种别的什么东西,……

废墟为我们保藏着一种更浓的更可珍爱的气息。

…………

我不能忘记!这个宁静的城市,曾一再地被敌人投下过大量的炸弹和烧夷弹,使她成为火山,火海,火的洞窟,使她留下满目的伤痕和到处的废墟。不过,每一把火,都曾燃炽了我们的心,每一座废墟,也都为我们保藏着一种更浓厚的更可爱的气息。敌人丝毫不能毁灭了我们的什么,他们只是用罪恶的手,造下更罪恶的东西:野蛮的宣扬,与疯狂的自供而已!朋友,我想现在,你们知道的更多了,认识的更清楚了,你们也会和我同样地吸取过那种废墟上的气息,我相信从废墟上再造的,重建的,新生的人物精神,将是更结壮的,更有力而不能摇撼或推倒的了!

我不能忘记,我过了那么多的火中的日子,我往来火中,去探视友人们居住的地方,那种紧张急迫的心情,恐怕还甚于当前的烈焰和焦灼。每逢这种时刻,他们或许分头也在来探视着我。如果我们偶然逢见了,我们的欢愉真会流出了泪,恨不得彼此互相拥抱了起来。然而沉默也往往代替了我们那种说不出来的悲愤,你看:在燃烧中的家屋,在火焰下奔跑穿梭着的人们,不也都是我们的家屋,我们的友人么?他们被蹂躏着的被煎熬着的生命和心灵,和我们的有什么分别呢?他们所认识的敌人,不正和我们所认识的是同一个敌人吗?

愤怒的,仇恨的火,的确把我们所有的心都熔在一起了,我不能分别出热血和烈火的颜色哪个更鲜红些。

有一次,城里被猛烈的轰炸之后,将近日暮了,我去探望住在江东岸的朋友，那里的门虚掩着，他们却都没有在。在他们那零乱的桌子上，堆放着书籍，纸张，稿件，校样……还有一块像不胜痛楚而痉挛着似的弹片，躺在一团绒线的旁边。我纳罕着这些东西为什么会归在一处。这块像毛毛虫似的炸弹破片；它是飞来的刽子手，它曾杀害过谁吗？一定的，看它这副奇怪尴尬的样子，就知道它是怎样一个可憎恶可诅咒的东西了！

呆了一会，他们都回来了，一个叙说着那些死难者的血，如何染在轮胎和车厢底下，他们的肉，是如何的模糊难辨，只剩下一簇黑黑的发丝……一个说，还想寻一两块弹片来的；她说着，向桌上张望了一下，知道那块弹片仍旧放在那里，便拨开了它，重新拿起竹针和绒线编织起来。

我望望她，她低着头只愿计算着应该织的针数。而那块先前拾来的弹片，就蜷曲的躺在桌子上，不再引起她的注意。我呢，却一直盯住它——这个用了敌人国度里无数无辜的庶民们血汗所铸成的凶器，恐怕它自己也真是不胜艾怨而痛苦，所以无法不使自己痉挛着自己的身子罢？

没有几天，那一团绒线已经成了一件背心穿在我的身上了（直到今天的此刻，这件绒线背心还穿在我的身上）说不出我的感激，乃至我抚摸着这件轻柔温暖的短衣，也还惊奇着它究竟是用什么东西和什么力量编织起来的！（直到今天的此刻，我的眼睛里似乎还盈溢着我的感激的泪。）

后来，我还读到过那个友人在当时所写下的几篇散文，我便恍然看见那一块痉挛着的弹片，仿佛还在他的书桌上，稿纸堆里蜷曲地躺着……

朋友，你有没有像我这般想过？在这个时代，不，在任何一个光明与黑暗，正义与暴力，文明与野蛮，生与死在搏斗在抗争的时代，那怕留下来的是一片废墟，一截断碑，一只歌或几行诗，她们究竟是以什么力量和什么东西编造起来的吗？我常常这般想，我相信您也曾这般想过，并且会毫不犹豫地说出了这个答案的。

我不能忘记，在桂林，我还过了许多戏乎漓上，浴乎漓上的日子。

我检着一个一个扁平的石子，投向江面上打着"水漂儿"，有时嗖——嗖——嗖的一串，有时却只听得"扑登"一声价响。在岸边我不能照见我的当时的面庞，可是，在那平如明镜似的水面上，正仿佛为我现出了我的童年的笑靥了。我本能地拍着手，我的眼睛望着那一串水涡，大的跟着小的，却都随着无言的流水去远了，去远了！

从五月到十月，从仲夏到新秋住在漓水边上的人们，有不濯浴乎清流中的吗？

水的季节，也是泳的季候，水毕竟是动的，我的心不知怎么也微微荡漾起来了，青春似的江水，招唤着我，招唤着每一个年青的人。于是，我第一次赤条条地投向她的怀抱里去了，第一次沉浮在漓江的中流了。

欢愉，我说不出有多么欢愉！真是无边的欢愉呀！一江的人鱼，一江的温流，一江的原始的呼声。

那时，泊在江上的有一只艇子叫"五月花"，是专给泅泳的人们换衣休憩的地方。每天我都遇见一个穿浅蓝色游泳衣的女子，总是呆呆地靠近"五月花"立着。她不常泅水，一会儿看看别人在江里的嬉戏，一会儿望望头顶上的天：那时我们的空军，常常在天上飞翔着，追逐着，空中是比江上广阔得更多了。

一只歌，就是那个时候我听了神往的；就是那个穿浅蓝色游泳衣的女子，起初我以为忧郁而其实并不忧郁的女子，立在水中向着天空唱的：

你看战斗机飞在太阳光下；你听马达
高唱着走进云霞！
他轻轻的旋飞又抬头向上……
你听马达悲壮的唱着向前，他载负着
青年的航空员……

我每逢想起或听见这只歌，即使在我忧郁的时候，也会从心坎里抽出笑意来。新中国的儿女们，没有一个是应该忧郁的。我们正在战斗中生活着，正在无边的大地上，万里的长空中，与我们的生命和荣誉的敌人，随时随地地战斗着，生活着。

这只音调发扬，意气轩昂的歌，就是我从桂林，漓水上的桂林听来的。

朋友，我在怀念着漓水上的"五月花"，如今是不是依然开放在那里？请为我给她祝福吧！

我不能忘记，我在桂林的那个时候，漓江上还没有大桥。只有一座用五六十只木船并列起来，中间搭着板子的浮桥。那时，一个好心的女孩子，就住在江的彼岸（就是那个一面去拾弹片，一面为我织绒背心的孩子），因为在她幼小的时候，曾经从桥上跌过一跤，所以每过桥的时候，她还存着一种戒心。可是她聪明，伶俐，天真，活泼，健康，努力，因此，她的这种戒心也就越发惹人可爱了。在一篇短文里，我写下过这样的句子：

"一个怕过桥的少女，她住在江的彼岸。……

"我喜欢这个怕过桥的少女，因为她是天真而没有一点邪念。我喜欢桥，桥通着彼岸。或者更多的天真的少女也住在彼岸……

"我认识了桥，桥是被真理砌成的一面。桥永远连着两岸，真理使我们每个人的心灵接近了。"

现在，听说漓江上的大桥，早已雄伟地建立起来了，我想着她，便如同有一道彩虹架在我的心里，使我憧憬，使我无限的欣喜！

朋友，还有许许多多事情，使我不能忘记，永远也不会忘记。总之，在这里，我重新知道希望，给了我希望；我不只是一个生活着的人，并且使我成为一个希望者而生活的人。"希望者"这个名字，也是我在这里得到的：

每天早晨，那个纯真的孩子读着世界语。世界语——ESPERANTO。

"你知道么？Esperanto这个字的本身是什么意义？"她以先知者的轻微的矜持的神态考问着我。

"告诉你吧，就是'希望者'。"她又一口气地说出了。

朋友，不多写了；再多了会使这封信的分量加重起来的。至于'希望者'的本身又是什么意义这一点，我想您不会再来追问我的了。

祝福您，祝福漓水边的友人们！

一九四二年春，寄自陪都

（选自《晞露新收》，原收录于《眷眷草》）

流　民

　　季候已经入了秋，可是早晚和白天的热度，仍然徘徊在寒暑表的九十至一百的两条细线之间。关在房子里的人们，不时地从窗口望着天，看看天上有没有云；希望下一阵雨。

　　什么也没有。身上的汗水，却不住地需要揩拭着。

　　沉闷中，在楼下有一个男人和一个女人问答着：

　　"你从那儿来的？"

　　"从缅甸。"

　　"缅甸？——"

　　"从缅甸——我们从国外来的。"

　　"噢——缅甸，那是很远很远的地方啊！走了很久了吧？"

　　"三个多月了。"

　　"现在呢？——"

　　"还要到合川去——"

　　…………

他们的话，我一句一句都听见了。我真不能为这个女人计算着：

从缅甸回国，来到了这里，究竟有多少路程呢？

越过了山山水水……究竟费了多少时日和辛苦呢？

像她这样被敌人的炮火，被侵略者的狂潮所赶逐或摧残的人们，生长在自己祖国里的，乃至侨居于异域的同胞们，究竟有着多么大的一个数目呢？

战争是什么呢？

为清算我们的怨仇和血债的战争，我们所付出的和我们还要继续付出的，是不是累累地而难于再计呢？

争取正义和真理的代价中，是不是包括着无限的牺牲？而无限牺牲的总和便是正义和公理的本身呢？

…………

我忍耐不住，便停止了手头的工作也走出来了。

一个三十岁左右的妇人，坐在一张矮板凳上。她的眼睛深陷，眉毛浓黑，从口音中也可以辨别出她是属于两广或沿海一带的人氏。她穿着一件黑色的绸质的单旗袍，上面溅着许多泥浆，蒙着很厚的灰尘；（我不知道这些灰尘和泥浆是从多么遥远的地方带来的！）露在外边的肤色；两臂，和两只什么也没有穿的光脚，都是棕黑的；（我不知道它们到底经过了多少风吹，日晒和雨淋了！）她的头发相当的长，只是用一根细绳子将它扎拢着。

从这一个女人的身上，我好像已经看见了一幅整个的灾害，整个的逃亡，整个的流离的图画来。

当她的身子转过来的时候，我才知道她的怀里原来还躺着一个小孩子，在安详地睡着。

这时，围拢着她的人已有了五六个。每个人都要问问她的来历，同情的或是好奇的；每个人都在打量着她，想发现她的隐衷，或是想追寻出一点秘密。

她说一会，歇歇；歇一歇又说。

"为着生活……为了过生活……"在她叙说一段事情的前后和中间，她常常掺杂着这样的话语。

"你的娘家呢？"有人问。

"还在缅甸没有跑出来。"

"你的男人呢？"

"在河边，在河边洗澡哩。他见不得人，他一件衣服也没有了。"

"他是川省人吗？"有人问。

"是的，他是铜梁人，我们就要去到他的家里。"

"这个孩子真是不错哇！长得蛮结实的。"有人怜惜着说。

"是的——是的，要不是他这样，再有几个也死掉了……是的，为了这个孩子——"

她哽咽着说不下去了。两道带光的小水流，急速地挂在她的眼珠的底下。

停了一会，又有人问：

"你不会去帮帮人家吗？"

她没有回答。

"有钱的人家里并没有什么事的。倒倒茶，端端菜，递递烟。"问的人又解释介绍了一番，好像说明在这种年头为着"过生活"并不困难。

她也没有回答。

如此提议及劝告她的人，看她不做声，就以为她听不懂四川话了。于是有人又低了声气说：

"她说的话我们懂，我们说的话她就不大懂了。是的，带着一个孩子，她就不能去帮工了。"

这个女人忽然站了起来，想把她怀中睡着的孩子找一个地方暂放一下。

谈说的人们还是谈说着；那是关于她们将要如何回去的一条路线

问题：

"这里到合川一天，合川到大河坝七十里，到铜梁还要两天……一起二百四十多里路，要走三四天。"

有的人就急忙问她：

"今天夜晚你们怎样安歇啊？"

"啊？"她好像没有听懂，又不甚关心似的。

"今天夜晚，你们到底在那里休息休息呢？"另外的一个人，尽量说得很慢，用普通的话语，再说了一遍。

"噢，今天夜晚呀？"她回答着，不知怎么声音反抬高了一点起来，"我们还是要跑路，我们早就没有一个钱搭车子赶船了。我们要从天黑跑到天明，跑一个整夜！日里跑路，晒都要晒死。"她的话已经说完了，但又重复了这么一句：

"我们就是要从天黑跑到天明啊！"

她的话，不知为什么比重重鞭打了我一次还有力量还使我痛苦似的。

——"为了生活"，只是"为了生活"吗？她的话语里虽然一再地说了"为了生活，为着过生活……"人家不是告诉了她，"生活"并不是困难的事，而她并没有说出什么意见地似乎默认了吗？

可是，她宁愿意作着流民。

这样的流民——所有的流民，这样的牺牲者，这样的圣洁而勇往的牺牲者，他们正是为着"为了生活"的万万千千的人们做了一个榜样：

为了生活，而生活可不是任意被凌辱被屈服被奴役的！倘使被凌辱被屈服被奴役地生活着，谁还看得见流民？谁还能听得到有谁说"从天黑要跑到天明"的话语呢？

一九四二，九月

（选自《碑下随笔》）

小夜曲

一小面窗子透进一小块景色。朦胧的有一道屋脊，朦胧的有一团树影，朦胧的有一角天，有几颗闪瞬着的星星，也许朦胧地还有一抹淡淡的月色，在山的背后，或是树的梢头，却被窗栏遮住不能耄见。

我不知道是乍醒过来，或是还未入睡；也不清楚正当什么时刻，月弦斜挂在天边？不然，东方已经熹微了？

我的双目正对着窗子，窗子没有什么遮拦——窗外的景色也正朦胧地全部映在我的眼里，眼界只有这么大，此外什么都是黝黑的。

我已经很清醒了，我的嘴唇微微颤着："夜是小的"，我仿佛念着谁的名字。

同室的两个人轻轻地在打着鼾息；我想着全世界也都在睡眠着，小的夜是我的。

窗外没有一点变化：树没有动，星没有灭，天没有亮，夜是小的，小的夜是我的。

没有风声，没有雨声，没有犬吠……

宁静的，小的夜，是我的。

不知哪里，传来几声妇人的哭泣，歇了，好像并没有撕破夜的沉寂。

我想那妇人也还不曾入眠。过了一刻，她又哭了，哭的声音是那般轻柔，那般凄恻，她在悼念着谁呢？为着亡失了什么而流出自己的泪呢？夜是这般沉寂，这般孤独，在这般微小的夜里，能够寻见了什么呢？

我把这哭声当作了小谱，那妇人仿佛正轻轻地歌唱着一个小夜的曲子。

我辗转着，我的眼睛不知怎么湿润了。

我呼唤着我的侣伴的名字。

我为着没有她的应声而哭泣了。

我的耳畔似乎又响着谁的话声：

"听呢，他在哭叫着？"一个问说。

"日有所思……"另一个判答。

我偷偷地拭去了脸上和枕上的泪水，我依然装做宁静地睡着。梦被同室的两个人的话声拦住了；梦，也许是被我自己的呼唤醒来了。

窗外依然是朦胧的一小块景色。夜是小的，夜是寥寂而孤独的。

（原载《文艺杂志》1卷1期1942年1月）

紫　薇

　　楼边的一家邻居，家里只有一个老人和一个女孩子。起初我以为他们是祖孙，后来才晓得是翁媳；可是从来也没有看见他的儿子在那里，这个女孩据说是个童养媳。头发已经花白了的老人，除了耕种楼后面的一片山坡土地之外，还不得不卖着苦力为人抬滑竿或挑煤炭，所有的家事都由这个女孩料理着，养鸡养猪的副业，也由她一人经管着，她大约不过十三四岁。

　　因为是邻居，我看着这个小女孩的生长，就如同看见楼后的胡豆，包谷，或高粱……每天每天从土地里高茁了一些起来，形状也一天一天的变化不同了似的……只见日渐饱满，日渐活泼。

　　每天太阳落山，她背着一筐子锄草回来了。不久，她就要唤小鸡子上笼——这是一个颇麻烦的工作，一双一双都要唤齐，不对数目就不好交代；可是鸡并不如人那般听使唤，有时还免不了费她一番唇舌，或是夹杂一两句骂畜生埋怨人的话。等小鸡都齐了，又要去料理猪食，又要去提水，又要去烧火，听到人家喊一声："来检西瓜皮呀！"又不得不飞也似的跑去，她绝不舍弃这些为猪掉换掉换口味的好饲料。

"这些鸡卖不卖？"

有一次，我故意这样问，虽然明明知道她不肯答应的。

"不卖的，还小。我们自家养的。"她拒绝的理由很简单很诚实。

"给你很多的钱呢？"我又提出这么一个条件。

"也不卖的。"她说着还笑了笑。

其实，我知道的理由，就是因为这些鸡子是小的；而且不拘大的小的，都不是买卖的，不过她并没有再说什么了。

昨天，黄昏的时刻，这个小女孩照例背着一筐子锄草回来了，手里还捧了一束花，粉红色的花。

我看着她从我们的楼口过去，走上她家的石坎，有一个褴褛的男孩正坐在那里。

我看见那个男孩没有言语地向她伸出一双手，她随即给了他一枝花，仅只一枝，不言语地放下草筐，径自回到屋里去了。

我看着那个男孩接过花来便送到鼻子上嗅着。

——花不见得都是美丽的，但是人们往往以为任何的花都是有着香气的，我一边静静地看着，一边默默地想着。

停了一会，她又捧着那束花出来，又向着我们的楼口走来了，似乎要去一个地方，想把这一束花送给一个人；仿佛这一束花本来为着谁才折回来似的。

迎着她的面，我突然向她伸出了我的一双手，像这样使手背向地，使手心向天，勇敢而不畏缩地，坦率不加思考地把自己的手掌伸向旁人面前的事，不要说在我的记忆不曾有过一次记录，就是在我的想象和意识中，恐怕也从来没有发生过这样的事情！

这一次，真是一个极端的例外，而且结果是成功了，那或者对着我面的是一个幼小者的缘故；是我有意和这个天真可爱的，在原野上生长起来的孩子开一次玩笑的缘故，就类似我前一次故意问她卖不卖鸡子的那个故事同一样的性质。

当我的手掌伸出了以后，不料她就把一束花完全给了我了。

我有些窘，惭愧，并且懊悔；为什么我要迎面捉住她，又伸手向她要花？使她中途折返了她所送往的地方赠与的对方呢！

"只要一枝好了。"我很过意不去这样申说着。

"山后边多得很。"她说，并没有允许我的这种"要求"。

（啊，多么好笑而可耻！大人们只得要求，请求，甚至于夺取，盗窃，或抢劫……而幼小者，孩子们，却早已知道，赠与和布施，她们如此的坦率，如此的慷慨，如此的大量，正好像一道夺丽无比的闪光，迅速地照进我们大人们肺腑的奥地；穿透了那些欺诈，那些伪装，那些伪善，那些堂皇的衣帽，那些彬彬的礼貌……）

这些花，并不美，也全无香气，我却学着孩子们地，为她汲水，为她找一个安插的地方，把她供放在我的小书案上面了。

今天早晨，我又学着专家学者们似的，为这种不知名的花，找植物学辞典，翻《辞海》，才得了这么一条说明：

"紫薇：落叶亚乔木，高丈余，树皮细泽，叶椭圆形，对生，花红紫或白，花瓣多皱襞，夏日始开，秋季方罢，故又名百日红。"

下午回来，我所刚认识了的紫薇花——百日红，我所崇高着的这种美丽，良善，久长的生命的象征，不知怎么却萎谢零散地落在满案了！为着这些有着"百日红"的别名的花，我觉得有些惆怅起来了。

能红百日的花，比较起来总算是花中的长者了，但生着，生着，红着红着，……也终究有她的日限的，百日了，或者零一日罢；千夜，或千零一夜罢！

然而，我并无任何的幻灭感。（这是我长大了起来的种种当然的知识，学问，修养与气质的总和？）除了那些在暖床上的，在怀抱里的，无论生于原野，长于山林，立于路边与园角的花，不拘有没有香和色，不拘生长得久或暂，不失掉她的本性，不转移她的根蒂，红一刹那，生不知夕。（那又有什么关系的呢？）

她们根本是不会幻灭的——生命不幻灭，就是因为永远的清澈的本性的泉源在灌溉着她。

一九四二年八月底

（原载《文学修养》（重庆）2卷2期，1943年12月出版）

人间百相
——自有其人列传试稿前记

记得有一段轶话里说,莫泊桑从前学习写作的时候,他的恩师福楼贝尔告诉他:"试写出一百个不同的人物看看。"

我没有这样名高的先生指教,也不敢比拟莫泊桑氏的才学于万一,只有一副傻心肠,和一双拙笨的手,抱着"人尽可师"的态度,随时随地记下每一个我曾遇见的,我所认识过的人——他们就随时随地生活在我的周围,我也生活在他们的里面——他们每一个人的相貌,心眼,形态……等,未必不可以作为每一页人生课程中的最忠实的反映与最真刻的示范罢?同时,我还有一种看法,偏颇的看法,即是世界上压根儿也不曾有过一个什么所谓新鲜样子的人物。因此,由人的(人总归是人的)脑子里,也决不会生出一个新的人;由人的笔下,也决不会画出一个真不是人的人相来;人,不是创造出来的!

古希腊的箴言说:"知道你自己!"可见要想观察或了解人家,也许已经是一件多余的不守"本分"的事了。

在这里，我描了不少个自有其人的人相，浮是浮得很，仅及肤面轮廓，还不敢妄着色彩；至若揣骨看相之术，原非素攻，因为我从来也没有想到会为人算命指迷的那种行业也。真的，也不是想拿列相来示众，而仅只打算发掘我自己罢了：

我，我到底在哪儿呢？

在化石层上，不知道有没有留下过所谓"人性的叛逆者"的影子！

一九四二年四月十五日夜记

（原载《现代文艺》第5卷第5期，1942年8月出版）

将军及其他

——人间四相

　　有一个时期，我寄居在一个亲戚家里。他们的对房门便住着一位颇有名望的将军——我自己这样称呼他；其实他的履历还有堂皇显赫的一大串，如前清时代的都督，改元以后的总参谋长，代主席……等等。即使在我们的近代史上，也决不会遗漏了他的姓氏和勋绩的罢。

　　第一次遇见他的时候，他正在庭前拄着一根拐杖散步。个子不高，圆腰方脸，眼睛还相当地保持着一种炯炯的光芒。

　　我在他的身旁立了下来，这表示着我对于一般长者的尊敬。

　　"你是谁？"他以邻人的态度对我发着问。我回答了他，他点了一点头。在这一会功夫，我就很清楚地看见了他的面庞；一位将军的嘴上所应蓄备的八字胡须，在他也并不缺少。

　　为了疗养半身不遂症，他每天上午都有一段很短的时刻在庭前散步。其余的时间，很少看见他在房屋外面。男当差的——应该是一个便服的勤务吧，时时从他的房间走进走出，可见这位将军白天并不怎么爱睡觉。有时，我从门帘缝里望见他的房里：桌子上有不少的书，墙上挂着大幅的字——他挺爱给人家写字，在这个城市里就有很多大商店的招牌出于他的手笔。中国人所讲究的"儒将"风度，我似乎有了些领悟了。

有一天晚间，这个城市里举行了战后的第一次防空演习，发过了空袭和紧急警报之后，这漆黑的天空可就热闹起来了。虽然没有一架飞机，但作为代用品的孔明灯却起飞了不少。两道探照灯的白光交叉地射准了它，高射机关枪和小口径的高射炮，也向它射击了过去，一条一条的银色的，红色的曳光弹或实弹飞驰的流线，交织在空中，的确是很好看很壮丽的。

我们都立在院子里高瞻远瞩，将军自己也立在廊檐底下。

"拍——"一条火线，在空中画了一个大弧。

"通——"一个火球，在空中开了一朵花。

这个逼真的演习战，也能使我们屏声息气了下来。可是，将军却常常发着惊奇的追问："这是什么？"又问："那是什么？"他的当差的——应该是勤务兵吧，却很解事的随声应答着：

"枪呀……高射炮呀……探照灯呀……"

但是，他，这个勤务兵，不会知道"在奴仆的眼中没有英雄"这一句话的。

我想，"拍！""通！"之声，大概和这位将军已经是阔别了很久的了。

此外，我还知道将军有一位公子会唱京戏，时常在晚餐席上带了女伶来为乃父献艺，将军击筷而赞，很是高兴。

将军有一部较老的福特汽车，停在我们的大门里的过道旁边，据说，那是为了"躲"真的警报才开动出去。

厅　长

　　有一位厅长先生的姓名，现在我还隐约的记得；不过，总没有像他那副长长的面孔所留在我的心中的印像深刻罢了。一想起他便想起他的长脸，便想起亲近他的人给他起的亲切的绰号："八筒"。"八筒"指的是"马将"里面的一张牌名，它由八个罗旋形的饼子一对一对垒了起来，既长，且整齐，而简直像一个装公事的封套。

　　做官的人，似乎需要一副官相，而官相的诸类型中，方与正二式，自不可缺一。正好，这位厅长先生的官相，不但兼而有之，还多了一"长"。他的脸，简直长的就是一张"八筒"，一封公函，装满了官样的文章。

　　我初次由人介绍着去晋谒这位厅长不久，不幸地这个省垣所在地便遭了敌机一次最残酷的轰炸。两天以后再见到他时，我已被委任为他的职属之一，而他也是以顶头上司的身份对着我们训起话来了。

　　这次训话的大意是，他非常痛心，他没有预料到敌机的第一次轰炸会使大家这样零乱散漫起来，以致办公室的桌子上有了许多灰尘，到了办公的时间，人还不能个个到齐……最后强调着一点：让主席来看见了可怎么好！痛心！主席来看见了可怎么好！……

　　他的面孔，的确比我初次所见到的还要长。如果"八筒"是形容他平时脸的长度的，那么"十筒"——倘若有——才是形容他训话时的。

　　这天在场听训的人，都看清楚了厅长先生这张比"八筒"还长的脸孔，自然，这些个在场的，为了生活而不得不来听他的训，不得不来看他的长脸孔；而那些无辜被炸死，炸伤，家屋烧了，亲子还躺在街头，或压在砖石底下的公务员们，一时或永远将不能再听见他上司的训，再瞻仰这张比"八筒"还长的脸了。

以后的秩序渐渐恢复了，本来住厅花园里的厅长公馆，尽先疏散到这个城市外边的风景区去了。厅长的小汽车，也总是吸饱了油停候在厅门外面。

有一个时期厅长没来办公，而那辆小汽车，却以陷鼻梁，碎车窗，和瘪了的轮子的姿态停在传达室的甬道上了。

这辆车子的威风似乎遭了一次厄运。

有人说："厅长住院了，跑警报时翻了车。"

这消息的传来，虽然在还没有熟识起来的同事之间，也都彼此交换了一个会心的微笑；默默地仿佛收获到什么礼物似的。

逢到星期一那天早晨作纪念周，在府里照例是礼成散会，一个简单而庄肃的仪式。而厅里则必由厅长训话一番，不只是训，每次还要骂，狠狠地骂一场，每次的脸，不只是"八筒"那么长，还要比"八筒"多两筒那么长。

几个骂人的纪念周，也算教训了我一件事：人生以服务为目的之外，似乎还必须养成一种有挨骂的本领，和听训的耳朵。做大官与作大事当然是两件事，不过从这位厅长先生成就至今日看来，自不能把他由挨骂泰然到随便骂人的一般过程的意义忽略过去的！

但是，我终于离去他，并且离去这个城市了。

我也决不会为着我的"成就"作过任何的打算，我更不会为着长脸孔的人祝福——像这样的一位厅长先生，生成的一张"八筒"的面相，还硬生生地装了一封套的官样的文章！

邹教授

年青！多么年青！真正年青！

年青的人在大学里做教授是一件很光荣的事。反之，做教授而年纪或已就老的,那似乎是一种缺憾,不时兴,也就不成其为走运得志的事了。

邹,就是属于前者的一个,很光荣,而正走时运的一个青年的教授。

他从前在那个大学里修过业,现在他就在那个大学里教着书。

一个比我年纪较长的同事在我面前介绍着他说:

"主任带了一位新组长来——他就要来的。年青,得意,真可以算得是一个天子门生!"

我到底是孤陋寡闻,我对于"天子门生"这句赞语,究竟还不大能够摸清楚头脑。

过了两天,他果真来了。我们握手的时候,啊呀!他不是别人,原来还是一位旧相识:在那个时候他还是穿着军人的衣服,上着政治的课程;挟着经济学大纲一类的书籍;写着文艺的理论,抒情的诗篇……

"啊!我们多年不见了——"从我的心底迸出了这么一句我觉得是情不自禁的,欢慨交集的话语。

"嘻嘻嘻……"可是他仅只这么善于应付地,连牙齿也不肯露出一线地笑了笑。他的笑,引得我颇为窘迫。幸而他接了短短一句话:

"你的样子倒没有怎么变。"他一边说,一边上下的打量着我。

我也学他笑了笑,但是我感到一种宠惊,也是一种惭愧;谁都要变的,为什么单单我会不变呢?难道我真地没有"变"一点点,一点点也不能"变"吗?……

幸而他的话又接了下去,为他的话作了注脚,为我清楚地解释:

"你的这身衣服,好像还是当初在南京穿的那身吧?"他的话到此为止,说时,恰当地还配合着表示他记忆力不差的宛尔微笑。

听了他的话,我不能再像第一次那么学他的微笑了(我是什么也学不来的一个蠢东西!)我恍然省悟过来了,我没有变,因为我身上穿的这套衣服，还是十年前的那一套旧衣服——现在已经破绽了，现在早已不时兴了——衣服如此，自己生就的这一副寒伧的相貌，当然也会跟着"没有怎么变"的了。是的，此外我也无须再多告诉我的境遇了，如他兴致勃勃地告诉我，他在南岸买了一块地皮，盖了几间不很像样的房子，每个星期在学校里只上四小时的课……等等。

因为自惭形秽，我们之间的对话，不久就告竭了。

不知道那一位不很识相的同事问过他——我后来听说的——依礼貌上讲，也许是不该这般问的：

"邹先生！请问您是学什么的？"

"学校毕业以后，我在德国留了几年学。"

他这种所答非所问的态度，也许正是一个青年的，留过学的，大学教授的本色吧。

没过几天，他便提着一个小皮箱，挟着一本很厚很厚的洋装书走了。

现在我所知道的他的消息，就是他仍旧在他的母校里做教授，担任着每周最多不会超过四小时的英文课。他学的不是军事，不是政治，不是经济，不是文艺理论，不是抒情诗歌的，是国际外交，是天下大事的新著，往往在一种新的杂志上占着第一页的篇幅发表出来。

诗　人

在报纸上发现了一条探询我的住址的小通讯，这还是少有的一次。那三个具名的人我都没见过面，不过他的名字并不是生疏的。

当天傍晚，我决定先去访问他们：心里却忐忑着有些不安。因为不久以前我写了一篇关于当地的印象记，说不定要引起一部分人的误会，而惹到麻烦也未可知。

我到了他们那里：一个小小的院子里只有一并排的分了明暗的四间房子。三个人中只有两个住在这里，我来的时刻，他们却都在着。我们一见面便各自介绍着自己，并没有一点客套，所在立刻就无拘无束地像旧相识的一般了。

三个人之中有一位穿着长衫，惟有他和我对话的次数最多，一问一答，都是关于年龄、籍贯、做过什么事等等，不由地使我神经过敏起来地想：这里莫非是一个秘密的警讯所吗？

当他谈起那篇散文的时刻，我更加怀疑了；但是我却毫无犹豫地承认了说：

"是的，是我写的。也许最初的印象不大容易准确罢。"

"不。我和你同感；我觉得似乎还不够。"他说，还很轻快的笑了。

我的心，于是也轻松了下来，又开始谈了许多别的话题。他喜欢诗，可是在这方面我就哑无以应了。只望着他的小条案上陈列着一函一函的线装集子，和平装书，和几本稿册，和一本新旧约。我的眼睛望着他们，我的心里却好像要说，这些折磨了多少人，欺骗了多少人，而又花了多少人的心血的东西呀！

这一次的晤会，使我一次认识了三个纯洁可爱的青年人；他们有热情，有理想，还充沛着使理想能够尽量追求实现，使热情能够尽量拓展流布的力量。他们三个朋友是诗人，我相信着他们三个还能成为许多许多人的友人的。

此后，我时常去看他们，我知道了他们的几个笔名，还读到他们不少的得意的诗作；完整的有如全璧，纤巧的有如雕绣，激壮的有如号筋……

有一次去，那穿长衫的一位已经病了好几天了。他的母亲忧愁地坐在床边，那两个友人也垂着头很少说话。

他的病状是高热和腹痛。我疑虑着也许是那最讨厌而最需要调养的伤寒病症。

我试着建议应该把他送到医院里去。因为我看见他的周遭放着各式各样的食物，甚至于枕头边，铺盖上，都撒落一些栗子、花生、核桃糖、牛肉干之类的难于消化的东西，这对于一个病人，尤其是患伤寒症者，实在是太危险了！

"送你到医院里去住住好吧？我也跟着你去。"他的母亲问他，却又转向着我：

"医院里顶好哇！是不是？"

我马上点头。

"有没有桔子水，苏达水吃？"他忽然在床上睁大了眼睛问。

"有的，有的。医院里才有桔子水，苏达水吃。"

"啊！我要吃桔子水！……姆妈！我要吃苏达水！……姆妈！桔子水，苏达水多好吃呀！"

他陡然这样连声呼叫着，我们几个都面面相觑起来了。没有谁敢断定他是不是已经答应了可以送他进医院的意思。

——谵语是不是这个样子呢？我们心里好像沉坠着一块铅铁似的不敢问谁。

过了不久，他没有入院，病居然渐渐地好起来了。

我再去探望他，一见了他便想起那次他要吃桔子水的呼声。他现在还躺在床上休息着，脸已清癯了不少，但是微微的笑容却很好看（当然，他不会猜到我此刻心里在想见着什么事的）。他笑着，原是在笑他的母亲：她不知从那儿学会了一种似乎是军队里常唱的进行曲子，在房里边唱着多多多……咪咪咪……多索多索……咪咪咪，边踏着步子，边望着她的儿子——她还没有认识的一个青年的诗人。

他呢？不知道是否在笑着这么样的一个母亲：愚笨，傻气，而天真？

在我的脑子里忽然涌浮出一串的泡沫，好像开了一个啤酒瓶子似的，那泡沫追挤着泡沫，仿佛是在喽喽地小语着：

热病——桔子水——青年——诗人——热病——桔……

（原载《现代文艺》5卷5期，1942年8月25日，标题为编者所加）

闪击者及其他
——人间三相

闪击者

同事中很多人都很注意她，说她美丽；但是我却看不出她到底美丽在什么地方。

她自己说，她嗜好文学，会唱歌曲，还演过话剧。

她还年青，很多人也都夸赞她年青。

有一天，几个人在一道谈天，谈着谈着便谈到婚姻问题上去，说谁已订婚，谁将订婚，谁准备结婚，谁结了婚便要立刻离开这里……有一个人故意想揶揄她说：

"听说你也快要订婚了？可不要瞒人呀！"

"喊！谁说的？我从来还不曾想到过这件事！结婚到底是怎么一回事！"她辩驳着，脸都气红了。

每天，她平均可以收到两三封信，挂号的，快递的，或是航空的，从远地或近处寄来。每晚，她就分别的回答他们；给他们一点点轻微的希望，一点点不太甜的安慰，一点点不会过分的鼓励，或是一些些俏皮的谴责，一些些没有深意的戏谑。于是，她完成了她一天之内的主要的工作，同时又很坦白地把来函和去信都对着她的一个知己的友人去作一番介绍，甚至于要求着给她一个批判，一个比较，或是一个选择。

"说真话，我不会和他们之中任何的一个人订婚的！"她有时候真会说出了这样披肝沥胆的实话，表明她所往来的友人也只是友人，不会再超越友谊范围以外了。

但不知道在她眼前的这位知己友人心里，感觉着安慰还是失望。

住在乡间久了的人，不免感到生活的过于平静和单调；所以凡是有人从城里回来，她必定很羡慕着他或她，常常自言自语地说：

"城里多好玩呀！可以看电影。"

她所羡慕着的都市的文明，仿佛只有有电影可以看这点便包括尽致了。

有一天上午，她忽然悄悄地走了，听说在她走的以前，曾经接到过一个长途电话。但是谁也不晓得她究竟为了什么事情，有什么目的而走；就连她那位知己友人，也瞠目结舌，难于回答旁人的这样询问，说真的，他这一次确实不曾作到她的真正的"知己"这一步程度。

"说不定她进城看电影去了。"有人推测着。

"说不定她进城烫头发去了。她平时不提这个，其实她顶羡慕的就是这个。"有的人又如此揣测着。

"决不会的！"她的知己的友人这次忍不住地替她辩护起来了，"我敢赌我的脑袋！她果真烫了头回来，看她还怎样见人！"他坚决地下着这样的判语，脸都说得通红的了。

过了四五天之后，她回来了。

许多许多人堵塞着她的寝室的门口，络绎而来的人才到门边便说：

"让我也来看看×小姐的头发烫得怎么样。"

只见她一个人坐在床边，她的头上好像起了一堆乌云，一团黑烟。她的身上也换了一件新大衣，脚上还穿了一双新胶底鞋，这是最时髦的，机器做的，由航空运来的所谓香港纹皮鞋。我们乍看到她这一副新的打扮，几乎都不敢"认"她了。可是，在这时候谁也没有留心到那位和我们赌脑袋的同志在什么地方去了。

四五天之后，在报上发现了她和人订婚的广告。她说，这次的婚约，连她自己也没有想到会有如此之快。两个人完全不认识，就是那次的一个长途的电话邀了去，被一个热心的同学热心地撮合成功了。

又是一个星期之后，我们从报上找到她业于某月某日和某人结婚的一条启事，那时她已经离开这里搬进城内去了。

不久，在这里的那位知己友人接到她这样一封信：

"……我看他很好……这原来是一件正事，一个女人迟早总要结婚的；我现在安定了，我暂时不想出来工作了，请转达那些关心我的朋友们把我从过去中忘掉了罢。"

其实，我相信着大概不会有人把她完成这件"正事"当作一个笑话的；看她信中的口气，似乎多少有点辟谣的性质，倒未免弄得过于认真似的了。至于她的这位知己的友人，也并没有把他的脑袋输给谁，而对于她的这一番闪击也没有弄昏厥过去，虽属一种奇迹，但不能不称作一种不幸中的大幸了。

自然，我还这般想：一件新大衣，一双新胶底纹皮鞋，使一个女人完成了，并且很迅速的完成了她的"正事"，使她的一头三万六千根青丝都卷曲了都痉挛着不知所以起来，就不能不归功于那一位闪击者已经如期地完成了他的战略了。

陈　嫂

　　据说她姓陈的时期并不长久，最近又改过姓；至于她以前姓什么，换过几个姓，她自己到底姓什么，就没有人提起过，似乎也没有人对此发生过追究的兴趣。

　　为人沉静，做事也颇勤快，抽暇还给主人家的小姐做活计。

　　"看新姑娘！"人家取笑着她带的那位小姑娘穿了一双红花布鞋。

　　"屁——"她扭着头，娇嗔着，以最简单的语气斥责着逗她的人。

　　陈嫂领着这个小姑娘，取一种不闻不问也不帮腔的态度走开了。

　　有几天不见了陈嫂，有人问起这个小姑娘来：

　　"陈嫂不帮你们家啦？"

　　"她呀？"小姑娘望望那个问话的人，接着说："她睡在床上不好起来。人家说，一个月内不许她出门上别的人家去。"

　　"她为什么不回到她自己家里去呢？"

　　"她说她没有家，她的男人死了好两年了。"

　　这个小姑娘好像尽量保持着一种神秘的事情似的。可是问话人的心里早已有了数，他没有再对这个小姑娘解释什么了，这神秘性的事情其实已经被这个小女孩自己说明了，她并不知道，不过有一点她真的不全知道：男人死了好两年，怎么又会生出一个小孩呢？

　　过了两三个星期还不看见陈嫂的出现。

　　"陈嫂呢？她的娃娃呢？"

　　这个小姑娘的眼里闪出一道乌亮的光，好像很惊奇地要追究这个发问的人，"你怎么会知道了她有娃娃的呢？"她楞了一下，仿佛有点惋惜似的说：

　　"那个小娃娃才活了二十几天就死了。她说她不想帮我们了，她要当奶妈去，当奶妈一个月可以挣很多很多的钱。"

没到满月，陈嫂又带着主人家的小姑娘出现了。

她的模样并没有改，人还是那么沉静，身体也并不曾瘦下去一点。一个健康的，能劳作的女人，生个把孩子本是一件最普通的，家常便饭的事情吧？我想。

有一次，我拉过这个小姑娘悄悄地问：

"陈嫂到底还帮不帮你们家了？"

"你不要再叫她陈嫂了，她现在是刘嫂了。"

"刘嫂？"

"她星期天才和你们那个挑水的老刘结了婚。她以后姓刘了。"

这个小姑娘是异常的聪明伶俐，但是我确信她还不会了解这究竟是一种什么意义。

等陈嫂再走过的时候，我才注意到她的脚上已经换了一双新的鞋子，红花布的面子，和那个小姑娘脚上所穿的一双完全是同样的料子。

——也不是全无准备了的。我想。同时我注意她，她的模样还是和寻常一样的沉静；无论从什么地方看，她并没有缺少了什么，也没有添多了什么。

一些人们，为什么要想得那么多，考虑得那么周全，而所作的所得到的又是那么稀少，那么空虚呢？

陈嫂，刘嫂也罢，还有许多许多这样的女人，她们在生活里从生活里所得的那种饱满的充沛的生活的意味，谁能说不是天赋的智慧与幸福呢？

幸福生活的门墙上，恐怕是用不着花卉的点缀的，仅只砖石，仅只泥土，才是发散着自然的芬芳的吧？

奎宁小姐

不少的教会学校造就出很多不喜欢嫁人的女人，一批一批的从学校毕业出来了，过了二十岁，过了三十岁，青春的一段岁月都过去了，她们都可以当得起"坚贞"这两个字。不过时光是不容情的，时光在她们的脸上刻上一道一道的纹路，受着人们的尊敬，不然便是被人揶揄地称呼着一声：老处女。

男人们毕竟是男人们，他们不懂得女人们究竟打算嫁什么样子的一种男人；同样的说，女人们毕竟是女人们，她们不了解男人们究竟准备娶什么样子的一种女人。

当今是这么一个世界，Cupid还不及财神菩萨那么被人惦慕着，自然也就没有人再相信什么"天下有情人都成眷属，莫错过前生注定良缘。"的空话了。

平心而论，女人爱男人仿佛是一种冒险的行径，男人爱女人也往往非有孤注一掷的勇气不可。于是，男人们不是避鬼狐而远之，便是什么也不敢惹，女人们不是爱上帝爱猫狗去，便是什么也无所寄托了。

可悲的是那些连上帝和鬼也不爱的男人和女人们，他们生在世界上显然是一种多余，或是缺陷。

其实，据我所知道的，世界上并没有多余下一个男人，也没有缺少了一个女人。

今天我在报纸上看见一位小姐的婚约启事，我就证实了我的想法并没大错，而且禁不住欣喜着世上又添了一对配偶。

这位小姐我是知道的；至少我知道她是过一个上帝的女儿，她自己也常常介绍她是一个顶名贵的教会大学毕业生，她一直不结婚，除了宗教是她的信仰，灵学，神学，佛学是她的伴侣以外，她保持着她的坚贞；在她看来似乎世界上没有一个男人可嫁，不然就是世界上没有一个男人不把她当作一个老处女而被尊敬着。

她的一双眼睛，为了她在学校专攻数学的原故早已变成近视的了，但是她决不戴眼镜，她有时隐约地表示着，戴上眼镜，其作用只是显得年纪更为老大而已。

我也懂得一点外国人的习惯，表现着我的礼貌的地方，就是我决不在任何一个女人的面前谈到年龄的问题。这位小姐的年龄我自然也不能知道了。

她平时不大说话，说时必夹二三外国语。挺爱和人出谜语，不过她的谜语大多是从外国来的，而且全用着外国语讲出来，所以听的人不多，能猜中她的谜语的更少。

的确，她的谜很不容易猜。

现在，我想起了她，还如同我当时分着一部分的脑力去猜想她的谜似的。

以前，为什么总是看见她买了白布又买蓝布，买了许多许多衣料和布匹呢？

为什么已经是一个公司里的股东了，而还不是一个家庭的主妇呢？

为什么买了一大瓶奎宁丸，又买一大瓶奎宁丸，又买一大瓶奎宁丸，而她自己并没有终终年月发疟疾呢？

为什么她成天价用笔算，用算盘打，总也计不清她所要的数目字呢？

我终于不能了解她，或了解一位小姐，如同我不能了解物价的激增的指数一样。

看着上帝的慈悲，允许我祝福这位奎宁小姐罢！慈悲的上帝说过爱是没有罪的。爱罢！爱人，也爱她的奎宁。

（原载《现代文艺》6卷2期，1942年11月25日）

大师经典

缪崇群精品选

小说

酒
——献给亡母的

一

要不是因为野犬的狂吠，今夜的酒，或者还不能这样清醒过来。我醒了，又定了一会神，听着东邻的三弦子正丁丁冬冬的弹着。窗外是淡淡的月色，院子里静极了；我想那几张藤椅子已经被露水沾潮了。

这时大概有两点钟了，但墙阴处还飞着一两个夜游的萤火虫儿。

明明记得自己在洛英家里喝着酒：他们不是一杯一杯的灌我，我不是尽一杯一杯的痛饮么？他们说那是最好的陈酒，但到了我的嘴里就和白水一样了。

洛英还要和我比酒，他喝了顶多不过三杯，脸已经变得通红的了。他的确不行，他真不如我那样能喝……

席上的人都迫着洛英说留东的事故，可是洛英倒先推到我的身上来了？……

我痛饮着，我毫不拒绝地答应了。

席上的人没有不看我的，我知道他们都在惊叹我……

我记得我又说又唱又放声的哭，我还拿筷子敲一下盘子打一下碗，我听着这些声音越乱杂仿佛越有趣似的……

他们更注意我了，于是我更觉得满足得意。

记得闹得最热闹的时候，洛英的母亲忽然走过来对她儿子说：

"英，我可不许你再喝了！"可是，"吴先生，少喝一点罢。"却很和蔼地向我笑。

我觉得洛英的母亲不爱她的儿子而爱我……

洛英终于被他的母亲厉声厉气的警戒停止喝他的酒了，我受了和蔼的劝告，反倒更兴奋了起来。

但是我终于不明白，我怎么会又回到自己这间房子里来了？

对了，这三弦子弹得正好，我随了这声音，想起了我在东京时的一幕一幕的生活了。可是我不晓得我在席间和他们说的是不是和这个一样。

二

在东京住过两年，只迁移过一次住所，就是从小林馆迁到铃木方。铃木方不像小林馆那样乱杂，因为这里是贷间的性质。这里的房东是一位老太太，有一个将要出阁的女儿叫宫子。小小的一座楼，只住着我们三个人；我在楼上，她们在楼下。

楼上是对面的窗子，假使把它们一齐打开，凉爽的风从楼腰习习的吹过，真是再清畅没有了。一个人倚着窗子，看看四围的草坪；看看草坪对过的树林，树林梢头露出来的红炼瓦的屋脊……自己仿佛忘了自己在什么地方，而四围好像全都被自己占有了一样。

可惜学校的生活是使我早出晚归的，除了星期和假期之外，就很少享到我这个住居的清福。和房东们谈话的机会，也是同样的难得。但我们之间似乎已经很熟，虽然我是一个异籍的陌生人，在她们家里却仿佛也是一份子似的了。

每天晚间，我在楼上自修，差不多十一点钟以后才睡，而她们在楼下，每晚总是弹着她们的三味线，停止的时候，也恰好在我临睡之前。

三味线在日本是一种盛行的乐器，初听的时候非常刺耳，它不但不能给人愉快，倒添了人的烦恼。日子长了，对于这三味线的声音，便也有了耐性了，所以每到晚间，她们弹与不弹，我的耳膜已经不受刺激了。

春假放了，我们最欢喜的假期——一个月的闲暇终于给了我们，顿时觉得全身松快，比脱了冬天的沉重的大衣还松快。

假期里每天都是出去散步，和她们谈话或去看电影。记得有一次在附近一家新开幕的影戏院看电影，演的是一套日本片子叫"警钟"。

因为是日本剧，便也配的是日本音乐——三味线。

……幕上人马奔腾，群众厮杀的当儿，全场静极了，静得几乎听见每个观客的鼻息；可是这时的三味线却急切轮转地紧弹着，仿佛叫幕上的人马刀剑都要跳出来一样。一会儿幕上又换了场面了——一大片郁郁的松林，林下有一个武士和一个美人舞剑，配着凄冽的月色背景，这时候的三味线不知怎么又弹得那样悠扬，柔啭，还夹着一股凄凉的味道。

从那次以后，三味线就在我心里改了一个位置了。

后来她们弹三味线的时候，我常常凑到她们旁边去静听。

铃木老太太大概是一个熟手，她每次都给她的女儿许多指导，并且时时替她更正弹时的姿式和唱时的音调和拍节，但我一点也不懂。

有一天晚间我们谈到了关于三味线的事情。

"你爱音乐么？"是宫子先问我的。

"爱是爱的，可恨没有一点点天才。"

"那没有什么，只要常常练习。中国也有这种乐器么？乐器里除了'曼都琳'我就爱这个了。"

"中国有一种三弦子，但比这个长。弹起来似乎还比三味线劲老些，有些也极悠扬。它好像能够代表出一种沉毅爽直的民族性来。"

"是哩，三味线在日本，从很古很古就传下来了，弹得好的才好听。"她笑起来了，斜了颈子又说：

"吴先生可不要笑我啊！我是初学哩。"

"他笨得很，学了两三年还弹不好，我现在是不弹了。弹熟了的人，可以运用他的指尖，要悲壮的时候就非常悲壮，要缠绵悱恻的时候也可以非常如意。"铃木老太太的话，我想起了在电影里所听到的情景来了。

"吴先生，我已经老了，"她接着说，"这东西年轻的人弹弹还可以陶养性情，但是一上了年纪弹着弹着就会引起了许多伤心的事来。"

"音乐就是这样，有人说它是没有字的诗。"我加着说了这么一句。

她看了看她的女儿，又低着头说：

"当初我有两个弟弟，也都喜欢弹三味线，那时还没有生宫子哩。一个是死在日俄战争；一个是死在日清战争。他们的尸骨早就没有地方去寻了，可是他们的三味线却还挂在壁上。"

"妈，你怎么又想起了那些古事呀！"宫子惊讶地问。

"你弹你的罢。"

我没有作声，心里想着那挂在壁上的遗琴和那两个无名人的战骨。

"后来我的母亲就为他们想出病来，有一天竟把那挂在壁上的三味线丢到火里烧掉了，自己在一边还喃喃地祈祷着，让他们得着这个琴在那个世界里弹……战争是多么没有意思的事啊！"她抬起头来望一望我，"其实都是那些作官的，他们越想打仗，官就越做得大。现在的内阁殿下，不也是当初做军官的吗？"一种激愤的表情，在她的脸上浮泛着。

"到处都是带枪的厉害，他们耍威风，他们就故意地留起了八字胡子，好像八字胡子就是威风的商标一样。你看维廉的像，仁丹上的人头，不都是同出一辙么？听说日本女人习惯上都喜欢嫁军人的。"

"也不尽然哟！"宫子似乎又注意又不注意的笑着插了一句。

"像宫子她就讨厌军人，和她订婚的是一个电气会社的技师。"宫子的母亲这时也笑了，把刚才低压的空气才稍稍赶走了一点。

"我看残暴的假威风的军人，也实在不配要一个像你这样文雅多才的小姐。"宫子虽然在盯着我，可是我这样地说了。

"那么像吴先生这样好的人，将来要配一个什么女人呢？"她反过来问起我，琴也不弹了。

"我么？是一个独身主义者。"

"呀，笑死人了！我见过许多许多当初抱独身主义的，过后他们选择配偶倒比什么人还急迫。"

"我敢相信我将来不是那种人。"

她不睬我了，她依旧翻她的琴谱，哼，她的新学的腔调了。

"你也许毕业回国后再拣好的罢？中国的女人的确比我们的美丽，她们美得清秀，不像日本女人爱擦一脸怪粉。"

"也不能一概而论的，女人爱带盒子炮的到处都有。"

她们都笑了，又问我中国有没有留仁丹胡子的，我说大概也不少。

三

　　愉快的春假，不久就过去了。窗外的绿荫也渐渐的浓郁了。粉色的樱花早已谢了；池畔的杨柳也可以垂到人的肩背。不久的时候，郊外的田里已经有了麦堆，而蝉声也从树林里嘶叫起来了。

　　楼下三味线的声音，倒渐渐稀少了。虽然有许多美静的夜晚，她们也不拿它助兴了。我因为暑期的考试将到，也就不常下楼谈天。后来我知道她们每天都在灯下做着活计。一个人面前放着一把美丽的团扇，中间又放着一个点着蚊香的小香炉。旁边堆着一些要做的单衣服，夹衣服，锦垫子，绣带子……等等。

　　我猜中了她们忙的是什么了，于是更不愿意打扰她们的宝贵的光阴了。

　　有一次我从外边打过网球回来，推开门时，她们正在过路的地方缝着一条大花被褥。

　　"回来啦，不热么？"

　　"热是热的，不过打球时的痛快，就忘记了过后的热了。你们一天忙到晚，也不休息一刻儿么？"我一边脱鞋子一边说。

　　"对不起，你从这边走罢，"她们卷起了被的一角，留出一块席子让我走。"趁夏天日子长，预先把东西做齐，省得临时着忙。"

　　"快要恭喜小姐了罢，是明天还是后天？要不然是大后天罢？"我走进了里边的一道门，又停住了脚问。

　　"不，那里有这样快呢？你想我能够让她这样快的离开了我么？"老太太仰起头来看我，宫子却把头低下了偷笑着。

　　"那么是八月里罢？否则就是九月；反正出不了十月。"我说的时候，我的手一下一下地拍着球拍上的弦子。

"反正你到时就知道了。"宫子放下了针线，很郑重的说，"独身主义者是不该问人家这些俗事哩。"可是她依旧板不住面孔，到底扑嗤一声的笑了。

那天晚上吃过饭回来，看见宫子一个人坐在屋里，脸上好像闷闷不乐似的，并且蕴藏着一种神秘情绪。整天的劳动，现在仿佛才得着一会偷闲静思的时刻。

我轻轻的从她的门外经过，不敢扰动了她的冥想，她的神经不知怎么像受了摇撼似的，已经不能保持刚才的宁静了。

"不在楼下谈谈吗？"随手就递给我一个垫子。

"伯母呢？出去了吗？"我还是立在门口。

"进来坐啊。她要十一点钟才回来哩。一个人真觉得寂寞。其实母亲并不常出去，我不在她的跟前，我觉得比什么都寂寞。"她说话的时候，我也在垫子上坐好了。

"是的，常常寂寞的人还不觉得什么，只有欢聚惯了，一旦酒阑人静，寂寞的悲哀，就格外难堪了。"我的话是显然拿她和我作比喻的。

"弹三味线啊。"我看见挂着的三味线，忽然进了一个策。

"那里有心肠呢。"她的眼光一直溜到三味线上去，又很快的落到席上。

因为她说没有心肠，我也就没有什么话可说了。

她的脸正正对着我，啊，这么一个丰润的绯红的脸，仿佛时时在自然的颤动着。她摇着扇子，微微的把那种日本女人固有的气味搧到我的鼻孔里来了。我不好意思地也低了头。啊，可是她胸腰之间佩的一条花带，带上那些新奇的图案纹路，不知怎么更摇动我了。我的心，这时恐怕她怎么也不晓得我在想什么罢！我想着那条宽带子里面紧紧地包裹着两个正好握满着的丰腴的乳峰。乳峰的底下便是一个扑通扑通跳着的心果——未婚的女人的心果。那心里的核子，不知道是由多少神秘的纤维组成的。顺着看到她的腰肢，大腿，大腿的中间，一直到膝盖的曲线，都被她的长白的夏衣包得好好的。也可以说除了那些肉的曲线紧紧的让薄衣包裹着以外，中间再没有丝毫的空隙了。还有一对像白鸽似的脚，双双地伏在她的身子后边。

我这样的看，这样的想，大概总有好几次了。

"吴先生喜欢看小说罢？"我被她问得惊醒了，幸而没有听错了她所问的话语。

"以前最喜欢看，还学着写作过一点，现在已经完全丢弃了。"

"我也是最喜欢看，并且心里好像有许多许多材料要写出来，可是怎么也不知道从何处下笔。"

谈了许多人的作品和自己的嗜好，心里阴自感到这世界上无论什么地方的人，终归是有着人所共鸣共感的作用的。

贴和的谈话继续着，时间就觉得很快的过去了。看看时计，已经指到十点半了。

"听听明天的天气预报怎样。"说着她把那广播无线电的耳机套在头上。

"咦，你听，菊岛夫人的独唱还没有完哩。"又除耳机来给我套上了。

一个高朗带颤的女人喉咙在唱着：

…………………………………

孩子啊，睡罢，睡罢！你安祥地睡在这歌声的夜里；
孩子啊，睡罢，睡罢！你永远睡在母亲的温柔的怀抱里。
你的心儿，怎么这样的轻跳，轻跳着呢？
现在啊，你睡了，你也许奔向那仙境般的梦地：
你和天使儿舞蹈，你和天使儿游戏，
但是——孩子啊！你还是睡在温柔的母亲的怀抱里……

"是唱的《亲子》罢？"

"……………"我点着头，耳机里歌声歇了，不久，

"j-o-A-K-j-o-A-K-"停了一会又报告着天气：

"明日风向东北，温度高，朝鲜海峡和日本海的低气压向西南推近。J-o-A-K-……"耳机里再没有声音了。

"明天是好天气吗？"

"是的，温度恐怕还要增高哩。"我把耳机除下了。

门响了，她的母亲笑眯眯的捧着一个花包袱回来。时计已经十一点过五分了。

"请安息罢。"

四

光阴从来像蛇爬燕飞般地无声去了。它从来不曾赦免过垂死的老人；它也从来不曾住着步儿让青春的人们留恋一刻。暑假，又已经放了一个多星期了。自己的生活除了多打几次球，多到池畔去散几回步之外，一切都没有变更。同学们回家的回家，找爱人的找爱人去了。有钱的人们，更是享受不尽的逍遥的岁月，他们有的到海滨浴场去，有的到温泉所在的避暑山庄去。我自己，还是我原来的自己。

孤独的悲哀，从不曾占领过我的心地，那些安乐的浮华的幻景，在我眼前总是失了他们的颜色与外衣，我看见了的是他们的骨骼，是他们的灵魂，除了铜臭就是肮脏的发了酵的污血，腐了，生了蛆虫的烂肉……

房主人和她的女儿都到大阪去了。是举行婚礼去了。这一所楼的主人职务，暂时就由我兼代起来了。临睡时候关紧了大门，再看看有没有遗落的星火。早晨起来，也拿一把长柄的帚子扫一扫自己的房屋和楼梯

和过道。工作完了就拾起早晨送在门缝里的报纸，躺在过路看个完全。

自己出去有事，或者到池畔和郊外散步的时候，照例是把大门锁好了的。我的手一摸到口袋里有一把小小钥匙，我心里就有一种说不出来的愉快，虽然知道武藏野上有一所楼房是要我负责的，但我心里反觉得异常的清爽而洒脱。

"吴先生近来更寂寞了罢。"有一天我起得很早，在井沿处洗盥的时候，邻居的主妇问。

"不，还和从前一样。"

"吴先生怎么不回国呢？一年就是这么一个长的假期。"

"回去也没有什么意思的。"

"令尊令堂不想么？"

"不……"我挤干了一把手巾"我是一个没有母亲的人。"

"是吗？吴先生原来没有了母亲啊！年纪还轻呢。你看铃木宫子，二十多岁还被疼得像个孩子似的。这么远的路程又是热天，她母亲还要到大阪送亲去呢。"

"母亲对于儿女，或者儿女对于母亲，再也没有听说过是计较着什么利害的了，他们只晓得一味的相爱；她还要为他们负着痛苦，爱到死，还要为他们祝福，为他们祈祷，还迷信着另一个世界里得着再聚。"混迷在我眼帘里的泪水，也就被我很自然的用手巾拭去了。

"是哩，你的话一点也不曾错说。"

"没有事情到这边来坐坐，我们这里还有Radio。"

"谢谢你，我们也有，还是一个嗽叭的放声机哩。这两天因为大孩子不舒服，就没有开，省得哇拉哇拉的吵他们。"

洗盥过后，又从厨房的旁门走上楼去。觉得楼上比往常更冷清了似的，我的心，也仿佛生了一个一个的刺。

又过了两个多星期，房主人一个人回来了。她说怕我心急，在开学之前赶回来了。她比走的时候瘦了许多，上了年纪的人，对于旅途上的辛苦是不该再吃了。

告诉她上月的电灯一共点了七个半字，保险公司的行员来过一次。还有一封是宫子的信。

过了两天学校便开课了。我的生活，重新交给钟声和书本支配去了。

从学校回来的时候，房主常常不在家里，不是看见她在邻居家里出来，就是预先把钥匙交给我，直到晚间才回来。

一到晚间，她照例是念一遍晚经的，一个人默默地跪在一个佛像前面喃喃地念着阿弥陀佛。过了这个时候，我们这所楼就和郊外的森林一样沉寂。楼下不再有三味线的声音了，却常常送过一阵一阵的暗香，很沉醇的暗香，这大约是从那佛像前面香炉里传出来的。晚间的自修时刻虽然比以前清静多了，可是反觉得不甚自然似的。我读书也不愿意读出声来，仿佛生怕这可怕的沉寂扰破了更觉无味了。

邻居的檐头挂的一个小风铃儿，不时地冲破了沉寂，钉铛钉铛的响着，这时深深感动了我，几乎叫我的周身痉挛！并且我想想它会同时感动了那楼下默坐着的老人罢？一个年老的人，到了这样的境遇，也委实和冬天到了向晚一样：不一刻夕阳便会落山的，不一刻黑幕便会罩满了四围的，不一刻朔风会狂吼了起来，会把枯叶吹尽，枯枝折尽的。

现在是十月初的天气了，可是夏天的余威还没有消杀。加上自己思虑过度，神经衰弱，以致每天夜里都失眠了。睡到很晚，有时也自动的把身体弄得非常疲倦，但是睡下去还是眼巴巴的望到天明。鸡鸣的时候，我感不到一点愉快，反唤醒了更疲惫了。当那东方的曙光刚刚从窗隙里透进的时候，我就喜欢得如同走出了一条长长的隧道了。不等太阳出来，我挟着几本书便去郊外呼吸那种还带湿润的空气了。

"吴先生近来瘦了，眼睛也陷下去了。"

"我倒不觉得。"

"大概是夜里睡不着罢？我近来也是的，整夜睡不着。"

"是吗？睡不着真是最伤人的，思虑过度的人都容易得这种症候。不过睡的时候越想压制了思虑，而思虑反更涌胜，越想镇定自己，可是自己越急躁了。"

"唉，睡不着真是没有法子，漫漫的长夜，自己在黑暗里才觉得黑暗的可怕。黑黝黝的夜，仿佛是黑黝黝的一群魔鬼在伴着自己。夜虽然非常安静，可是耳内总是有许多呜呜的响声。唉，也许因为我是老了的缘故罢？"她一壁说着一壁摇头，她没有注意我这个曾红了眼圈的少年人在同情着她。我这个同老年人一样受了不可恢复的创痕的少年！唉，永远的一块缺陷，是运命么？是运命么？

闷闷地上了楼，照着镜子，果然发现了面上带了一种菜青的颜色，眼睛仿佛也比以前狞恶了。

拿起了报纸细细看了一遍，有几个药房的广告，登着卖安眠药的，说半小时就可见效了。有一种叫"阿达林"，是东京最有名的制药社的出品。我于是立刻跑到药房里去了。是十二粒的药丸就要八十钱，啊，好贵重的安眠的代价！那个店员和我包药的时候，我就东望西望，两边玻璃橱里和柜台上满满陈列着各式各样的药瓶子。还有几张画得很好的广告画挂在墙上，有一张是横滨酿酒场的。上面画着一个笑迷迷的中年妇人，举着一个满盛着玫瑰色葡萄酒的高脚杯子，旁边写着：

美酒才是养人的，祝你满饮此杯，康健！宁神！安眠！

我想这安眠药是不可以胡乱的给那个老年人吃的，就买两瓶红葡萄酒送给她罢。这酒是赤玉的商标，看着就讨人喜欢。回来的时候，她正念晚经，我到楼上看过那张"阿达林"安眠药的说明书才提着两瓶酒下去。她正带着一副花镜看信。

"吴先生，宫子来信了她说度了蜜月，在十月底可以来东京哩！她说这次要把三味线带到大阪去。"

"那么你可喜欢了罢？不过今天晚间恐怕又乐得睡不着了！"

"…………"她只是笑，两片唇，许久拼不起来。

"这一点没有意思的东西送给你，请收下罢。"我从背后把两瓶酒拿了出来。

"什么啊？是酒么？"她除下眼镜来问。

"是的，两瓶葡萄酒，睡前喝一盅安一安神，就可以睡着了。"

"真是多谢你了！你自己不会留一瓶喝么？"

"不，我有咳嗽病，不喝酒，我已经另外买了安眠药。"

"好，年轻的人对于烟酒是该戒的，宫子在家的时候我就不让她喝酒，我心疼她身子弱。"

"当父母的都是这样哟！"我因为急欲试验安眠药的效力，就没和她长谈了。

五

"Tadayima！（日本人回家时的一种话）"

"Tadayima！"

大门被推开之后，听见这种声音，一个女的，一个男的。

我知道宫子回来了，那个男人当然是新婿了。

黄昏的时候我正想出去吃饭，楼梯忽然响了，铃木老太太送上了一碗红豆饭来。

"吴先生吃点点心罢。你怎么不到楼下坐坐呢？"

"正想下去哩，我有点不好意思见生人。"

"那没有什么的……"她又放轻了声音："你可不要告诉宫子说我有病哟！"

"……………"我点点头。她在我旁边明明还喘息着。

她近来是时常说心跳头痛的，整天的躺着不起来，那个无线电的耳机，一刻儿也不离的套在她的头上，成了她唯一的伴侣了。宫子今天回来了，也许喜欢得把自己的病忘了罢？但为什么又嘱咐我不要讲起呢？其实，她不嘱咐我，我也不会讲起的，这是一层暗色的云，虽然一时可以遮过去了，但将来的暴雨呢？……

我终于鼓着勇气下楼去了，我对她们说了几句我已经预备好了的话。

啊，宫子，在我眼前的宫子，现在好像是一朵牡丹已经盛开了。她身上所有的那种日本人固有的气味，像是浓了好几倍还不止。啊，她怎么也是擦了一脸怪粉而不自觉啊！我又暗自想起了那一天的晚上。

她如今不再寂寞了罢？

她那花腰带里面藏着的一个心果，心果里的核子，所有的神秘的兴奋的纤维，怕早已变成了诱惑色的表皮了罢？变成了熟的果浆了罢？

到饭馆里把许多冷面条子装进肚里，同时还装了许多无聊的念头。我又无言地回来了。经过她们房门的时候，看见她们母女和新婿三个人正在吃饭，饭桌上摆满了茶碟和茶碗，啊！在那个男子的面前还放着一瓶葡萄酒——一瓶赤玉牌的葡萄酒！

我心里忽地涌上了一股疾忿，一股悲哀！

——自然啊，爱她的女儿，就更爱她的女婿。

——自然啊，自己爱吃，自己还要省下来给所爱的人吃。

——自己有病，自己又要助人喜悦！

——唉，不过是一瓶酒，也许还不满一瓶的酒，它已经深深浸到了我的心扉了！我的心，这时好像一只久已搁浅了的破舟，忽然被泪浪一波一波摧摇起来了！

——啊！人伦的爱和陌生者的爱，毕竟是这样的不同！这样地隔着泰山北海！

我的心灵哟！我这像破舟似的心灵哟！人伦的爱，已经和沉在西方的太阳一样了。从此，在这黑暗的波流里，任着暴风和疾雨去摧残罢！破舟里装满了黑水之后，自己一定就会深沦下去了！

楼下三味线的声音，夜夜又传进耳朵里来了。我听了厌烦极了。但有时也被那种颤音吸引出我的泪来。我想这时一定是那个老年人弹的。

这位不速之客停了很多日子才离开这里。

第二年的开春，我的咳嗽病又剧发了，我知道是怎么发的。

朋友们探病来的，都现着一副愁容。

"老吴，问过医生，说你要好生静养哩。"

"是的，我想回去才好。"

"医生说照你现在的热度，在路上恐怕有危险的。"

虽然我温度极高的当儿，我何曾忘了那悠远荒凉的北京，何曾忘了那北京城里寄着我母亲还未安葬的棺柩呢？

"医生说，像你这样的体质，怎么也不该喝酒了。你为什么一点也不珍爱自己呢？"

我没有话可以回答我的朋友，我更有什么勇气说我要说的话呢？

侥幸过了四五个星期，病渐渐脱离了危险的时期了。

记得是五月里的一个下午，我倚在铃木方的门口：

"再见了，我希望你能到大阪和小姐同住去。"

"想是想去的，不知能不能去哩。吴先生再见了！到家之后，来一封信哟！"

"也请你代我致意罢——"我还没有说完，邻居的主妇已经走出来了。

"吴先生走么？不再回来了吗？"

"是的，我不想回来了。"

"再见了！"

……………………

从那天就离开东京了，以后东京的一切，还时常在杯光里映着，在母亲遗像前面的一枝香烟里飘渺着，在邻人传过来的琴音中回转着……

今夜也是，随了那丁冬丁冬的三弦子，不觉中就把过往的史页一张一张的翻了一回。可是胸口不知怎么越发紧张了，像沸了的水，一阵一阵向上涌腾起来……

我呕吐了，我不知呕吐的是什么。呕吐之后，我就不再晓得我自己了，只觉得骨肉麻倦，心神茫然。一口短短的气，在不满两寸长的喉管里上下着……

真好像坐了一只破舟，渐渐向黑的冰凉湿重的水里沉没一样！

（选自《归客与鸟》）

归客与鸟

八个到埃及去做花边生意的商人,他们经过地中海,红海,印度洋,南海……远道归来了。"再看见海岛便是山东境了!"有的惊喜般地嚷着;现在已经渐渐走到远隔多年的故乡,个个都是眉飞色舞了。

他们说,红海里是怎样的炎热,印度洋的风浪是怎样的七昼夜不息,现在这祖国的海,好像一块平镜,没有风也没有浪,就是船驶过去的时候,也推不起什么波澜。

八个雄壮的商人中,只有一个是比较年青的,但估计他的年龄,至少也有三十五岁了,他不像同伴们那样欢喜,他常常沉默着,只顾看他买来的鸟儿。经久了时间与世事的刻磨,在他脸上深深留着许多阴沟似的绉纹。他没有一点表情,因为他的表情都深深埋在那些阴沟里面了。他的嘴唇也时时张开;牙齿也时时微露,你揣度着他是笑,但也许正是他所表现的憎恨与狞恶。

越过落机山脉的铁路修成了,在那里不知穿了多少山洞,架了多少桥梁。铁路的沿线,滴着华工的血与汗。一九一八年的欧战终止了,在伦敦，在巴黎，在华盛顿……欢呼和平的声音，冲到云霄；纪念碑前堆满了花环；凯旋的将士门里，盈满了歌功颂德的嘉宾……但成千成万的华工呢，死的还许尸骨曝在战场上；生的被人家放逐了，流离颠沛地在四方。

埃及人替白种人在种他们的咖啡，香料。印度人替白种人在种他们的棉，麻和大米。犹太人被白种人虐待，轻蔑，几千年来就没有国籍。不时还能奔呼，而华人，他们有数不清的同胞，为人家修桥，造路，建楼，洗衣……

他是一个曾到西方作过苦工的人，几年前他也是被排斥地回来了……侥幸没有埋在山洞里，侥幸也没有死在战地。他的家乡是山东——连年天灾兵燹的山东，他赤手空拳的回来，只有鞭着牛儿替人家耕一耕田地。一九二三年的深秋，有几个当初的伙伴，又来约他到那苦热的埃及去做生意。然而心灰意懒的他，却没有一点主意。他有一个妻，曾流着眼泪劝他：

"就去罢，做生意比做苦工好多了。那又没有什么困难，公司里批给你们花边，你们带了去零整卖给人家，生意做得好的时候，你们可以早点回来……"

开始整理行装了，然而除了几件旧衣服之外，也没有什么东西可以带走。

"天气已经渐渐凉起，不久就要换棉衣了。东西虽然旧了一点，还是都带了去罢。这次又不是近路。"

"听说那里四季都是苦夏，冬天也用不着穿衣服的。"

他已经早睡了，妻还一个人坐在旁边。她又轻轻启开了丈夫的箱子，把他不愿意带走的皮裤，棉帽又都偷偷地放在箱底了。

第二天的清晨，他毕竟随着那七个伙伴离开故乡，远去异地了。

他们到埃及的时候，大约已经是祖国隆冬了；但尼罗河黄黄的水，还悠悠地流着，河畔的椰子树、棕树，还是碧绿的，它们好像是热带的天然的凉棚。

他们的货物，不满五年就卖空了。他们又带着充实的箱子包裹回来了。那些上边，贴了许多异样文字的纸条与开罗车站的行李号牌。

"这次买卖做得真远啊，想必都发财了。"

"唉，那里有财可发，人倒吃了不少的辛苦。"

"几时再去呢？"

"大约要等秋后了；这次也许到西贡去。"

"听说埃及那里有金字塔。"

"是的，在尼罗河西岸，有三座金字塔，一座大的，两座小的。附近还有狮身人面像，大极了，没有鼻子。"

"怎么，没有鼻子？"

"当初英国人伐埃及人，他们躲在人面像背后，被英国人炮轰掉了。"

"开罗有不少的英国人吗？"

"自然，埃及在英国势力范围之下，那里有的是富绅和太太们。我们这些手工花边，就是卖给他们的。"

"那里热极了罢？"

"沙漠是什么样子啊？"

"……………………"

船上的旅客，大概都是闷闷地无聊，又加好奇心的趋使，他们都围着这些从埃及回来的商人攀谈，又争着传观他们从那里带回来的风景画片。

八个商人中年青的那一个——同伴们叫他七弟——总是沉默着不讲什么话，不时就拿些东西饲鸟儿。

"我们倒没有什么经验，比不上我们的七弟，早年他就去过欧洲和美洲；在开罗这五年，他去过一次海洋洲的澳大利亚，又去过一次圣地耶路撒冷。"同伴们特意把他介绍出来了。

"哦！"大家的视线都移在他一个人身上了，想由他的述说，满足更多一点的听闻。

他沉默着和平常一样，还是玩着他的鸟儿。

"你到过澳大利亚？"

"是的。"

"耶路撒冷也去过？"

"是的。"

旁人不休地问他，想引起他的自述，可是他永远是这样简单地回答人家。

"耶酥的墓就在那里么？"

"是的，没有什么，一个石穴。"

他似乎怕人追问，他把圣地的情形，仅只说了一句。人家见他这样拘谨，便不好意思再问什么了。

他们看见他的鸟了，他们有的说那是小喜鹊，有的说是黑鸽子。有一位养过鸟儿的绅士说，那是八哥。

沉默的商人，看了他一眼，似乎表示他讲对了。

"你的八哥买了好久了？"绅士问他。

"新买的。"

"新买的？那么不会讲话罢？"

"教些时便会了罢？"

"要经过相当的时间哩。假如买错了雌的，教死她也不会的。"

"真的？我还以为是八哥都会讲话呢。"他仿佛现了一种失望的神情。因为鸟，他请教了人家许多事；因为他爱鸟，他不辞琐碎地请教了人家许多事。经那位绅士的识别，只有一只是雄的。

"你回去之后，最好把雄的一只和雌的分开。鸟和人一样，孤独的时候，便想鸣叫了。每天拿一块粗布去揉他的舌尖，日子久了，自然可以揉去一层薄膜，于是舌的构造便和人相同了。也有用香火烧秃他舌尖的，不过那太残忍了；有时会把鸟儿伤害。"

"经过这些手续之后便会讲话了么！"

"不呢，还要有一个口授的时期。俗语都说，人为财死，鸟为食亡，引诱鸟儿，自然要用许多好的饲料。等他孤独得不堪，饥饿得难忍的时候，他会在笼里叫不住声，趁这时节，你放一面镜子在他面前，你自己悄悄藏在镜的背后。他看见了镜子里的影子，以为另一个同伴了，长久孤独的过后，忽然见了伴侣，鸟虽不是人，但他感觉着新颖，这是我们可以想见得到的。这时你在镜后，尽可慢慢教他说话。譬如你说：'客来了，客来了。'他以为是对面的鸟声，他便随着学他。他学会了一点的时候，你可以拿好的食料喂他。学会了一句，再继续教他旁的。"

绅士的话，确是很动听的。沉默的商人，好像被他催眠了，张着嘴，眼睛望得笔直的。同时有许多人，他们已经忘了什么埃及，什么金字塔，什么耶路撒冷了……

上午十一点，船到威海了，上来了许多灰色制服的兵士，旅馆接客的人，还有许多卖零食的小贩。船上顿时乱哄哄地起来了，起重机的声音和人声混成一团，几乎使人头痛。然而这些远道的归客，他们对于这些声音并不感觉什么讨厌。在他们的耳膜里，听着好像亲蔼并且愉快。静静合拢眼睛去瞑想的时候，仿佛自己已经在本村热闹的新年庙会里了，又仿佛自己已经混在人群里看草台戏一样。

"烧饼，油条。"

"大虾米，大甜梨……"

卖零食的小贩，满舱满船地喊叫着。

当初卖两个铜子的烧饼，现在卖到六个铜子了——还是粗的，没有猫脸大。他们并不觉得五个寒夏是过去了，祖国里，争城夺地，杀人放火；良淑的女人被虏了去作阔人的婢妾，壮年的男子被迫地去战争，去当贼匪；良田都种了毒人的鸦片，多少村庄都断了炊烟……唉，他们不会知道，他们只惊讶这烧饼贵了一倍还不止。

船停了三小时又起锚了。左边的一列船栏，就都被这些商人靠满。他们望着愈走愈近的乡土，心里却感着一种压迫，好像一分钟急似一分钟。

在芝罘，他们都下船了，他们手里有提小提箱的，有拿手杖的，只有他，提着一个心爱的鸟笼。

五年没有坐过的两轮敞车，他们又坐上了。道旁初绿的柳条，在暖风中轻轻摆摇着，田陇，小道，井栏……渐渐在眼前展开了，又渐渐退在背后了。忠实的马，默默地向前走着，终于把他们送到自己的村庄，自己的门口。

……………………………………

"叫爸爸，去，给他亲一亲；不怕。"妻推着她的孩儿，那是他去埃及后留给她的。

"啊，好胖！好胖！香……"

"胡……胡……"孩子要哭又哭不出来，撅着他的小嘴。

他们别了五年才重见了，又同声笑了出来。他们中间，立着五年前没有的一个小生命。

"叫什么啊？"

"长青。"

"妈，我要，我要那个黑鸟！"

"那是爸爸的宝贝，谁要就打。"他装着严厉的样子。五岁的小孩，刚才被爸爸闻了一次，胡子刺得怪痛的。现在又说要打，他骇哭了。其实，爸爸可怕在那里，他一点也不知道。也许太黑得可怕？

"长青，来，不哭，爸不敢打，长青是妈的宝贝。"

涨满眼泪的孩儿，望一望他，又望一望"他"的鸟。

时间好像无声的流水。田里的麦子已经渐渐长起；带回去的鸟儿，都会说几句简单的话了。最初只教他说两个字，"起来，起来。"后来又教他，"回来了，回来了。"现在教他"猫来了，猫来了。"也会了。

中年的人们，仿佛都是走到桥的顶头了。下去罢，那是坡路，它使你走得更快些，走到坟墓。

有些人们，他们看见逼近眼前的坟垅，掉头再去回顾的时候，青春早已悄悄地藏在雾翳似的后方了。有些人们，把有色的眼镜已经不自禁地戴上，想去遮迷视线，然而在迷朦中前进罢，世界更是黄昏的。有些人们，尽去让眩人的名利兴奋了，有的也尽去让酒精，让女人麻醉着……

那些也许都是智慧的，聪明的人们，也许都是自寻苦恼的呆子。

他并不感到人生的神秘与痛苦与悲哀，他只觉得疲倦了，疲倦得不能再动弹。在他记忆中的往年往日，永远是劳动，永远是新汗浸着旧汗……

用生之力换来的金钱，又为生消耗去了。从埃及带回来的钱，也好像落叶浮在流水上，慢慢地将要流去。还有仅余的几个钱，他想去放在姑母的店里，一则可以有点出息，二则也可以去访一访亲戚。姑母的店在省城。

他离家的那天早晨，檐头的鸟，还和寻常那样叫着，自然比昨天，比前天，比初学的时候叫得更自然了。

"起来，回来了，回来了。"鸟的叫声。

"还没有走就回来了么？真说得笑人。"他留给妻的，是一个畅快的满足的笑容，他走了。

麦子已经黄熟，谷雨都过去十天了。他从省城来过两封平安家信，一封说姑母留他，一封说他不久就要回来。

从他走后，她又患起一种头昏作呕的病了。几年前好像有过一次。她给医生看，医生说她大约是喜。这样，使她羞红了脸，不敢问什么药便回去了。

——又有了？不会这样的快罢？她心里狐疑着，也只有她自己给自己解释。

檐头的鸟，还只会说着丈夫在家时教他的几句话，她并没有心肠再教他新的。"喜"，似乎给她一种相反的苦。春尽夏初，又是一年中白日最悠长的节期，她心里焦灼地念着丈夫。

起初同伴人来找他们七弟的时候，她总对他们说不久就要回来了。但麦子刈过之后，他们的七弟还没有回来。再去找他，开门的又是他的妻子。

"不知怎样，说回来还不回来。"她说完了无精打采地低了头。和她对面的人，可以听见她的心在轻轻地跳着。

……………………

在省城里，多少老幼男女，他们期望着父母妻子兄弟……他们期望着欢聚，期望着明日。但是明日，一切都被炮火掩埋了。他们的血肉，无辜地迸流，无辜地横飞了。他们的残骸，成千成百地烧去，成千成百地埋在一个坑穴里。他们不会知道了，他们的明日，就是那一九二八年的五月三日！

秋深的时候，那些到远道去做生意的商人又离开家乡了——不知到西贡还是仍去埃及？他们蜂拥地坐在一个大车上，络络地跟着他们的父母，妻子，儿女……虽则这是一幕含泪的别剧，但她看着也非常嫉妒。

一阵轻，一阵重的苦雨，打着屋外的干地与草垛；有时候淅沥淅沥地，有时候杀——杀——地。她想到自己不归的男人，心上的肉，就完全痉挛了。有时，在朦胧的倦睡过后，还是半夜的时候，清凉的月光，正像一块白布披在她的床头。四壁的虫声，叫不醒熟睡的孩儿，却扰她直到天明。

时间好像无声的流水，夹衣上身不久，又要换穿棉衣了。

是树枝已经凋零的时候，是万物都已蛰伏的时候，是河塘上已经铺了一层薄冰的时候，在她的小屋里，一个小小的生命又呱呱地堕地了——不只他，谁都是带了哭声来的哟！

遗腹子——唉，可怜又是一个为人劳动来的男儿！

在她临产的几天，她顾及不到檐头的鸟儿了。能下床的时候，檐头已经剩下一个空的笼子。邻居的一只黄猫，呼呼地伏在墙头上打盹，仿佛梦着他再得一度的美食。

"妈，我要鸟，那个黑鸟？"

"还要呢，飞了！"

"不，我要那个黑鸟。"孩子不依地闹着。

"长青，你又闹，爸回来打！"

"…………"长青涨着眼泪望着空笼。

"长青，不闹，妈才爱你，不然妈就爱小弟弟了。"

还没有名子的乳儿，母亲想起名字给他了："小黑。"

每天除了小黑的哭声之外，一切都和死一般的沉寂。

北风渐渐把隆冬吹给人间了。

没有雪

——一九三三年北国风景线

靠近沙漠的地方，刮起风来连天都是黄的。

骆驼驮着煤块，从门头沟来。一个驮好几百斤，两个就可以驮一吨多。用不着什么载重汽车，反正运到城里就变成了烟灰和碴子。

骆驼是成行成列的，在每个行列后头，总是跟着一个小的；颈上挂着一个用洋烟罐子做的铃铛。听见了丁冬丁冬的声音，就知道骆驼要过完了。

冬天，没有雪，春天过了也看不见什么青草。踏不到沙漠，踏到的是比香炉里还深的灰尘。

那些住在保卫界里的外国人，他们看厌了皇宫，看厌了前门大街和 Morrison Street 上的古董，有时就跑上我们的城头，带着矮加发或珂达的照相机，把镜头对准了一行一行的骆驼或散在街上的乱七八糟黄面皮的人一按，这城圈里的所谓风景便被他们摄取到了。

当地人不懂得什么叫保卫界，就知道那有枪眼炮垒的地方是"东交民巷"。

东交民巷里不但有青草,而且比什么地方的都绿。树也是特别的,一棵一棵全刷上了白灰,显着那么整齐而洁净。

粟色短毛的洋狗,身上闪着库缎一般的光亮。这光亮也就是他们主人的体面。他们的营养好,每天按规矩吃几磅牛肉和饼干。主人在大洋楼里办公,他们便在外边蹓跶或逛逛,生活是非常安闲的。

天气好的时候,叫他们眼睛有些发眯。在草地上或树根底下,尽可以去嗅一些异性的气息,这些都没有人管,只要他们乐意。

岗位上站的是中国人,穿着黄色的大清朝代的短筒靴子,手里拿着一根短短的警棍。他也很清闲,看看草地,看看树木,看看洋狗,看得出神的时候,就有些呆头呆脑的样子。

——明儿格开饷,他想,阴历是五月初了,快过节了。

他把头低了一会,不久又转了一下,像是触动了什么心思。

轻轻地吹着口哨。

——三宝这个小娘们又该跟我上劲儿了。

——叫她烧好烟泡在炕上头……

…………

正金银行的大钟才两点一刻。街心的汽车格外的冷清;倒是草坪上多了几条带着金项圈的狗。

离下班还有一点多钟,心里开始觉到闷得很。

数六国饭店的窗子窟窿眼,从大门往南,十六个;往北,也是十六个。再数几层:一层,两层,三层……

大英的旗子在杆顶上乱翻,望别处的,老花旗,太阳旗,法国旗……也都是在空中拍拉拍拉地发响。

——又刮这旱风!

中国人戴上了那副绒边的墨色风镜,向地上唾了一口干吐沫。

其实，这里都是柏油马路，上面没有一点灰尘，那轧士林的湿斑，倒是不大会干的样子，滴滴点点地像殷血洒在了街心。

随着皮鞋的声音，看见三五个东洋兵从北边的街头跑过来，他们穿着兽皮一样厚的黄呢制服，帽子上有那么一道红箍，怕的是残杀的太多，血已经没过了他们的头顶的一种标志吧。

黄面皮的保姆，带着洋娃娃在草坪上玩，跟着他们一阵喊：弯！突！刺利！（one! two! three!）

瓜瓜——瓜——瓜瓜——瓜——

从岗位前面又跑过两三个东洋兵。

瓜瓜——瓜——瓜瓜——瓜——

五六个。

瓜瓜——瓜——瓜瓜——瓜——

又是三四个。

半点钟之内差不多过去了两排人，都是徒手穿着大皮鞋——皮鞋的重量加起来恐怕有好几十斤还不止。

东交民巷里再过多少兵都是和平的。兵越多越威风。那是他们自己的侨民的保卫；筑成了在我们城市里的一条"万里长城"。

四点钟的时候岗位换班了，继续站岗的还是一个穿黄色大清朝代短靴的中国人。

下班的人不愿意出前门绕道子，于是笔直地向南走，不远地就出了水关——这是外国人早已替我们开好了的一座门，听说事前也没有考虑过什么风水问题的。

穿着一身别致的老虎皮，从水关出来想一直通过车站，那是没人敢管的。

今天车站上可热闹：车里头挤着各式各样的人，站台上也是挤着各式各样的人。黑压压的里面还放着六块铺板钉成的棺材，没有人躺的帆布床，一捆一捆的火枪，一扎一扎的山西人做的手溜弹……在对面的列车上，插着红十字旗子，红卐字旗子，里头横七竖八地卧满了受着重伤不能动弹的兵士……

越是靠近机关车的地方越是乱哄哄的，其实机关车头还没有来，来了恐怕也要被这乱哄哄的声音压了下去听不见。可是越往后走就越清静，这清静的度数是可以跟着车辆数的：二等——三等——头等——头等餐车——头等卧车……万国特等卧车……

这一次万国的特等卧车里却装了一个"国际英雄"的骨灰盒子。一边放着两个花圈，把这辆本来就富丽堂皇的车子衬得更有生气更好看了。

刚才从保卫界里出来的那些东洋兵，全都在这里集合起来了。他们顺着列车排了两行，像两张"天牌"接在一起似的。

一个有两撇极浓的仁丹式胡子的军官，看着很匆忙而且严肃，一会儿走上车，一会走下来，离开车时间不远的当儿，他又以最规则的步法跑向水关那边去了。因为他的跑步足声，使我们这个乱哄哄的车站里镇静了许多，并且自然而然地给他开了一条道。从这刹那的镇静中，才可以看见了我们的路警，站长——戴三道八道金箍帽的——都悄悄地像鬼似的躲在人群的当中。有一个穿礼服呢千层底鞋的军官，居然在他正点纸烟的时候也转一下头。他心里在想什么？在前线上，我们终归有见面的日子！

预告开车的铃铛响了，那个带仁丹胡子的军官才急匆匆地跑回来。他手里托着一个三脚铜香炉和几根线香，步法跑得还是和去时那么一样整齐。只是他的胡子太重了，跑起来一上一下地扇着，仿佛真的倒像了假的，未免失掉一些尊严而带着滑稽的味道了。

"窝喽窝喽！"

不懂得他是喊的什么，那两排短腿兵就随着这口令立正了。

车开始蠕动了。

不久，又是一声：

"窝喽窝喽！窝里喽！"

这次的声音似乎又复杂了一些，可是更不知道是什么意思了。只见那两排短腿兵由两张"天牌"式的行列而变成了四张"长三"式的行列了。他们遥遥地向着那渐去渐远的列车行着敬礼。就在我们的列车上为他们载着"马革裹尸的战士"——我们的列车上载着屠杀我们自己父老兄弟的刽子手。

车站顿时冷清了许多，没有走的只是那些走不了的伤兵，他们连呻吟都不呻吟地躺在那里。还有的就是被遗留下来的那薄板的棺材，里面装着我们的无声无臭的战士的尸骨。

车站外面倒真是热闹死了，几万件行李差不多要堆到街心，谁知道它们是向那里运呢？

北京城也是这几天才热闹起来的，两三个月以前绝不曾这样过，那时或许因为故宫的宝物还没有走；镇压一个地方是需要宝物的。那时，将军也没有走，将军府的传信摩托脚踏车天天在大街小巷里跑着，车旁还有一个栲兜子，大都是空着不坐人，（也许尽装着机要的公文）嘟嘟——嘟嘟——地马力开得非常快，像疾风暴雨，撞死了人不偿命，因为是传信的摩托脚踏车，将军府的。

冷清的城围里只听见将军府里的摩托车嘟嘟嘟——嘟嘟嘟——

将军府的里里外外，也照样有相当的冷清，将军的夫人不大在府里，不是忙着去慰劳伤兵，就是席不容暖地去筹募航空救国的捐款。

将军府门外的传信车，并不在将军府门外嘟嘟嘟，一辆，两辆，三辆，排得非常严肃，二道门外是停着普通的汽车，一二五八，二七六零，九一四——……有参议的，有局长的，有哲学博士的……

将军府的客厅里镇日地缭绕着雪茄的青青色的烟纹，在烟纹里坐满了如雨说客和谋士。从绣墩到沙发，从沙发到绣墩，慢慢地踱着，慢慢地想着家国大事……

壁间有字，是赵孟頫的真迹；壁间有画，是唐伯虎的亲笔。几上有瓶；案头有瓮；都是真的，没有一样是可以从琉璃厂的古玩铺里买得到的……

在将军府的客厅里常常引人想到古来的话：

"呜呼！多难兴邦，殷忧启圣。"

…………

有那么一夜，一夜直到天亮，将军府里的脚踏摩托车在九城里不止地响着，一会儿嘟嘟地过去了，一会儿嘟嘟地回来了，又不止一辆，像是一齐动员了。

嘟嘟嘟嘟嘟嘟嘟嘟嘟

溜溜响到天亮，夜仿佛是沸腾了而且烂熟了。

第二天早晨，街上像洗了一趟似的冷清。没有汽车，马车，人力车，排子车，水车……没有人；连骆驼也没有了。

报纸到下午才送来。

"前方吃紧，热河不守。"

这消息是不意地传来了。

将军统率的几十万大兵，像潮水般的退了下来，万里长城也挡不住他们，可是他们却想把住几个残缺的城垛和所谓天险的关口来阻挡敌人。

有数的几辆军用汽车，还不够搬运那些逃将们的家私，一趟，两趟……像飞也似地奔驰。在军用的载重汽车上，载着大皮箱，保险柜；

载着姨太太们的细软，金银首饰，珠宝玉器……近的东交民巷，远的天津租界，都被这些贵重东西涨满了。

前线上虽然有几十万将军统率的大兵，可是都成了惊弓之鸟，没有一点连络，交通的命脉已完全停断了。前线是空虚的，前线只有几十万的肉制的子弹。

于是，城里的汽车，马车，人力车，排子车，水车，牛车……连人和骆驼，在一夜的功夫都被征发光了，让他们载上大饼，干馒头，炮弹，枪弹……一齐向前线进发。这长长的一条由平民由马车水车和骆驼组成的辎重队，从高空上向下鸟瞰，也许和那北方的万里长城渐渐凑成了一个"丁"字的形势罢。那丁字上边的一笔，是千百年前用人民的脂膏和尸骨垒了起来的，如今，丁字下边一笔，又是驱使着万千的生灵去堆积了。侵略的强暴者在什么时候绝迹或永也不绝迹的事我们是不大知道，但这条姑无论用什么东西垒砌了的万里长城，却永久成了我们这个民族历史里的一页悲壮慷慨的记录。它也许有一日会被那侵略的强暴者从这越来越萎靡的弱小者手里夺了过去，但那城上的一砖一石，曾经沾染了浸透了我们祖先们的血汗和精灵的，他的光荣将永远地在这个世界上闪烁着。

平民和骆驼的辎重队，出发了的第一日看到土房和枯树，第二日看到倒坏了的房屋和烧焦了的树木，第三日看到了死了的骡马和人尸，在路上，铺着冬天遗留到现在还没有融化的白皑皑的冰雪，并且还掺着仿佛才流出来不久的人的殷红的血——已经是冻成一片一片的了……

蜿蜒的长城就在目前了，在那边，白天是罩着漆黑黑的烟，夜晚是升腾着鲜血般的火焰。

敌人的飞机，像山鸟似的一群一群的盘旋在天边，一会儿高，一会儿低，一会儿近，一会儿远，那声音是极度震耳的，随着机声，就落下无数的黑点，黑点到了地上，一个个都是二百多磅重的炸弹。轰动的声音，爆裂的声音，旷野上成了他的播音场，山谷里作成一个很准确的回声机。

衣服片，石头片，肉片……立刻迸飞起来，又化成了无数无数的小黑点。这黑点的来，那黑点的去。所谓战之正义与敬礼，不过就是在这凄惨的空间留着一瞬的幻景罢了。

无数无数的小黑点仍旧返回到地上来，于是在地上便开着人们用脑浆用血液涂红了涂白了的花。

平民和骆驼组成的辎重队，不久就被那些成群的"山鸟"惊散了。到处跑，到处踏着了冰雪。踏着了人血。馒头，大饼，炮弹和枪弹都沿途地摈弃了。壕沟里面的战士，仍旧是空空地托着枪，渴了去捧一把血染了的雪：饿了去啃一块已经冻成了冰块的干粮。

我们的战士冻馁在雪里，在血里。期待着什么呢？上官的命令：只许防守不许进攻，那么等罢，成群的山鸟又来"下蛋"了，他们就饱餐了这些东西，死在雪里，死在血里。

几十万大兵活活地做着敌机的牺牲；无数的百姓成了灾黎。山林，池沼，城廓……不久的期间都全盘地易色了！

我们在梦里翘盼着的中国飞机，有一天黎明果然在空中轧轧地飞起了。全城的人们都鼓舞而欢悦了，但只是不久的功夫又复沉寂下去。

将军已经乘着他的自备飞机出亡了。

从那个时期过后，除了保卫界里是格外的繁荣之外，其余的地方差不多都罩住了死一般的沉寂。沉寂了一个多月，现在可是又到处繁荣了，繁荣的程度几乎是无法统计的……

保卫界里的中国岗警刚才走出车站来，着实惊异地看见了那么多的人，那么多的车辆和那么多的行李。

——过端阳了，他想。

——开饷了,他想。

——三宝啊,他想。

他一边走着一边想着,又想起了又应该理一理发,和烫一烫澡了。顺路他便走进了东升平园。

澡堂子里冷冷清清没有几个人,他心里有些纳闷。脱了衣服,拖着鞋,一屁股便在理发处的大镜子前面坐下了。三个理发匠都没有活作,在那里交头接耳地像是谈着什么机密的事情。看见他来了,于是同声地招呼起来:

"七爷来啦,你忙罢?"

"还好,你们好?"

"好!"一个头梳得顶光,牙齿顶黄的理发匠已经拿起了理发的剪子,迟疑了一会,把嘴对着七爷的耳朵低声说:

"今儿格东便门齐化门都关城啦。"

七爷没有说什么,在镜子里和理发匠会了一下眼。

"通州的车站已经轰平了,京外的人都逃上来了。今儿格早晨那么大风,你瞧见那一群飞机了没有?"

"没打交民巷过。"

理发匠心里也有些羡慕交民巷的安全了,想不起再说什么了。看着七爷满头的黑头发,剪着剪着就剪光了。

七爷抓了抓青头皮,很觉得清爽适意。披上大毛巾就走下池子里去了。

三个理发匠又聚在一起交头接耳了。牙齿顶黄的那一个这回没有得到什么交民巷的消息,想起了"二毛子",就谈了不少当年义和团杀洋人和八国联军进北京城的故事。

不久对面座位上来了几个老乡,他们的话就终止了。其实老乡们并不干涉他们,老乡们心里有比他们耳目中得来的更准确更实在的消息。

"往上开么？"

"昨天夜里统退下来了。"

"不打了？"

"拿什么打呀，人死成海了！"

…………

看见这几个死里逃生的兵士，想到了我们北国的山山河河的血泪。

七爷在池子里痛痛快快地睡了一大觉，醒来的时候，电灯都已经接火了。随便唱了几段二簧，为的是抖一抖他的神。他不知道外边的天地是怎么样了，正如同他不知道他刚才睡了有多久和刚才的头发怎么一下就剪光了一样。

伙计告诉他，今天晚上特别戒严，八点钟以后街上就不许人走了。

他出了东升平园，不曾费什么踌躇地便决定了：就去三宝那里歇一夜。

三宝的衣襟上挂着两朵玉兰花，香喷喷的攒鼻子。

"今儿格还跑来干嘛？"

"不干马，干驴。小崽子。"

"干驴干马的不在交民巷里发洋财？"

"七爷不缺德，六国饭店里的楼梯，茅厕，都改成房间了，一天三四十块。………"

"那么飞机来了在交民巷站站也是好的了。"

"站他妈！七爷站够了！"说着解了他的皮带，脱下那只黄筒短靴子。"喂，来几口，过过瘾。枪呢？"

…………

七爷晕眩眩地看见了在炕沿上翘起来的两条腿，心里想到什么事，嗨嗨嗨地笑了。

"杀头刀的！"三宝难为情的只好骂人。

"你看，像不像高射炮？打飞机的？"

三宝又不好意思地笑了。七爷于是告诉她北京城门楼子上都装了好些高射炮，飞机来了就打……

"别骗人了，今儿早晨来了十几架也没听说打下半架来。"

三宝倒有些忧心国事，七爷却早已呼呼地入睡了。

第二天七爷依旧去站岗，在前门大街吃了一盘粽子，许多人围着贴报纸的木牌看报，他也探了一下头。

"停战协定——时局直转急下。"是顶大个的字，排在第一版，头一个题目。

在另一版的头一段，同时刊载着将军的最近的消息：

将军将在罗马小住，连日往古代废墟凭吊，并拟赴凡尔塞无名英雄之墓献花圈云云。

…………

骆驼的队伍是早已回来了，摄影的人们常常嫌光线不好；说冬天没有雪，气候干燥，有一点点风，城里便刮满了沙尘。

他们依旧摄取这古城里的所谓风景，可是，他们永也不会照到骆驼足掌上所印的那些血痕。

（原载《申报·自由谈》1934年3月2～3日、5～9日）

桥畔之家

"不想别来两年的都城，竟变得这样繁荣而喧嚣了！然而，当初在这里，现在还在这里的小河，依稀同畴昔一样，像一条伏在幽黯的地方的泪腺，她不曾氾滥，也没有枯竭；只是静静地流着，静静地流着。往日的一切，纵使都在她的面上映过，但也都随着往日的流水俱逝了，水是永远的不多也不少，然而在这大都会里的人们啊，真是像海了！唉！茫茫的人之海……"

他在日记册上写了这么几行之后，便再也无心继续下去了。他丢开了手里的笔，呆呆地向窗外凝望，窗外什么也没有，只是一片泼墨似的矮树和低房，悄悄地蹲在月荫之下。月光是惨白地照着朝南的一面房屋，仿佛把这个都会里的一个角落的角落分作两个领域了：一个薄明的，一个幽黯的。

沉寂的里面永远偷度着的是光阴，一刹那，又一刹那，再一刹那……无非都是过去的了，当月光浸到窗上，又渐渐浸到他的头上，在浸到和他眼缘相齐那的一刹那，似乎使他的心灵震烁了。

——什么！我又回到世上来了么！？偏偏还回到这个以往的梦的境地里来了么！？

他看到月亮，这好像是一件奇迹；月亮对于他；正是新颖而难得的，他从木凳上立了起来，凭窗再向外面眺望了，刚才那些黑黝黝的矮树和低房，现在都仿佛化做大小的幽灵在蠢动起来了。窗下的这条小河，也仿佛充满了生气而在苏醒：每一片鳞波都带着小小的灵魂之光而闪烁了，那不啻是千万只的眼睛在向他眯映着。

他静静地伫立着而凝望，他的意识是一阵迷矇一阵清醒，他有时竟自言自语地说：

"青春才是骗人白昼做梦的两个鬼字！"

现在，梦是没有了——至少白昼的梦是不会再做了。所谓青春，只剩留着骨骸，白皑皑地隐埋在渺渺记忆的原野上……

月西沉的时候，他已经睡去了，在他的枕旁放着一封信，也安祥地躺着。由那信封和信笺上的折记，便可以证明是经过相当的时日的一封信了，他今夜又不知从什么地方找了出来，把它放得这样靠近，仿佛要它陪伴着，让它悄悄听着自己的气息似的。

这信，便是在这个茫茫人海中的一个女人写给他的，那时他还住在这个城里靠近这条小河不远的一个僻静的巷子里。那女人的家，就在这条小河的西头，一座石桥的底下。

她是爱他的，虽然她已经有了丈夫。他是知道她的爱他而不敢接受爱的一个怯懦的人。他那时真是太无理了。他不但不把爱分一点给她，而且有时把她的爱也加以摧残了。他似乎感到过胜利，但过后又痛恨自己残酷与卑鄙！爱，是没有罪过的，一个有罪的人还能因了他能爱而得着宽恕与饶赦，何况一个无辜而清白人的爱呢？

他的忏悔一天深似一天；心的责罚，永远得不着饶恕，摧残了一个人的爱，往往把自己的心也整个摧残了，在他的心里，恐怕直到如今还镂着这条不灭的烙痕。

第二天早晨,他从静寂中醒来了,望望周围,才清清楚楚地知道自己是在旅舍里。他把枕边的那封信又放在眼前了,当初这封信到他的手里的时候,几乎每个字都使他感到甜蜜,现在却是每个字都使他痛苦了。

他似乎不愿重读了,但仿佛轻轻地已经背诵了下去。

××:

你不久就要走了么?我真不愿意它成为事实。我现在病着——是那天去看你的病后回来着的凉,不然早去看你了。我的病是不碍的,我会自己照拂自己,望你不要惦记。你好了么?你好了请无论如何到我这里来一趟罢!我相信你会乐意来的,你从来还没有到我这里来过呢。

他走了,请你放心地来罢!你看,我为了你感觉到生命是全部地活跃起来了!我的心,是在不曾有过地那样激动着,我现在有着一个比任何人都热烈都勇敢的心……我要把它交给我所爱的人……

你可千万不要悄悄地便离开这里啊!那太使我难过了,我连想也不敢想的!

我期待着你……

信到这里便完结了,可是把他带进另一个远远的境地里去了。

那正是深春的季候;嫩绿的叶子,已经不疏不密地掩遮了南窗,暖静的阳光,舒匀地从叶的间罅中穿过,仿佛变成了几十百个鸽蛋似的东西在案头上转动着。日子是渐渐地悠长起来了。朋友们都到远处或近处踏青去,只有他无力地病在自己的床上,他对于时光只是感觉着寂寞与恼怅。没有一个探他病的人,可是有一天,有一个他所没有意料到的女人来了。

"×先生……"

一个穿着青色衣服的人立在他的门口，他惺忪着眼睛望了几次，才认清是她。

"是你啊，琴。"

"你当是谁呢？"

"我以为送信的人来了。"

"尽盼谁的信？信都把你盼成病了。"

"不是的，因为我这里平常没有什么人来。"

话这样说，好像给她难为情了。不过他这时已经从床上坐了起来，她感到生人的诚意，也就在旁边的椅上坐下。

"你不要起来，我今天是顺便来看看你的，给你买了一点水果。"说着，她一个一个从纸袋里把它们取了出来，并且拣出了一个最大的橙子。

"你怎么知道我不舒服的？"

"我给你的学校打了几次电话，说你有两个星期没有去了，上午在街上遇见你们的房主人，才知道你病了。"

"我的病其实也无所谓的。"

"可是你消瘦多了。"说着，她便走到床边，用一只手很坦然地按在他的额上，这使他感到一种不安，两颊似乎更灼热起来了。他默默地承受这种突如其来的赐与：一只温温的柔软的手，还有在手指上的一个指环所感触到的一种金属物的微微的凉意。停了一息，他被放松了，他忙着把自己的胸扣扣起，又把棉被从下拖到齐着颈子的地方来，生怕让她看见了什么去，她于是不好意思地低着头，眼睛看着她那个指环上去了——一个极细的，镶着一粒很小珠子的指环，但有着夺目的光辉与魔力。

四围都很静寂，对面屋顶上的家雀，从这个瓦楞跳到那个瓦楞；是一对，一个追逐着一个，但结果统统飞了。

"我要去了。"她说。

这显然是一句得不着下场的话，他不能够允许她就去的，但又说不出什么话来能够阻止她的不去。

——握住她罢。他想了这么一个笨的方法，于是他便把她握住了，是那一只戴着指环的手。

"你讨厌我……"她说，好像还要继续说"我要去了。"那一句话似的。

"不，我一点也不讨厌你……"他回答，但心里怯懦地想，如果她问我是不是爱她，真心的爱她，那我就没有胆量答覆她了。

女人们惯于说反话，男子们善于说话不着边际，这也许都是事实的；然而当他们从青春的幻梦里醒觉之后，恐怕同样要感到以往的这种无谓的戏谑罢？

现在，一个饥饿似的女人，就坐在他的床边，他可以去握她的另一只手，去握她的肩背，握她的任何的地方；他可以挽着她的颈子吻她；他可以用死力拥抱着她，去抑制她的呼吸，去蹂躏她的身体，他知道她不会拒绝，并且还是在欲望着；他知道他这样做了以后，她便不会怏怏地走去，而是快乐地满足地奔跑了。但是他心里斗争了几次，他决定不能这样去做的，他承认他决不是一个偷窃人家妻子的男人。他有爱，他的爱已经烙上了无数女人们火印，早已是一个不值拿出来的旧货了！何况，这旧货也是一半被抵押着，一半还在向着另一个"理想的"顾主兜售呢？

他们在一种浓的，已经感到压迫的空气中呆了一会。

"我要吃橙子。"他终于开口了。

"真要吃？"

"要吃，口渴得很。"

她把刚才拣出的那最大的一个剥给他吃了，他心里感到一种沁甜，清快的滋味，这是不能说的，也许这就是所谓幸福罢。

"琴，你来。"

他又把她的手握住了，轻轻地在她手背上吻了一下。她更靠近了他，但他把她推开了。

"你去罢，衣服穿得少，天要黑了。"

"……………"

她没有说什么，默默地走了。蛙在阁阁地鸣着，怕池塘上已经映着星光了。

那天晚上，在他的日记上记着：

"……病似乎渐渐痊愈了，但今年的春天又算白白过去了。今天她没有信来，我心里盼望得几乎狂了。我不知怎么会这样慕恋着她，她是我的整个的思想，整个的世界了！她，不也就是女人中的一个女人么？我不是曾经诅咒过一切的女人么？而我却从没有诅咒过她，她是我的理想，我的偶像！"

下午，琴来看我的病了，我有些惊异，并且，我更惊异的是一个女人竟这样地追逐一个男子！我感到一种痛苦，同时我也仿佛尝了一点点的所谓幸福。我不愿意拿一个男子的心去揣测女人，但如果我是这样一个女人的时候，我将感觉得如何地失望与可怜啊！男子们的心，才真正是欺骗的，自私的，叵测的，唉！我恐怕永远是一个得不着饶恕的人！我一点也不光明，我一点也不磊落，我简直是一个爱的蠢虫！

没有人能够告诉我，爱一个自己所爱的人呢？还是爱一个爱着自己的人呢？不，不，还就是爱一个自己所不得不爱的人呢？……

"……………"

过去的一团氛围气，在他脑中不散地回绕着，可是重复再问：爱一个自己所爱的人呢？还是爱一个爱着自己的人呢？不，还就是爱一个自己所不得不爱的人呢？……他频频地摇首了，什么！这不过都是青春的幻梦!

他从床上猛地跳起,他恨不得纵身跃到窗外的河中,这平凡人的躯壳!这梦醒后的呆子!想玩弄爱的怯懦者,反成了一个不赦的囚徒了:身上已经烙着一块,两块,三块,无数块的女人的火印了!

时间是晌午了,他来到这里已经整整的一个昼夜。旅馆里这时正噪杂着,来的旅客和去的旅客交织在门外的过道上,轰轰的声音,响着都市的匆忙的节奏。茶房这时叩着他的门。

"进来。"

"先生今天不走吗?上水的船三点钟靠码头。"

"想再歇一天,不知明天还有船不?"

"那说不定了。先开饭罢。"

该决定要走的他,听见壁钟敲过两下还没有什么动静。心里极度地零乱而踌躇着,为了找一点使他不走——其实并没谁在逼他走,的机会,他于是又郑重其事地跑到帐房里去询问上水船是不是准时可以靠岸了。

"上水船是三点钟么?"

"是的——但也说不定。"

这样两可的回答,他平时听了会生气的,但现在好像得着什么可以延留的机会了。

"先生今天还赶着走吗?不出去逛逛?城南有京戏听,城北新开的澡堂子……"

他听了帐房先生这番的挽留,反得不着要领地走开了。走到前楼的一条长长的临街的走廊上,那儿可以瞭望到这个都市的大半了。

那平坦的素洁的大路,好像要伸到地平线的尽头,高耸建筑物的端梢,几乎黑压压地遮遍了青空,到处是动着的烟柱,飞着的煤屑,喧扰的人声和轧轧轮响……这近代的都市，恐怕就是一座大的马达。他毫无休止地转着，动着……无数的人们，像烟，像海，漫漫地罩掩了大地。

——今天不走了，我一定要在这人海里寻找她去，如果寻着了她，这座大马达就是转动得更厉害些，街道上即或照不见太阳，那也是有意义的了！

他回到他自己住的那间房里，关好了窗子——新秋的风，正吹拂了他的满面，仿佛带来了什么消息——怀着那封旧信，迳自走出旅馆了。

旅馆的这条街，还同以前相仿佛，当他望见那烧饼店前的那个暗绿色的邮筒时，他真好像就要发现了他往日走那里经过时的足迹了，心不住地在跳，想着她们的家如果没有迁移，那么不久就可会见她了。

经过邮筒的前面，他忽然又想得愤懑了，当初不是每天投一封充满了热情字句的书翰到那里面去么？理想啊，偶像啊，我的世界啊……而如今不早已又变成了人家的理想，人家的偶像了么？从前经过这里不知多少次数，而从来也没有想到琴那里去过一回，有时想在这条路上和琴邂逅，为的是丢送几次开心的眼色；有时候逢着琴还闷闷地说，"我天天过你们家的附近，怎么一次也遇不见你？"等她真地也闷闷地说，"我也时常到那边买东西，怎么偏不凑巧呢？"他便满足地微笑了。矜持着一个空虚的理想的爱，践踏着一个真实的目前的爱，这便是他的罪状了！

他思索着已往的事迹，几乎把他此刻追求的勇气都打消了，步伐越走越慢，等他走到那条河边时，实际的不良的问题都袭进脑中来了！

——我有什么资格去找她呢？

——一个女人不是属于她丈夫的么？

——那么一个威严的丈夫！……

——不，就是那么一个不威严的丈夫，涵忍的，温和的丈夫时……

同时，他又想起两年前和她离别以前的那些无稽的传说了，人家说，琴的丈夫待她很好的，是一个营副……她有了四个月的孕了……她没有娘家……其实这些琴都对他说过，说丈夫对她以前是好的，丈夫是当营副的，她还和他在战场上奔驰过几回呢；娘早已去世了，她是一个不幸的无援无依的孤女……只有怀孕没同他说过，但，为什么一个女子怀孕也非要对人说不可呢？她真是无辜啊，上帝知道！……

现在，使他没有勇气前进的，便是把这些事迹又重新当真了，眼看着沿河走到西头了，眼看着石桥拱在河上了，眼看着石桥底下那一座小门楼了……

他终于没有勇气走过那座桥，只是惆怅地立在桥坡的这边了。不知经过多少时，也不知怯怯地向那座小小的门楼偷望了多少次数。对岸淘米浣衣的人，把水波声送过许多的环圈，渐远渐大，如同Radio播音似的，但播送不来琴的一点消息。这边也同样有人动水成圈地播送到那边，到了她家的石墙基下面，剩一些细小纤纹便消散了。

一个人立在桥下，一个人或许就在那边桥下的家里。他们虽然是这样地靠近，然而他们又是这样地难见了。

他把怀中的那封旧信掏了出来，一片一片地撕碎，又一片一片地投向水中了，他又阴自地对自己说：

——我不是又在作着白昼的梦吗？

那一片一片的信低，总是在水上荡来荡去的，他好像发觉自己作了一桩肉麻的儿戏般的事情，他急忙转身向旅舍去的原路走了。

在旅馆里怏怏地度了一个下午，那死灰般的心，在暗处仿佛又一度一度萌着复燃的青光。

晚饭的时候，茶房又进来了。

"先生今天不走了？"

"不走了，明天看。"

"开饭吗？"

"不想吃什么，你代我去打听一个人看，有功夫么？"

"有的。"

"你去问问，"他一边说着，一边开写地址，

——××街，××桥四号，第三进。

"一位姓秦的还住不住这里，就去就回来。"

约莫过了一两刻钟的光景，茶房拿着一个字条回来了。

"先生，有姓秦的，是一位妇人家，叫把这个纸条带给你。"

他听了心里非常欣喜，但又很惭厎：这就是自己的诚心，自己的勇气了吗？——为什么要借助于他人的力量才找到了她呢？……

——一切，都等到她的面前求恕饶罢。

黯黯的灯光，孩子的哭声。

"哭罢！哭死我最好了！"

他的眼睛围着屋子看，这是一个生疏的地方，可是觉得自己好像已经得其所以了。

孩子的哭声恼着人，他想要说什么，他觉得他声音不会大得过哭声，只好怅怅地缄默着，羞怯的如同一个新妇。

"你看孩子简直把我缠死了！"

"他父亲呢？"

"你问呀！"她苦笑了，"他没有父亲！狠心地丢了我，连他自己的孩子也不要了。"

"做父亲的总是没有做母亲的爱孩子。"

"我可不愿意做这样的母亲。男人们的心真是狠啊！男人们可以不要女人，女人们怎么能没有男人呢？"她抱着孩子在屋里踱来踱去，慢慢地孩子便不哭了。

"哦，好孩子，你懂吗？是不是？看你……"她刚才的话，都好像是说给孩子听的了，本来他无从开口，此刻他借着孩子的机会说，

"让我抱一抱。几岁了？"

"去年春天生的。"

"和我自己的一个孩子同生呢。也属羊！"

他接过孩子来，孩子又哭了，

"孩子都是不要父亲的吗？如果母亲又不要孩子呢？"

"不生顶好。"她呆笑了。

"生了也不要么？"

"你的太太就不要你的孩子么？"

"她连我也不要，她要的是另外的男人。……"

"不要再哄我了，女人们没有那样狠心的。"

"琴，你不信就算了，除了你，女人们心狠的也不少，以前我太对不起你了，什么都欺瞒了你，我没有告诉过你我有妻，那一个我不得不爱的人；也没有告诉过你我那时还恋着另外的一个女人，她是我心爱的，我几乎为她把我的一切都牺牲了。我为了要得多量的收入，为了她，离开这里一直跑到南洋去，但去了便接不着她的消息了。我回到自己的家里，我想从此厮守了下去，从此爱那个我所不得不爱的人，但是她有什么理由要长远爱我呢！她悄悄地恋着别个男人，我一点也不知道，直到她已经潜走了我还不敢相信。惟其是这样，我更痛苦了，她把我的整个的心都摧残了！也许这是她的报复罢，但对于一个已经负了重伤，已经失却抵抗与准备的逃亡者而让他忍受这样的最后的裁判，未免太残酷了！她丢下了一个生下不久的小女孩，这是一个不复有母亲的小孩了。"

"她是不该那样的。"

"现在，我的一切都完了，我知道这是我应有的惩罚。我没有什么怨恨，也没有什么冀求了，人生，本来是，一点点爱，一些些儿梦，便

完了。今晚你允许我见着你，我连一丝的饮恨也没有了。"

"你自己的孩子呢——现在？"

"在医院里。"

"病着么？"

"没有，留在医院里，让他们当一个病的孩子养去罢。"

"……"她没有言语，望着她自己的孩子。

"明天，我便要去了，×市说有一个小事没有人。"

"明天就走了？！"

"是的，本来今天就想走了。"

……………………

午夜的时分，月光皑皑地铺满了大地，小河像一条泪腺，滢滢地闪着微亮。

"你真地去了？"

"………………"

"你不要想那女人了，你应当记着你的孩子！像我，又怎么办呢？真地，你还是依照你刚才说的，把你的孩子也让我带罢。孩子不是无辜的吗？"

"那你不是作了两个孩子的母亲了么？"

"一个母亲，两个孩子，就是再生了——"她的头低下去了。

"等我回来看，我要预先替孩子谢谢她的母亲了。"

"你还回来么？"

"回来，这家——"

"唉，等你回来的时候，这条河的水，也许不知流去多少了。"

"………………………"

两个黑影，分在桥的两边了，渐渐地渐渐地模糊下去了。

（选自《归客与鸟》）

静 物

现在又是一岁末梢的时候了，风是凉的，雪是凉的，同样都是无情的。悄悄挂在案头的一幅"静物"，颜色已经晦褪了。我望见了它，不觉就联想起许多往事。

平素我爱油画，后来知道有一种粉笔画，简单便宜的画具，画成了也和油画有一样的色彩。我到东京后的第一年，就买了一盒二十四色Pastle和几张底纸想从事练习。最初只凭了自己的心意，涂一笔黄的；涂一笔绿的，画了几张都不成样子，就愤愤地都丢在字纸篓里去了。

没有受过指导的尝试，大半都要失败的；不过我对于作画的兴趣，并不因为失败而减却一点，时时鼓励着自己要继续努力。放在眼前的那些美丽的色笔，平细的画纸，又时时刻刻引诱我和他们亲近。

我有时躺在席子上冥想着：假如四壁挂着的尽是自己的作品，并且一幅一幅都镶在镜框里，从玻璃透出来的颜色，又是怎样地鲜明而精采啊！继续着冥想罢，我的屋子好像已经成了一个美术展览间了！但是睁开眼睛去望四壁的时候，四壁还是空空的，只有一个月份牌，一把丁字尺，和一个古董般的学校制帽，无声地挂在书架的犄角上。我的屋子，真是太单调了。

书籍，纸片，铅笔盒子……满满的堆了一桌子，天天起来也懒得去整理，下课之后，又忙着去预备明日的课程了，那盒粉笔，有一个很长的期间被我摒弃在桌布底下。

窗外的景色，时时都在变化，我的屋子，却依旧地寂寞，空洞着，仿佛还是昨日的午后，春风暖暖的拂着人面，红云般的樱花，已经谢落，离枝的花瓣，成千成万地在空中飘舞着，有时竟也三片两片地吹进窗来，憔悴地躺在席上……仿佛是昨日，可是一夜过来，深绿的树丛，嘶哑的蝉声，已经在窗外布好了盛夏之幕了！

真使我惊讶了：市上苹果已经红了；葡萄已经紫了；香蕉也已经金黄。我每逢走过水果店的门首，我就放轻了步儿偷偷看着它们。多美丽啊，在眼中映着天然的颜色，鲜红的，绛紫的，金黄的；同时又唆使着我的味觉：甜的，酸甜的，香嫩的。

有一次，我终于敌不过色的诱惑和味的冲动了。我终于在我学校归途上的一家整洁的水果店里，买了两个苹果，四个香蕉，一和簇累累的葡萄。

——啊，这是机会，最好的机会，正好拿他们写生了！想到这里，自己兴奋极了，足步也越发走快起来。

——葡萄似乎买多了一点，回去可以先吃些，香蕉呢，也只要两个作画就够了——纸包里的水果香气，一阵一阵沁透了鼻孔，口腔也随着不自然起来。

回家一直便跑上楼来了，第一把书包掷在一边，第二就来打开水果的纸包。葡萄香蕉都尝了，只有苹果舍不得动他，因为画一个苹果太难看了，一张画的布局，也就要被破坏了。

——啊，太倦了。天气也太炎闷了，还是休息一刻再画罢——自己默默地想着。可是案上的水果，他们的色与味，还是不止地在诱惑我。没有吃的时候，想着吃着时候的美快；吃过了之后罢，又想再吃一回了。

——再吃一点？其实……其实葡萄只要三五个点缀，葡萄画多了难看……

——好，这一枝留着画，这一枝留着解渴……

——还是就动手罢，明天的德文和心理学都要临时试验呢。画的时间，不得超过一个钟头……

自己和自己捣了半天的鬼。

三种水果布置妥当了之后，我开始写生了。

把胸襟里所蕴藏的抽象的情感，快活的或忧郁的寄在纸上，成了一行一行的字迹，确是一件愉快不过的事。同样，把目前的自然，鲜明的或晦暗的描在纸上，成了一幅一幅的缩景，也是可以使人感到无限的慰藉了。

啊！发泄！恐怕是天赋我们的最高贵的本能了。无论你写；无论你画；无论你是痛哭或狂笑……

我作画的程度，自知幼稚极了！我的审美能力，恐怕也是非常薄弱的，然而现在的纸上，已经有了红色的苹果，紫色的葡萄，黄色的香蕉了。我拍着手儿那样的喜欢，从心里我欣慰我的成功。画上既成的水果，似乎比真的更美丽更可爱！虽然它们没有味道，可是我想像着的它们的味道更浓厚。它们是从我的心田里长出来的，它们是用我的精神用我的笔头灌溉熟了的。

这幅画的背景是蔚蓝色，我一面涂着，一面修改着。

寺燕，我的好友，他在这个垂成的时刻来了。

"哦，你在画画。这样炎热的天气还不休息休息？"他拭着额上的汗，又拿自己的草帽当扇子搧。

"不很热呢，我觉得我的精神都注在画的上面了。我真忘记了热了……"

"你知道我今天要搬家么？"他打断了我的话。

"又搬家么？学校才开课。"

"……"他还是拭着额上的汗珠。

"画画热，搬家不更热么？"

"说真的，我目下住的地方太坏了。"

"其实……"

"这次我非搬不可了！况且中野那一带的房子很难找，这回真是一个机会。"

"莫非就是应君才搬走的影山方那里？"

他微笑着看我，仿佛很奇怪地会被我猜中了。

"应君已经回国了。"他轻轻说着，所答非所问的。

美子，丽子，静子，淑子，我心里忽然想起那里有几个苹果脸儿似的女性。

"那里是不错哟！我想起来了。"

"谁说错呢？至少也可以练习日语会话了。"

"是的，不只练习会话……"我把下面的话咽下去了，接着画自己的画。

"勋，你画写生么？"他微笑的也转了方向。

"是的，今天买了点水果，画着玩的。"

"咦……"他斜了颈子疑问似的说："怎么画上面有两个苹果，案上只有一个呢？"

"本来是两个的，中途让我吃了一个。"

"那么还有香蕉呢？"

"也都下肚了。"

"这还能写生吗？一张画儿都跑到你肚子里消化去了！"他说着，他把我的身旁看了一遍，香蕉皮子，苹果皮子，葡萄种子……最后，他把案上剩的一个苹果，用迅雷不及掩耳的手法也擒为己有了。

"我意志太薄弱了！才把画上的水果轮廓打好，我就想吃它们，起初不过拿在手里把玩，可是心里总不安宁；为安宁计，只好请它们下肚了。又恐怕这幅画儿不能成功，便留着原来的水果皮子，好向轮廓里填补颜色。总之，这是一幅很费苦心的创作了！"

"哦！你真是一个天才的作家！"寺燕口里的苹果沫子，几乎要喷得我满脸满身。

我也随着他狂笑得直不起腰来。

"快收拾起来帮我搬家去罢！"他命令着他眼中的"天才作家"，唉！我被征服了。

他的房里，真是零乱得如同遭了劫一样，东边一堆书，西边倒着一个书架子。桌子跑到席子当中，两个抽屉也各自独立了。电灯被系得紧紧贴着天花板，早晨睡的被褥还都胡乱地围在一堆……

他一样一样的收拾，整理，装填，并不感觉得丝毫的疲倦。我立在一旁却不知怎么动手好了。

"请你帮忙来的，怎么尽愣着？"

"叫我怎样下手呢？像这种零乱的样子，真也是一幅画的材料了。"

"我心里还更乱呢。谁比你们这些个天才作家，动不动就画，到处都有诗，到处都是画，到处都可以触动了你们的神经质。"

被他奚落了一阵，不好意思地才俯下身子同他工作了。足足费了两个钟头，大体才算收拾得有了头绪，书籍和零件装进了两个箱子，被褥和衣服捆了一个大行李卷。

"这双破拖鞋还要么？"

"不要了，送给你穿罢。"

"这张肉案子似的书桌，依我看不要带过去才好，那里的姑娘会笑你的。"

"……"他想了一想，没作声。

"那个小竹书架，顶好也不要带过去，会让人家笑你穷酸。到神田去买个大一点的崭新的，好在你的书籍多；放在房里也壮观。"

"不要发展你的天才罢！又想表现你的'创作欲'么？刚才画水果都吃下了肚，现在替人家搬家你想占便宜了，怪不得你说我这里也是画的材料哩。"

他忍耐不住了我的贫嘴贫舌，便把我的笑话拿来针锋相对的应用。我的开心失败，他的影射反倒成功了。不，他此刻正是心猿意马的时候，也许正焦灼得厉害，我后悔不该首当其冲的。

"管你呢。你不装阔一点，女人是不会爱你的，就你的外表说，不是油头，不是光面，不是如女人们所欢迎的体躯，人家再拜见了你的家私，破拖鞋，小书架，肉案似的桌子，她们奚落你不够，还想再爱你么？"我三分是解释七分是激警他的态度回他。

"管他呢。自古清贫之士，多有独具慧眼的女人爱他。"他虽然自慰着，可是已经没有刚才那种破竹的气魄了。

——但愿祝你幸福罢！前边是一条油绿的坦途。

一种幻感的哀戚，忽然在我们取笑之中袭来了，我说不出我心里是什么情绪，心扉被颤动得长久不曾合拢。

一辆车子，就满载着他的一切行装而去了。他那一个活跃的背影，至今还依旧的印在我的心里。

当我回来的时候，信步走到附近的一个池畔。血艳的夕阳余晖，正好斜挂在松林的梢头。远处的山影，映出一种绛紫的颜色，只有富士的秃顶，皓白的露在众峰之外。凉爽的晚风，吻着池畔软绵绵的青草，他们也好像受宠般地在轻轻摇曳着，摆舞着。池面静极了，许多倒影，一丝也不移动。

我孤独地在池畔坐下，但我忘记了我的身子确在池畔了。我冥想着，我仿佛随着冥想走进另一个国度。

——唉！感情，是怎么一个神秘难捉摸的东西啊！任凭你的笔尖是多么锐利与深刻，任凭你的颜色是多么鲜艳与调和，你所得到的，也不过是做作的，皮毛的。人们眉间的迁替，心里的沉浮，在一分一秒之间，就有多少不同的现象啊！但谁曾捉住过它们呢？使人感到最高尚的最愉快的——写到纸上；描到纸上，恐怕也正是人生所留下的失望，悲哀，虚伪无聊的痕迹罢了。

像寺燕那幅活跃的画，可惜只让它白白在空间飘渺着。

暮色渐渐从四围沉下了，听着丁琅丁琅的风铃，也越发使人凄楚。池畔附近富人们的别墅的灯光，已经从绿纱窗里透出来了。

路灯也明了，灯下飞集着许多蝘虫和蛾子。那些被灯光映着的树叶，比白日好像浓绿了几倍，仿佛才从油里洗浴出来一样。

蛾子，为了光明，向光明的地方勇猛的飞去了，它们不晓得光明里藏着能够烧死了它们的火焰。青年的男和女，为了爱，而去追逐爱，但他们有的持着凯旋的旗子，疯狂般地跳着；有的却泥醉地被虏了，在一根粗坚的绳缚里狠狠地挣扎着……

藏在对岸树林里的一个小小尼庵，续断地送出一阵阵暮鼓的声音：

冬——冬冬——冬——冬冬——

宇宙好像这样倦怠地睡下去了，然而在黑暗中的人类，他们也安详地豫备就寝了么？

在我归去的道上，咖啡店里的歌声和喧笑正浓着。

市外电车的轮声，从远而近，又从近而远……

踱到自己的寓所，自己屋里的席上，也是狼藉得不成样子，拿起刚才画的一幅静物，自己又忍不住笑了。

从那次以后，我就永远没有再画一幅画了。就是那些贵重的彩笔，也不知道被我胡乱丢在那里了。

寺燕搬到影山方，不觉已经三四个月，朋友们都背地说他春风满面，他们好像嫉妒也不是，赞扬也不是，一种神秘揣测的态度，在他们心底沉淀着。大约那儿真是温柔安乐的天乡，有美女们慰藉，有梦中的那些奇迹与偶像。我们后来很少遇见了，遇见的时候，他脸上那种快活的神色是十分的透露着。

有一次在电车上碰着，他问我：

"近来有什么作品么？画法想更精进了罢？"

"没有，没有，我倒是在计划着一幅。"

"什么题目？"

"初恋，你说怎样？"

"这是一个抽象的啊。"

"我想画一个男和一个女默坐着，像是要接吻的样子，或在要拥抱的样子。男子的表情自然很亢进的，女子的表情是羞涩的，像又是有些饥饿。"

"你再学一学琵侣兹莱倒不错。"他笑了。

"怎么？"我想笑，可是抿着嘴。

"你可以画呀！画这个，画那个……可不要像画'静物'似的，馋得都下肚去。"

"去罢！你又来和我开心了。也不嫌说着牙蠢！"

"你问问到底是谁想开心的？"

……

光阴过得很快，破絮似的雪片，圣诞节前就把嚣嚷的东京盖白了。然而盖不白那些繁华街市上蚁般的人群。他们忙忙碌碌地，奔着，跑着，徜徉着；那些电车，马车，摩托，Taxi，如水般的流，如鱼般的贯进着。

因为报上登着松屋吴服店的四楼开着Pastal展览会，在银座街头的人群中，我也是一个。

"喂，勋！"我转头去望叫我的人，敢则又是寺燕。我们已经许久没见了，他的苍白的面庞，使我吃了一惊。

"怎么近来不见？你瘦多了。"

"近来牙疼。"

"今天是来买圣诞节的礼物的么？"

"买礼物呢，买箱子预备回国。"

"回国？！"

"回国，家里近来断绝供给我了。"

"……"我想不出一点道理来。

"家又搬过了，早就不在影山方。"

"几时才动身？"

"大约还要一两个星期。"

"那么到市外住一阵子好了。"

他答应了，他临去时的背影，又长留在我的记忆里了。

圣诞节的午后，我们几个朋友都围在一个火钵旁边坐着。寺燕的脸上，春风已经吹过了，他的两颊，变得像两片经过了霜的黄叶似的。

"真好像在魔境里做了几个月的梦；"寺燕惨笑地说着，"女人敢则是这样造成的一付骨肉；是金钱，是肉欲，是虚荣！她们疯迷了男人，她们再去吸吮他们的血液！她们狞恶可怕的原形，随时都可以现出的。只要一个男人稍稍露了他的疲倦与空虚……

"她们的嘴唇，她们的身体，那算什么！只要你明白她们眼中所说的：'你能满足了我的一切，一切都给你了！'

"的确是真的，我一点也不欺瞒你们；女人的嘴唇已经几度在我鼻息底下了，女人的胸和肉已经几度接触过我了，可是在我危险得要沉堕下去的时候，我立刻把她们猛力推开了！那时她们眼中发出一种可怕的乌光；她们的嘴唇也惊战着，那正是她们切齿恨你的样子——她们恨你不是一个普通的男子！

"我时常痛惜地想，我以前是怎样把女人当做神圣，把女人当作灵的慰籍者……所幸我是一个穷人；所幸我已经拿穷人的钱，买到女人的真面了！我的心虽受过一番极度的打击，可是我的灵魂还依旧是洁白的……"

寺燕的话，一句一句轻轻送进我的耳朵，啊，同时又一下一下叩动了我的心扉。

屋里充满了茶香与烟气，把几个默坐的人都催入深思的境地了。一列毛玻璃窗子，渐渐透过灰色，不久就深黑了。只有火钵里的炭光，熊熊地照着几个人的面孔，同时在纸门上印着几个黑影。

黑炭烧红了；红炭又渐渐转白，白的灰烬不久就一片片脱落下来。

燃烧……烈焰……灰烬……静……动……静……动……火钵里好像一个小小的世界，他象征着自然的一切。

"出去走，出去走！"我已经不堪这种氛围了。

郊野除了那铅色的天，朦胧的树林和道旁的电杆之外，是一个银白的雪海。

几个黑影，在雪中慢慢地走着，从远处望去，也好像没有移动似的。我们没有目的，也没有归来的止所。尽听着长靴踩着半冻的深雪，发出一种单调而轻脆的声音——喳——喳——喳——

我们这样走了两三个钟头，在这长时间中，我们并没有什么话说。我想我们的足迹，一定印了一条很长很长的路线了。

过了几天，寺燕毕竟离开东京去了。

不幸的我，还继续在这里度着。四围好像都已经死过几次了。我的心，也好像疲竭了的火星，想再爆裂一下，想再闪一道最后的光芒，但是不能了！

现在又是风寒雪冷的时候了，地上铺着深深的雪，空中也好像凝结着一个整的冰块。

在繁华的街市上，在富丽的百货店里，圣诞树上又挂满了礼物了。

我的屋子还是空空洞洞的，四围的泥墙，都朽毁了一层一层剥落下来；经久了雨水浸湿的天花板上，印着一块块褐色的斑渍。尤其是这幅静物画的颜色，褪得不成样子了。啊，我忆起了老友的不变的洁净的灵魂！

寺燕的那张肉案似的桌子，早已归我所有了，他还留下他的竹书架，棉垫子，玻璃的墨水盘，……和许多书籍。在那些书籍里，不是夹着红枫叶，就是夹着美丽的绸书签。还有，在他那册旧《言海》里，夹着许多歌谱，这些歌谱都像是女人的手笔，又娟秀又清楚。歌的名字，有的是"昨日之梦"，"青春之爱"，还有的是"恋君曲"，"病的蔷薇"……我有时虽还能涂抹几笔，可惜我一个歌儿也唱不出来。我幻想着这些歌儿在他耳中莺啭的当时了……

这些恐怕早被寺燕忘却了。他曾说过被爱情的箭镞击中的少；被金钱烙伤的火印多。他曾说过他的灵魂是依旧洁白的！

啊！在这风凉雪冷的时节，我忆起了好友，我又忆起了我的自己，我才是一个污秽的人，我才是一个真正污秽的人！我是一个画苹果吃了苹果，画香蕉吃了香蕉的人！其实，我也知道苹果和香蕉都是给人吃的东西，但我觉得我吃得过早了。唉，我还能描作什么东西！我的心，充满了污秽，我的前途什么也没有了，只剩了空虚的皙白的骨架！

这一幅静物，真是我过去生涯的一座坟墓，是我虚伪作恶的一幅缩写，一张告白！

假如有上帝的时候，我愿意终日跪在他的膝前，让他恕了我罢，我是一个知道忏悔的人了！让他那灵光把我的罪恶洗白；让他伸出一只圣手来，把这幅静物掩盖或毁灭罢！

不然，一年一年的下去，它的颜色更要晦褪，它的形影更要迷糊了，我也渐渐地要变成一个老人——没有爱没有情，没有欲望没有憎恶，也自然就没有罪恶了。那时候，青春的火，都剩了灰烬，一切的希望，活动，也都将消灭，死尽了！……

外边的风雪停了罢，才从心窝流出的眼泪，都已经在颊上冰凉的了。

（选自《归客与鸟》）

春夜的梦

——A君日记——

三月二十五日

我们还和寻常一样,八点钟起来,悠闲地坐到晌午。厨子送过几样菜,微温的酒,还有,他那一付讽人的眼色。邹和我都没有吃什么,只有冯,依然呷着他的苦酒,一声不作地。

上午已经过得非常无聊,饭后大家都闷得想去睡觉,但行李已经捆得很牢实,不能再解了。

大约是三点钟的光景,南下的第七次车进站了,从我们这里,很清楚地听见站上乱哄哄混成一团的声音。同时,一种严肃的空气,陡然涨满我们这里了。几个差役和守卫的都跑到大门外边恭立着去了,我从办公室出来,一眼便望见在接待室的当中,放着一个方桌,桌上燃着一对红烛和一股高香,墙上挂着一幅中山先生的遗像。大门上也是簇然一新了，红蓝的党国旗，在风中飘摇着……

蓦地，哔拍哔拍的爆竹的声音，像机关枪般地连响了，随着就走进几个趾高气扬的绅士。刚才还叫邹局长的听差，现在满口是X局长了，刚才还赠我们一付讽人眼色的厨子，现在也穿得整整齐齐地立在一旁，并且笑容可掬。

我没有听清楚邹和他们寒暄的什么，因为院中的爆竹，确实震耳得厉害！

人间到处有戏，人间的戏，也到处需用角色，啊！我惶惧了，我不知道刚才这个舞台上的我，是充了一个什么角色？

我们都前后离开这里了，没有一个人送。那一只养熟了的洋狗，在门口倒还是依旧摇他的尾巴。

晚间G公司里召谦，我在醉醺醺的酒后，看见西方的天际，悬着一钩新月，嵌着一点明星，这幅诗意的图画，真仿佛一付清凉剂使我苏醒了。但在心底所沉着的无限凄惶，又像山洪般地泛滥了起来。记得离家的那夜，月光是那般地惨白，冷冷照在我的床头；蓉的冰凉的泪水，滴在我的颊上，滴在我的手背：月光照透了它们，好像是一颗一颗的珍珠。

离家以后，虽尽是辛劳，尽是痛苦与疲惫，但再也没有像今夜这般使我难过的了。憧憬着光明的心，已被世间的风霜与暗箭打毁了，我想到不如归去，啊，我好像看见那运命的魔鬼，又在暗处哈哈大笑了！

和衣倒在洋炉前边睡了一宵，在朦胧意识中，还似乎记得口里吹出一阵一阵的酒气。

三月二十六日

六辆车子停在晨辉染照的G公司门口，我们也在爆竹声中离开M驿了，渐渐地去远了，但还能听见那一串没有燃尽的爆竹，在清鲜的空气里鸣响着，我想，它一定会惊醒了这个荒凉村庄里不少的人们。

昨天是人家为他们接风；今日却是人家给我们送行，其实，这还不是和爆竹一样，响了一声，留了一阵臭气罢了。

一望无涯的漠野，在坷坎不平的地方，还有没有融尽的残雪，阳光虽则大公无私地照满寰宇，但他顾及不到这些好向阴处的孤独的灵魂……

走了三个钟头，远远望见西北角上大烟突了，不久便到了P埠，我和邹和冯是同寓在十字街角的亚东旅社里，洗浴后不久就早寝了。

四月一日

在P埠的几天生活，差不多都是最没有意思的。今天晚饭的时候，又是坐了一桌子的生人，生人之中还有一群叫来的妓女。

真太恶作剧了！一个妖艳的女人，也竟坐在我的身边，她不断地看我，笑我，引得大家都笑我了。我永远揭不去我那一付晦气的脸色。

我知道扫了许多人的兴头，也许惟有在这种方式下。才能得着我的胜利；我的胜利，永远要占领人家心园里的一块地方。

那妓女临走的时候，我学着人家也把三块钱暗放在她的手心里。我想来想去，想不出它的代价与意义。这大概是我已往生活中不曾有过的一次浪费了。

十二点打过了，房里还有没有散尽的男和女，他们在笑着，唱着，聒耳的留声机，又助着他们的热闹。

我蒙头睡在床上，我又想到这时的蓉了，我想到她那付可怜的面庞，那好像为人负罪来的神情，我真是禁不住的暗自唏嘘。她此刻已经入梦了么？还是独自坐在炉边烤着她的两只小手呢？

四月五日

这几天真是忙碌极了，到南京两天，尽是走马看花地去阅历风景，什么秦淮河，夫子庙，莫愁湖……我看来都没有一点意思。只有那满目荒凉明故宫的废墟，半截台城的遗址，枯了的胭脂井，倒还引起我冯吊的哀戚。

明天我就要西上了，想到明天的此刻，在多年未见的姨母家里，不知是喜欢还是感伤。

四月六日

昨夜终宵也不能安睡一刻，自己的心情本来不定，又加邹的说梦，时时都撩扰着我。因为歇在一张大铜床上，他的说梦，真使我烦恼。

梦中，邹急躁而且苦闷地嚷着：

"怎么船不开呢？急死我了！"

安静了一阵，不久又叫了，却很和平的：

"梅妹，梅妹，我给你跪下了，你还生气么？"

"梅妹，你瞧。"接着又是乞怜的口吻。

有时，我真不耐烦了，叫他几声，或推动推动他。可是哼过几声，又接着说起来了。

被他胡缠了一夜，下关这么一个偌大的地方，竟没有一个鸡是能早鸣的；壁上的时针，总是迟迟地滴答。

好容易盼到窗角鱼白了，我便立刻起身来整理自己的行装，我叫醒了他们，已经七点过了。

"真走么——我们就这样地相别？"邹很感伤地说着，从他半醒的眼里，发出迟钝的光线。

"都各自回去罢，或者我们还有相逢的机会。我去看过亲戚，大约取道上海回去；你知道，我念家的心，比你还急呢。"我一边握着他从被里伸出来的手，一边说着。

"你的心，怕早已回到你爱人那里去了罢？"我不经意地问了他一句。

"……"他望一望我，闭起了眼；又睁开了。

"膝盖跪得疼不？"我知道他在想梦中的事，所以故意又提他一句。

"……"沉了一会，他笑了。

冯一直把我送到码头，我们约定了半月后在上海会齐到北京去。

江南的春色，已经悄悄染在柳的梢头了。吹进船舱的暖风，吹得个个都想瞌睡。

船到W市已经六点了。

伶仃一身，从几千里以外，也居然安抵姨母的家门了。

"妈妈在，不会放你一个人出来飘流的；东也去，西也去，跑了这么多的辛苦路程。"姨母哭着，我不知她是慰我，还是带着爱意地谴责我。

想到母亲的亡灵，我倒在她惟一还生着的姊姊怀抱里哭了，这样，自然更止不住姨母的悲痛。

睡下之后，听见檐头的滴声和姨母继续的唏嘘。

唉，人生怎么到处都是哀愁呢？

四月八日

终日是冷风凄雨，北国的天气，仿佛整个移到江南来了。我的心情，和外边的空气一样低压，只得围被坐在床上看书或和姨母谈话。姨母的动作、言语、音容，有许多地方酷似母亲，我有时就迷缝着眼睛，在刹那间似乎寻得失去的慈颜了。

四月十日

已经两天不落雨了，今天早晨在院后望见蔚蓝的晴空。我的心里，好像立刻涌出了一股鲜血，它流遍了我的四肢，它又匀放在我的两颊，使我畅快得什么似的。

——啊，春天！青年的春天！恐怕只有青年的良辰，才配爱这春天。

同时想到像我这样的青年，真是不敢冀求什么春天了。看罢，眼前没有欢愉，没有美丽，无论走到世界的何处，遇到的只有冷笑与奚落。

四月十二日

也许因为天气渐渐暖热了的缘故，自己的吐血症又犯了。我看见一口一口吐向地上的鲜血，我仿佛看见了我生命的花，一朵一朵落在泥中！

我想，世界上恐怕再也没有像肺病的人们那样蹧踏自己血液的了，智慧与精神的源泉；生命的活素，不留在体内，偏偏让它一口一口吐了出来，吐在地上——还怕人望见了而耻笑他们，于是那宝贵的人的血，便被泥污的鞋底涂了又涂。

唉，我可怜我自己；我可怜世间所有的同病的人们。

听说鸟中的杜鹃，他是最欢喜啼的，他把他的血液啼尽，他便死去。听说伟大的诗人们，他们很多都是吐血的；他们一壁吐着血，一壁还能狂放出他们天才的火花！我呢？只是一个人，只是一个渐渐枯萎，消残下去的肉体罢了！我卑视我的一切，我还不如一个小小的爬虫！那伟大诗人的灵魂与天才我没有，就是一个杜鹃，我终生也不敢比拟。我像一个蜉蝣，悄悄地生下，悄悄地死去了；从生到死，还没有几个时辰。

哦，你杜鹃，你诗人，你真无须惋惜你的薄命，世人永远会赞美你，会记忆你的……

姨母不放心我的咳嗽，她怪我对于寒热太不小心。我哄她说，咳几天便好了。其实，只有我自己知道自己。

我素来是讨厌吃药的，这几晚姨母特意给我煮好了紫苏和杏仁汤，我每次都服从地喝下去了，因为我确实喜欢喝它，又香郁又清甜，差不多和果子露一样了。

姨母似乎暗地爱我性情的温顺。唉，我不该欺骗她！

四月十三日

午后随着姨母去参拜姨娘的坟墓，大约走了半点钟才到。在乱草掩没的山坡处，立着一块不满三尺的石碑，姨娘的骸骨，已经埋在这里多年了。她在我心里并没有留什么深刻的印象，记得相别的那年，我才六岁。不过听姨母说母亲往年曾时时来哭她，有时竟哭昏过去。我想起母亲如今也不在了，她的骸骨，还远远寄存在一个破庙里，四时没有人去；就连她的儿子。

后来我到江边去散步，让姨母一个人回去了。

才走到中途，我就疲惫得坐在一座木桥栏杆上了。远望山岗，岗上的宝塔，近望绿油油的塘水，水上有许多游鸭。还有，围塘洗濯衣服的声音，呼应似的传进耳朵。

垂柳，野草，都已经浓绿了，但觉得春神还没有离开人间似的。

我终于鼓着全力走到扬子江边，扬子江上，立刻便印着我的一个孤影。那时我真想投在那滚滚东流的水里，随它把我的一切融化消蚀；一齐都归向那茫茫海的坟墓。

但，它尽自悠悠地流着；潺潺地笑着，好像在笑我这个蠢物，笑我身上还有无数无数的挂牵……

日落的时候，我才怅然地归去，姨母已经作好了晚餐等我。吃饭的时候，我又问她刚才那是什么山；山上是什么宝塔……

后来接着冯一封信，大家都沉默了。其实，我走还不忙的，因为信上说邹还要路过上海，再一同到C市等机会去呢。我去不去是一个问题，但总可以在这里再住几日的。

四月十四日

预定今天登山，所以起得很早。我起的时候，姨母早已醒在床里。

"今夜没有睡好么？天还早呢。"她抬了头问我。

"我是想趁早去上山的。"

"夜里没有作恶梦么？你好像哭得很痛切。"

"哭？也说话了么？我素来不作响梦的。"想起邹的说梦，我不禁胆怯地问了。

"倒听不清楚。"

我听了她的回答，稍稍轻松一点了，但想到邹说梦的病，传染给我，终是怪忧心的。

幸亏山不很高，我到山顶岩石上的时候，已经精疲力竭了。我坐着狂呼，高唱，好像入了无人之境，当我狂呼高歌的时候，我仿佛怎样的充实着，然而在歇止之后，我又仿佛比谁都要空虚了。

头顶上盖着无极的碧空，那一条如带的长江，好像从天上流来。那边是梁山，那边是孤山，我一点也不知道。黑压压的一片W市，好像大地上面的一丛乌发。混着薰风的骄阳，照着大地的一切，只有那山下的墓地，凸的地方是阳；凹的地方是阴。山麓的宝塔，有时就被云烟遮着；有时就清楚地现在脚下。除了天然的颜色，我眼里不再有旁的颜色；除了天然的风声，我耳里也不再有旁的声音。

在那时，我的确是一个解脱的人了；因为我已经把一切忘却。所谓觉悟，追忆，理究，恐怕那才是人生真正的镣铐与牢笼罢？

我下山的时候，另择了一条石路。路旁有树木了，树里还有几座低低的石塔。我走过去看它们，才知道那是慈善人们所修建的白骨塔。

越向下走，越觉得昨夜梦境绕在我的四围了。我想逃脱出来，但是不能。

当初，我也曾做过许多好梦——实际生活再也找不着的那种境界与逢遇，醒后再去追寻它，已经渐渐消残了。今夜的恶梦，反倒挥之不去，忘它不掉，世间的事，大半都是不能令人称心的。

我不再追想那些了，二十多年的生涯，像一团云雾飞散了，那里边混淆着欢愉与哀戚，那里边岂不是梦与事实参半？

四月二十一日

昨夜已经睡下了，远远听见小巷里有沉重的脚步声音，渐走渐近，我闭着气息静静地揣想那个行人。但不久——"电报！电报！"仿佛带着死信的声音传到耳里。

——大约是房东的，阴自静着。

过了几分钟，没有一点应声，接着又是喊了两声：

"电报！电报！"

"都睡了。"楼下房东太太才带着睡声似的回答。

"是电报——"

清清楚楚听见有人拖着鞋，开房门，抽门闩……不久，又拖着鞋走进后院的楼下了。

"醒醒，有电报来了。"

这时我才镇定不住，披了一件薄衣走下楼去。

我把电报拿上楼来，姨母已醒了，靠着床，眼睛睁得很大地望我。

……………………

刹那间，我们好像等着什么最恐怖的宣告。

直等检出电文，得着，"速来沪，冯。"几个字，涌到口边的一颗心，才算落回胸里去了。

冯真是太铺张了，偏偏要拍一个怕人的电报给我。我虽然已经安定下去，但姨母的神情，似乎还没有立刻恢复过来；我几番告诉她，解释给她，说这电报的来意，她总是不自然地呆板着。

我已经决定明日动身了。

四月二十三日

我的身体，又装在这下水船里让它流去了。倦睡中我不知白昼与晚间，只觉得过几个钟头便乱哄哄的一阵，乱声过后，便又听见轮声有拍节地向前鼓进了。毕竟江船比不上海船，她像一个纨绔的子弟，到处留连。

正正走了一个昼夜，昨天这时从W市起锚，今天这时便在上海泊淀了。我再也想不到冯他会接我。他默默立在码头桥上的神情，又使我想起他在下关送我的当时了。

船还没有拢岸，我蓦地发现了他左腕上围着一块黑纱。下船后因为照顾行李，也没有提起什么，及至走到旅馆，都安定了以后。

"冯，怎么了？我还没有问你——"我握着他腕上围着黑纱的那块地方。

"家母不在了。"发音很迟缓地答，眼睛却钉着桌上许多酒瓶子。

听说他母亲去世的时候，他还没有离开M驿……

冯是我在M驿时才认识的。那时他办文书，我管账目。他是每饭必酒；我是烟不离口，口不离烟地大吸那里的土产"哈德门"。

我们公事办完了，便镇日的聊天。

"冯，你伤风好些么？"

"不要紧，喝些酒便会好了。"

"那不伤肺么？"

"酒也治咳嗽的。"我听这种妙论，还是第一次。

有时，他在面前拥护酒而反对烟，我永远是一条言论。

"烟不会下肚，酒之为害大矣！"

我们的友谊虽是淡淡的，但有时对方说出些话来，也觉得颇合自己的脾胃。

那时局子里除了隔一天送来一包一包蓝边大红印的公文之外，只有定的一份财政公报和一份申报。在M驿几个月，邹还不时有各处寄来的信件，我和冯是一封也没有的。他不像我，他大约知道他没有信来，所以并不着急。

只有一次，那时我们还没有离开M驿，他曾接过一封信，我当时还和他开心呢。

"嫂夫人催驾了罢？"

他没有言语。

现在看见他围着黑纱，想起那时的开心，真是值得忏悔的了！

"冯，你不要过哀哟，我比你年轻，也早就是一个世间无母的游子了。"

"是的，我在M驿时，便早就知道你的性格了。我送你，接你，我心里永远映着你清瘦单薄的影子。我想，同在一个世间飘零的，原不只我一个人……"

他说的话，使我心里感着一种压迫。

我们都沉默了一刻。

"真的，你的钱富余了么？你打电报给我，使我骇坏了！"我问起了他给我打电报的事。

"你怕什么？"

"我怕万一家里出了什么事。"我说家里两个字是很轻的。

"邹又写信来叫我们在上海等他。家里，我是一刻的住不下去了。"

"我还时刻都惦念着家里呢，我恨不得立刻就回去！"

茶房已经送过晚餐来了，他尽一个人呷酒，酒量似乎比以前更增加了。

他问我烟戒了没有？我摇一摇头，我又不经意地告诉他我在W市曾吸过两次阿片，咳嗽确实被它治好了。

"你永远是拥护烟的！现在连大烟！"他似乎不以我为然。随着一杯热酒又灌下肚去了。

"看你，你这不是一个酒鬼！"

一顿饭吃了足足有两点钟，饭后都困得什么似的，早睡了。

335

四月三十日

酒又喝尽几瓶了,并没有邹一点音信。冯每天都是到码头去接,每天都是懊丧着脸回来。我近来腿软病又发了,只好在白昼点着灯的族舍里,像临刑囚犯般地挨渡着时日。

真是的,北方要没有战争,我早就回去了;我还在外边厮混什么,一切名誉,金钱,美人,我都不要了!我真是无须要了。

牵挂,好像是人生惟一的痛苦了,但偏偏有时在里面寻着慰安——唉,这种慰安,也许是愚蠢,卑小的人所要的慰安!

五月二日

今昨的报纸,都说战事节节进展了,我想北方现下一定有巨大的动摇了。邹仍然没有一点消息,真要把我们急煞!在我,是负约,是株守,自己也没有果断的能力。

五月五日

时局更紧张了,听说北方已经颁布了特别戒严令,有许多向北开的船只,都折了回来。报上还接二连三地登着许多无辜的人们被捕了……

我带着病;更不敢冒险了,我想的许多计划,都仿佛薄冰落在流水的中间,它们立时便消灭了。

啊,我有翅,我定当征服了空间!

五月六日

忍着百无聊赖的心情，把一日的三分之二，几乎消磨在睡乡里。午后冯到北门里打好酒去，我一个人又不知不觉地睡着了，记得过了不久就有人叫我：

"醒醒！你看！好酒打回来了，信也到了！"朦胧中听见人声，又听见远远的市声从旅馆的窗口隐约地吹进。腿病还没有十分恢复，当我伸直全身时，仿佛周身的骨骼都已被人抽尽了。我睁开了眼，我才知道冯已经坐在我的床边。

信是从W市来的，里面转附着邹的快信，他说他已经在北方结婚了，因为种种的关系，不能在上海停留。他已经到C市一个多星期了，他叫我们也无妨到C市去看看。

啊！金钱！我越发知道你的光芒，你这一团魔火了！你不但时时曝枯了多少人们欣欣身荣的幼芽，你简直是可以左右幸福世界的潜伏力！

我猜想到邹不久的将来，他也会在人头上跳舞的，他现在不正是在金海里浮泳么？而冯和我，好像一对落在暗渠里的蚂蚁，见着一根轻轻的草叶，也要努力去攀登，我们究竟为什么呢？我们就甘心永远伏在"运命"魔鬼的爪下了么？唉，现在又不得不去C市了。

五月七日

船票，罐头，烟草，酒，都是冯一个人出去买办的，我静等着明日的起程了。

五月九日

昨日船从黄浦江上起锚的时候,我不知怎么禁不住地笑了。这是神秘的笑,这是为止住了哭的笑,这是我降伏在运命魔鬼爪下的贱笑!

我为什么不能赴汤蹈火地向北,偏要扭扭捏捏地向南呢?

五月十一日

和自己永不离开的就是自己的影子,只要自己占一块空间,它就染黑了一块宝地。

现在我又在船上了,倚栏望着油绿的海,海上敢则也印着自己的一个黑影。我早已把它忘却了,它却始终没有从我身上失去,它遮暗了多少地上的花草,水里的鱼藻,我真计算不清了。

啊,还有我的血,只有我自己知道宝贵的血,现在还是吐着没有休止,我知道它是含了病菌的,它会杀死许多世间上比我更好的生灵,我真恐惧!

唉,这一口一口的血,我不惜旁的,我只可惜它为什么这般鲜红;吐在海面上,还像一朵桃花在旋舞几遭呢。

光明,你是什么!有了你,黑影在我背后出现了;有了你,我才知道我所吐的是一口一口鲜红的血,是不再属于我的血了!

光明,你不是主,也不是一个真正的英雄,世界上一半的阴霾为你;世界上一半的悲哀,落寞,孤独……也都为你。

五月十四日

　　冯告诉我明天就可以到了他二十五年未回的故乡了，而我呢，在这二十一岁的生活记录上，又多留了一处□市的影子。□市虽是冯的故乡，但在那里已没有一个晓得他的人了。他此刻的心，好像依旧深深埋藏着许多渴望，好奇的种子。他告诉我他童年怎么好吃水果，怎么能在江里游泳……他告诉我他启蒙的时节，怎么随着父亲烧香，拜神，拜佛，拜夫子，拜魁星……怎么用红杠抬着整的烤猪送到先生的家里……他不休地述说，我尽默默地听着。脑中虽不时映出一个童年活泼的影子，但眼前明明是一个满颊胡髭的冯。真的，他的像貌，年龄和他腹中所装的"之乎者也"，做我的一个导师富而且余，然而我们自相识以来，他总是呼我老弟的。有时，由邹和我的关系比较起来，他眼中的我，或许还高他一级哩。其实，我从不会把我相识的人分作界域的。何况我和冯：同在一个办公室里，同在一个旅舍里，由同一个壶里，倾出醉他也会醉我的酒浆……现在，又同时被载在一个船上，同往那渺茫的前边进程……

　　今天晚餐过后，我们又不约而同地立在甲板上。我们彼此都是默默地领略着"自然"底无言的赐与。

　　回舱的时候，他忽然有感般地和我说：

　　"一个世界上最孤寂的心，同时也是世界上最富有的心，只是有这种心的人，你才能得着整个的世界。"

　　"怎么？"虽然懂得他的意思，我又问了。

　　"……"他没有言语，但他又好像在找什么相当的话要回答我一样。停了一会，忽然又微笑了。

　　"……"正因为他的笑，我也没有言语了。他这微笑，嗳，怎么竟带着像那扬子江水的高傲啊？

五月十五日

上午十时船泊淀了。冯用他那半熟的家乡话和那些脚夫与验关的交涉。

我虽看呆了这南国的风景，但脸上依然有些笑容。啊，当我这笑纹还没有松弛了下去的时候，心中蓦地又腾涌起来了。这不是滚滚珠江的水么？一个仿佛还在天之涯；一个却又远到地之角了！你天上的白云；你江边的波澜，谁能把我这满腔的愤怨带给蓉去？我真是沉重死了，现在谁能给我分担一些去呢？

五月十六日

清晨起后，便穿得整整齐齐地一同去谒见邹。金色的阳光，照在我们一对飘零人的身上，那些西式建筑物的屋瓦，也同时在闪烁着安闲，悠悠然的光辉。我们寻到邹的住宅了，立在辉煌的大门前边，才发现了我们是一对不相称的穷客。

进了客厅，看见一桌一椅，一个痰盂，都使我们有些畏而远之的神情。

壁上挂着他们新婚的像片，邹穿着大礼服，托着高帽子；新娘披着轻纱，捧着满怀的鲜花，啊，他们是那般的高贵，浮华，喜气扬宇地手挽着手儿……

我们相见了，我们彼此之间，仿佛笼罩着一层暗云；暗云是薄薄的几乎看不着，抚不到，但人间的隔阂，就从此产生了么？

我们都木然地坐着，所谈的话很少，并且非常机械。最后他说一切都从长计议罢，我和冯便颓然而返了。

虽则这里就是冯的故乡，但他如今也要和我一齐回到施舍去了。那些繁华街市上的车马人群，正如同江上滚滚相逐的波流一样——它们究竟往何处去呢？

五月二十二日

到C市已经一个星期了，局面并没有丝毫展开来的模样。我们四围的空气，好像一天比一天地低压，而且使我们感到一种窒塞的痛苦了。

我们终日囚闭在阴霾的屋里，和眼睑接触的只有这屋里的破桌椅，霉晦的四壁和灰色带了不少洞眼的旧蚊帐。靠南壁虽有一面小的窗户，但偏偏又被对过押店的高墙遮挡了。偌大偌阔的青天，赐与我们的原没有一线！啊，光明！他好像沙漠里面的水草了，这悠悠的苦燥的长途，如果光明不在他的终点，那末死海一定是他的尽头了。

冯现在不似以前那样喜欢谈话了，终日都是缄默着。他似乎望见可怕的前途而战栗了；又似乎追悔不该怂恿着我和他携手。其实，我们同是走的一条路，同一个方向，就是一同坠在前方不可测量的深渊里，也绝不会彼此有所怨咎的。摆弄我们的原只是一只狞恶运命的魔手，他同时还摆弄着世间无数无数的人们。

五月二十六日

旅馆的账，今天又付去一次了，当我察觉了那个装钱的纸包已经空了三分之二的时候，我真有些惧怕起来了。

冯每天总是坐在蚊帐里挥扇叹气，今天饭后他忽然一个人出去了。我留在这里看本地和上海的报纸，时局依然是混乱着；尤其是北方，没有一点令人安心的消息。我什么时候才能回去呢？真要把人急煞！冯到傍晚才回来，买了许多东西。

"喝——喝——许久不喝酒了！"他说着便把买来的东西打开，有酒，罐头，水果……又从衣袋里掏出几盒纸烟，扔在我的面前了。

我吸着烟，也不知道自己尽想什么，他呢，一杯一杯狂了般地痛饮着。

"我们往后应当节省一些才对呢。"我忧虑起最近的将来，所以要提醒他；并没有一点要扫他的兴致的意思。他没有言语，仿佛以目示意，表示着他也知道的样子。我转头望着桌上，在我的面前，他早已替我斟满了一大杯了……

不知被什么诱惑了，我也黯然地陪他喝了起来。酒酣的时候，彼此脸上都烧红了，但谁也不说话，目光炯炯地对视着。

电灯明了，是暗黄的，我不知怎么感到一种辛酸，低着头，暗自滴下几颗眼泪……

五月二十七日

天色朦胧的时候，我便清醒在床上了。想起昨天晚间在暗淡的灯光底下饮酒的事迹，已经模糊的记不清了。

冯告诉我他幼年丧父，中年丧母，他没有兄弟和姊妹，他的妻子，早已和他离异。他只有一个人，一个畸零的人，连朋友都没有的……

他说他是饱经世故了，他的运命，好像一个船底，终年地飘泊着没有休止。当我问他，不觉得厌倦或孤寂的时候，他却回答着：唉，你们毕竟是年轻的人啊！你忘记了，我曾对你说过："一个世界上最孤寂的心，同时才是世界上最富有的心……"

他的饮酒的哲学却很奇怪，他说当初一点也不沾它，到M驿做事以后，才相依为命了。因为一个生性腼腆怯懦的人，对谁都不会讲什么话，但在社会上混饭吃，那里容得自己保持本性呢。于是每次派他去交涉事情或拜会某某上司的时候，要鼓着一般做作的气魄，事前便痛痛地饮它几大杯，酒后红光满面地踱出去，再和人打起官腔来，立刻就滔滔不绝了；那时心里好像被魔法焙制了一遍，不愿意说的话，溜到嘴边说出来，要说的话，反咽了下去。时而吞吞吐吐的，时而唯唯诺诺的……这简直是成功的秘诀罢……

恍惚记得昨夜我曾饮泣，我曾低吟……也许我还吐露过我对我自己的身世和环境的失望与悲愤，但他永远是微笑着……

他的微笑，我委实怕极了！那种高傲自得意的样子，在我看来，至少是对着我的罢？

六月三日

前天发了一宵的寒热，幸亏吃了一些如意油便减轻了，近来虽又微微地作咳起来，以后对于烟酒的刺戟节制节制，或者就不会延长下去了。

昨天邹亲自到我们的施舍来了一次，他怪我们不常到他的家里去。经他多方的进行和奔忙，在隔江某营部里，已经替冯找到一个位置了。

"事情是太小了，不过暂且容身罢。"

"那没有什么，当初我连小卒都当过的。"

冯说话的时候，脸上一点表情都没有。我知道，船能够在咸水里，也能够在淡水里；都是一样地漂泊……

我昨天向邹探听了许多时局的消息，但越知道得详细，越使我失望了。

"你还是多待一待罢，等北方安定了你再回去。做事真是没有机会，你又不像冯……"我昨天送他出旅馆的时候，他这样对我说，他对我是另眼看待么？还是怕我缠他呢？我心里感到一种非常的愤慨！

我是一个向旁人乞怜的人么？我是一个想对社会要饭吃的人么？不，绝对不！我祈求着我投到我所钟爱人的怀抱里，我流尽我那怯懦不值一文的眼泪；吐尽我那不值一文的心血，悠然地长逝！

六月七日

近一两天来发现了旅馆的对面有一个小小的公园，园址正好浮在江的中心，每当我心绪潦乱的时候，我便到那里呆坐几个钟头。

那奔腾的江水，它是什么也不顾的，青山丢在它的背后了，良田也丢在它的背后了……看它那瞬起瞬落的波澜，成千万，亿万的泡沫，是不是象征着另一个伟壮磊落豪放的世界呢？

六月十日

今天冒着雨到邹那里代冯取回委任状，又不得已地向他借了十块钱。

午后冯出去买了一个制帽，一身灰色军服，还有一条武装带。

"喂，老冯，今天多喝点罢，要不然你装不出威风呢。"

"我穿上你看，只要有这一身虎皮便够了。"他说着便换上新买的军服，围起武装带子来了。

"戴起帽子看……可惜没有裹腿……"

"我是书记，又不练操。"他做了一个立正的姿势。

"你行个军礼我看。"

……………………

我打趣了他半天，但看了他那身不称的军服，和滑稽得可怜的模样，我又聊想到在这个人生舞台上，原有许多许多小丑儿，他们以泪的笑，博得了观众的笑的泪了！

六月十一日

把冯送过江之后，我便径自归来了。邹说今天来，现在日落了还不见他的影子。昨日才借得十块钱，已经被冯用去一大半了，以后的生活，真不知怎样地维持！远远写信向父亲去讨钱罢，我实在没有那种勇气，并且我那种虚荣心也不允许我。母亲遗给我的钱，已经寥寥无几了，我更不愿意再动它一点，我现在仅有的财产，只剩了一个不足三钱金子的指环了……

六月十二日

指环终于被我吃完了！但谢上帝，最近大概不会饿死了，前星期我曾大胆地学做了一篇日记体裁的小说，投到N报馆去，居然被他们采用，回信还向我要什么"普罗"文学呢。

六月二十二日

日来咳嗽得更凶，但精神却很兴奋，每夜很迟很迟地躺下，脑中依然充塞着那些写不尽的东西。

邹和冯都有信约我到他们那里去，他们不知道我最近这种勾当罢？唉，俗语说船到桥头自然直，我深深领悟了！

六月二十五日

今天到邹那里去，完全是一种访问的性质，所以坐得很泰然，并且用了一顿美好的午餐。

因为他认识营部那边的当局，他劝我也搬过去和冯同住，那样便可以节省很多了。

冯今天又来了一封信，他说正不舒服着，搬就搬过去罢，我不知道他的微笑，何时才能不高傲地对着我……

…………

十月十七日

梦一般的过去了三个多月，自从我搬进营部之后，就没有得闲再记一行日记了。这三个多月中间，交织着冯的病和我的病，受尽了所有的肉体上精神上的苦痛了！冯害的是一种Rheumatism病，慢性的，大约是饮酒过度和地方的潮湿所致，不知几时才能恢复呢。这次他送我上船的时候，仍旧穿着他那身夏天的军服——又脏又肥了——唉，他那种萎靡不振的样子！……

回忆学生时代，天天随着铃声起来，上课，吃饭，睡觉，那时并不觉得幸福自在，但谁能想到今年我会过了一百多天的军营生活呢？啊，那可怕的，森严的，冷肃的号声，我已经不再听它了，现在这轰轰的轮声，我知道他是带我到安宁，温爱所在的地方去的……

十月二十八日

别了一年的北方，现在就要莅临了。从舱门望着那迷迷朦朦的黄尘的天空，好像一块帷幕，渐渐要沉落了下来。低头看水，水色更是黄得可怕，白河两岸的衰柳，也是和水天一样的颜色；那一簇簇的土房，正好像一簇簇坟墓，啊，可怜的人们，你们在这样落寞的土的四围里生，你们不久又埋在土里死了！（记于船上。）

下了码头我更是说不出那种荒凉的景况了；囚首丧面的乞儿，东一个西一个地倒在地上，从他们的眼里，每个都是发出一种饥饿的光芒。他们运用着那已经枯涩了紧缩了的脸上的筋肉，表示着对于人类的乞怜，他们有的伸着手掌——无宁说他是退缩罢，向着过路的客人们。

墙角处，被风卷起的稻草，纸屑，尘土，都在那里转来转去地打着旋。几分钟过后，它们也许就被吹到天边或飘落到海上了……

十月二十九日

虽则坐在风掣电闪的火车里，奔赴我所渴望的目的地去，但心里总是凄惶的，真是"近乡情更怯"了！

我对着窗外，又想起了我春天所得的那个梦境了。啊！在这个世界上，假如没有蓉的时候……

啊，谢上帝！蓉还是没有从我的怀抱里失掉！我紧紧拥抱着她的时候，知道她已没有别时的丰腴了；她的骨棱，依着我的骨棱。

还是一样清冷的月光，照在我的床头，还是她的冰凉的眼泪，一颗一颗落在我的手背和颊上……

——莫哭罢，青春的泉源，我阴念着没有说出口来。

"早点安息罢，孩儿又醒了。"她低声对我说。啊，"孩儿"！谁的孩儿！

在呱呱声中，我的心粉碎了！

十月三十日

我看见在太阳光下的蓉了，她的脸，没有一点血色，她的颈，是那般的细长了。在她的皮肤底下，隐伏着一条一条青色的筋纹。

她怀中的孩儿，倒是很胖的，镇日含着乳头，一刻也不肯放下。他不息地吸吮着，他吸的是他母亲的血液，把这个十八岁的母亲吸得枯瘦萎黄了……

日间我把这一年的经过都告诉她了，我连在姨母家里作的那个梦也详细地给她述了一遍。

我说，"我回来了，可是找不着你了，家人都瞒着我，但那种沉默的空气，便使我感觉到你已经不在这个人世了……我放声哭得非常痛切……"

十一月九日

归来以后，我的心，更脆弱了。在黎明或薄暮的时刻，好像灵光罩满了我的四围，我几次想曲膝跪在地上或她的面前，我求着饶恕，我求着洗礼。我几次想呼神了，但总被抑制住没有呼出……

今天不知怎么，我带着颤声，叫了她一声"妈妈"。她抬她的睫毛，神秘的看了我一眼，于是又轻轻拍着孩儿去了，孩儿吃着左边的乳，我的头，是枕在右边的乳上了。她的指儿，不久也就轻轻按在我的发上……

十一月十四日

我镇日地厮守着蓉和孩儿,孩儿是那样的有趣,他的两只小手,向着我吐出的烟纹乱抓,他能得着什么呢?我接连着吐了几口浓的,结果把他弄哭了。

"你不爱他罢?"蓉忽然问我。

"……"我真是立刻回答不出这个问题。对于孩儿本身,我原没有什么喜或憎,但这样一个孩儿,一个不幸生在我们中间的孩儿,因了可怜他的将来,我确是讨厌起为什么有他的诞生了。

"……如果当他初生的时候把他杀死……"我心里想着,不觉也发出声来了,她好像全身都震撼了;她不知道我心理的过程,她一定会惊异我这样疯狂的言语。

十二月二十日

一个月来我们都患着很剧烈的呛咳。蓉问我昨宵怎么吐的尽是血痰,我说我自己还不知觉。

——啊,肺病的患者!我现在一点也不惋惜了,知道生命是有限的可数的,那岂不是已经得到人生的一把宝贵的玲珑的钥匙了么?……

十二月二十七日

蓉尽忧虑着我的病,她变得更驯顺可怜了。她不知道,她的眼睛也是一天比一天地深陷;她的面庞,正如同一片残落了的荷瓣,失去所有的光泽与颜色了;她那褪色的嘴唇和那没有一点血丝的耳边,难道她自己也没有察觉吗？

我前天给她开了一个方子，紫苏杏仁各三钱，加冰糖煮服，但没有什么效验，实际，我不是欺己又欺人么？我知道更多的药呢，鱼肝油，维他命……但那都是医生哄过我的了……

一月五日

今天飞了一天的雪花，昏黑的时候，树梢又听见呼呼的风声了。孩子早睡了，我和蓉围在火炉边坐着，火光熊熊地，壶水发出一种单调而且尖锐的声音。

"有人说我好像害了痨病似的……"她看着自己的手说。

"不罢？那是孩子把你缠得这样……"我说着，心里感到如何的惭愧啊！

"你自己怎么总不想把吐血治一治呢？吐久了便成痨病了，人家都是这般说。"

"我托着我的颊，缄默着没有回答。假如我说，'世界上没有你的时候，我便不这样装呆地欺骗你了。'"

立在一个innocent的人的面前，正如同立在一块平镜的底下，自己的原形会清清楚楚地反照出来了。

一月十三日

岁又暮了，那檐头杈槎的树枝，墙阴的积雪，都好像早早便抱着一种向荣的意志了，而我呢，却似一个带了深创的小虫，就是蛰雷响起，也不会使我苏起了。

夜晚的胡同深处那些叫卖的声音，他们绝不是唤出他们所要卖的东西，他们声音中含着的那无限的凄凉和悲怨，正仿佛代那些灵魂到了末路的人们声嘶着……

二月二十六日

自从新正病倒之后，已经一个多月了，想起了那一夕在谯会席上酒罢呕血的情景，便不禁有些心悸……

父亲这次为什么这般心焦的样子呢？一定医生对他说鬼话了。

刚才连蓉也极力劝我住进医院里去，我心里越发气闷了。人生莫非就是Much a do about nothing么？

三月一日

今晨醒来，知道我已经在这生疏的医院住过一宵了。不久的功夫，看护便来验了两次温度。

倚在床栏上，轻轻地呼吸着，我按我的脉搏，还是很平匀的，我从胸看到腹，从腹看到膝，从膝又看到足趾……我转脸望到雪白的墙壁上，依稀印着一大块乌黑的身影——唉，讨厌的东西，他是不是我的罪孽化身？

三月七日

蓉今天来看我，我几乎不认识她了；她还说我瘦得不像人样呢。她默默坐在我的床头，我清晰地听见她那剧急的喘息。她带给我邹从C市来的一封信，当我读罢那信的时候，我禁不住地长叹了，我呆着，大概总有五六分钟的光景。蓉尽催问我信上有什么事。

"没有什么，当初的邹局长生了一个儿子。"关于冯逝世的消息，我一点也没有提。

"真快啊！"她好像计算着什么地说，又扭过颈子来对着我："人家也能和你似的么？将来把那个孩儿杀死？"

话说得很慢，我全身却震撼过好几次了！

三月九日

沉默中永远是充实着，但每次提起笔来，每次都茫然了。这册日记，将满一岁了，我爱它，我离不开它，但我却不敢重阅它。

听说被人宝贵的珍珠，俱曾用了无数的精华，辛苦忍痛地润泽它，更不知经了多少年月，才成了一颗浑圆的珠子。

人们爱它怜惜它，因为它是一个"受难华"罢？

三月二十五日

我看我住院以来的温度表，好似一个山峰高似一个山峰。

热病的滋味，近来可算体验入微了。每当西方的天色，变成绛紫色的时候，我就仿佛渐渐从床上浮起来了；与其说浮起，还不如说是带翼飞翔起来相似些。悠悠地，荡荡地，要到什么地方，那个地方便在目前；要说什么作什么，都能够完全随着自己……

四月？日

昏昏沉沉的，现在连日子都记不清楚了。窗外的迎春，桃花……，都随着花信风黄的黄了，红的红了……今天我还看见看护妇的头上，插了一簇紫的丁香。我明明知道季候已经是阳春了：纷纷飘飞在帷外的不是雪花，那是柳絮。

槐花的清芬，也时时扑进我的鼻孔……

我一点也不曾疯狂，不是么？我明明还在人间；我明明还没有忘记我是一个平凡，怯懦，不幸的人啊！

四月？日

是朦胧的晓光，还是午夜的月色——我记不很清楚了——我的神志清明着，我逢见久别的冯了——他还是瘦瘦的赭色的脸，好似饮了多量的醇酒过后，他对我微笑着。露着一列很细的白齿。在人间，他是最快活最高傲的，现在在那个冥冥的世界，也被他捷足先登了……

……我不堪他的微笑，我醒了；但醒来依然觉得周身倦瘪，张望着周围，发现了床头有一个蓝色安眠药的瓶子。

——睡前每次滴一滴，毒药不可内服……

我将把它全部倾注出来，一气饮了下去，如一杯醇酒了。如果兴奋起来，我立刻地便可跑到家里，杀死那个不幸的婴儿和他的母亲。我不愿意让他们生下去了，他们的血液，迟早也会有一日吐尽的，倒不如把它染红了匕首，全部不留地洒在地上了。

当我完成这种痛快淋漓的事业过后，我可以负着我轻飘飘的行装，去到世界任何的一隅了，我将欢呼，我将高歌……我是一个忠诚而且勇敢的圣徒！

也罢，假如我能泥醉着，我将鼾睡，安详地，静穆地，在这永不破宵的春天的夜里，消度着我的甜梦。我也会如风一般地飘渺，飘渺在那个冥冥的世界里；我也会高傲地再跑到扬子江边，偿还了我的宿愿，我不再嫉恨他的那种潺潺的冷笑了。啊！我，你看！现在是连影儿也没有了。你看,不,你用你的全力来摸索我,检探我罢,从头到趾,从皮肤到骨髓,已经不再有一丝一毫的挂牵了……

(选自《归客与鸟》)